SCARS OF HELL

TYRA SKADY

SCARS OF HELL

addictives

« Les portes de l'avenir sont ouvertes
à ceux qui savent les pousser. »
Coluche

Avertissement

Certaines scènes peuvent heurter la sensibilité du lecteur.

PROLOGUE

La vie est une chienne !

Une sale petite garce sournoise et malfaisante !

Elle se tapit dans l'ombre à l'affût d'une étincelle de bonheur à éteindre.

Elle vous cueille au moment où vous espérez un peu de souffle.

Elle vous prend au cœur et aux tripes, aspire vos rêves, vos envies, vos espoirs.

Elle vous assèche jusqu'à la moelle, vous lacère et vous broie…

Et parfois, elle vous offre un miracle.

Un éclair dans la nuit.

Une lueur, une flamme qui prend vie, se nourrit et grandit, et qui vous possède corps et âme.

Cette flamme vous consume, elle est alors votre feu sacré et la vie devient belle.

1

Alicia

Des petites lumières brillent dans l'allée, pareilles à ces lucioles qui apparaissent lors des chaudes nuits d'été. Les magnolias en fleurs embaument l'air de cette senteur que ma mère aimait tant et qui me rappelle cruellement son absence.

Aujourd'hui, j'ai 18 ans.

Nous avions tant parlé, elle et moi, de ce jour-là et de toutes mes premières fois : premier amour, premier baiser, premier jour à l'université. Nous avions imaginé ensemble mon mariage, la naissance de mon premier enfant. À aucun moment, je n'aurais pensé vivre tout ceci sans elle ; dans mes rêves, elle était toujours présente, telle mon ancre.

C'est mon anniversaire et elle n'est plus là… Il ne reste plus qu'un grand vide.

Elle nous a quittés, mon père et moi, il y a maintenant trois ans, emportée par un cancer qui ne lui a laissé aucune chance. Partie en deux mois à peine, bien trop vite pour avoir eu le temps d'accepter l'inéluctable. Depuis ce jour, mon père n'est plus qu'un homme amer, insensible, devenu aussi froid de cœur que la glace qui agrémente ses verres de scotch. Avide de pouvoir à défaut d'amour. Malgré tout, en ce jour particulier, il n'a rien laissé au hasard. En bon politicien qui se respecte, mon père n'a pas lésiné sur les moyens : décorations extravagantes, profusion de bouquets colorés, mets raffinés et serveurs qui déambulent en toute discrétion parmi la centaine d'invités, triés sur le volet.

Lorsque l'on porte le nom de McKinley, on se doit d'être à la hauteur de sa réputation et d'en mettre plein la vue. Le sourire de façade, la tête haute et l'attitude digne en toutes circonstances. Tout est dans les apparences, au risque de s'oublier soi-même. Telle est devenue mon existence, cachée derrière le masque des nantis, à l'abri des frémissements de la vie.

La fête bat son plein au son de l'orchestre et tout le gratin de Greenwich me fait l'honneur de sa présence pour l'événement. Tous m'adressent leurs sourires hypocrites sans âme et m'imposent leurs conversations insipides. Et pourtant, je m'en fous ! Car je ne vois que LUI !

LUI, c'est Steven, mon petit ami depuis un an et surtout l'amour de ma vie. Grâce à lui, j'ai tenu bon après la mort de maman. Il m'a empêchée de sombrer plus profondément. Avec lui, je me sens moins seule.

Steven Allister, troisième du nom, est l'héritier d'une des plus riches familles de Greenwich depuis que son arrière-grand-père a fait fortune dans le commerce de l'aluminium. Il est plus âgé que moi de deux ans et est déjà à l'université. Un jour, je serai sa femme, la mère de ses enfants et l'avenir nous appartiendra. Quand Steven revient de la fac le week-end, nous profitons alors au maximum l'un de l'autre. Il y a peu, nous avons franchi un nouveau cap dans notre relation. J'ai perdu ma virginité avec l'homme que j'aime et cela a été un magnifique moment.

Depuis quelques semaines, Steven semble cependant différent. Je le trouve nerveux, distant et de plus en plus préoccupé. Souvent irritable et fuyant. J'ai tenté d'en discuter avec lui mais il a éludé le sujet en mettant cela sur le compte du stress de l'université. Je le crois, j'ai toute confiance en lui. Ce n'est qu'une mauvaise passe.

À l'autre bout de la salle, il me rend mon sourire, me fait un clin d'œil complice avant de me rejoindre. Il me tend une coupe de champagne et attrape ma main pour m'entraîner dans l'obscurité du parc, loin du monde, et je me dis que la vie ne pourrait finalement pas être plus belle malgré les circonstances.

2

Alicia

J'ouvre difficilement les yeux. Il fait sombre et je ne reconnais pas les lieux. Mes paupières sont lourdes. J'ai la tête qui tourne. Il règne autour de moi un étrange silence et un parfum entêtant que je n'arrive pas à identifier.

Une odeur de jasmin ? Ou de chèvrefeuille peut-être ?

Une odeur de sueur et de sexe aussi…

Petit à petit, mes yeux s'habituent à la légère lueur qui filtre dans la pièce à travers les persiennes. Le jour est levé. Je distingue vaguement la silhouette d'un vieux fauteuil en velours rouge tourné vers une fenêtre aux volets clos, puis celle d'une petite table en marqueterie plutôt bancale sur laquelle on peut voir les vestiges de bougies consumées. La cire s'est répandue sur le plateau en laque patiné par le temps. Probablement l'origine de cette odeur fleurie persistante. La nausée me gagne.

Mais où suis-je ? Comment ai-je bien pu arriver là ? Quel jour sommes-nous ?

Je me souviens de ma fête d'anniversaire, du doux sourire de Steven et de notre fuite dans le parc mais rien d'autre après cela. Rien, le néant !

Je suis allongée sur un lit dans un lieu que je ne connais pas et j'ignore tout de ce qui m'a conduite jusqu'ici.

Que s'est-il passé ?

Je baisse alors les yeux. Étendue sur des draps de satin noir, un luxe aux antipodes de cette pièce au décor minimaliste et au mobilier vétuste, je suis entièrement nue. Ma robe de soie et ma petite culotte de dentelle blanche sont en boule sur le sol poussiéreux. La douleur entre mes cuisses et le liquide épais et collant en partie séché sur mon ventre et mon sexe me confirment ce que mon esprit refuse encore d'assimiler…

J'ai été violée…

Enfin, je crois… Car je n'en ai aucun souvenir. Du moins jusqu'à ce qu'un flash apparaisse soudain dans ma mémoire telle une décharge électrique : la sensation de vertige, la vieille dépendance presque en ruine au fond du parc, le visage de mon violeur, l'horreur de ce qu'il m'a fait subir, mais surtout le poids d'un doux regard chargé de regrets et le goût amer de la trahison.

3

Marlowe
Cinq ans plus tard

New York, la ville qui ne dort jamais !

Tout y est bruyant, frénétique, sans cesse en mouvement. C'est très cliché, mais c'est chez moi et il n'y a pas de plus belle ville au monde à mes yeux.

Je sors de la bouche de métro et tourne le plus vite possible dans la rue la plus proche. Il pleut à verse pour le quatrième jour d'affilée. J'adore la sensation de la pluie sur mon visage. Ça ne me dérange pas et me fait me sentir vivante, connectée avec le monde grâce à la simple manifestation de Dame Nature. La pluie, le vent, des petites choses qui me laissent encore croire que je peux ressentir et sur lesquelles je suis sûre de toujours pouvoir compter.

Ocean Hill à Brooklyn est l'un des endroits les moins *safe* de New York. C'est un quartier à double facette, à la fois calme et dangereux. Le taux de criminalité y est très élevé. La drogue règne en maître et la violence et les règlements de comptes font partie du quotidien. C'est aussi là que je survis, là que je travaille. Mais je m'y sens en sécurité car je sais d'expérience que les monstres ne sont pas là où on pourrait le croire. Ils se cachent parmi les êtres les plus inoffensifs, dans les lieux à première vue les plus tranquilles. Ils prennent des visages avenants, souriants, aimés. Parfois les pires d'entre eux sont ceux en qui vous aviez le plus confiance.

Quand j'arrive devant le Devil's Lair, je pousse la porte et entre comme un ouragan. Je suis trempée et Jack, mon boss, me regarde avec un œil réprobateur.

– Marlowe ! T'es encore en retard !

– Je sais, je suis désolée mais…

– Encore une excuse ! Ça fait la troisième fois cette semaine. J'ai appelé Sacha plus tôt à cause de toi !

Sacha, c'est l'une des autres serveuses du Devil's Lair et c'est aussi ma meilleure amie. Ma seule amie, en fait ! Même si je ne lui ai pas rendu la tâche facile. Il faut dire que je me méfie de tout et de tout le monde. Je ne me laisse pas approcher facilement, mais elle a tenu bon et, à force de patience et de gentillesse, elle a su gagner mon affection et mon amitié. Amitié qui dure depuis maintenant deux ans, bien que je n'arrive toujours pas à me confier à elle. Je doute de pouvoir le faire un jour, que ce soit avec elle ou n'importe qui d'autre d'ailleurs.

Le mois dernier, Sacha a rompu avec son petit ami, avec qui elle vivait, et c'est donc tout naturellement qu'elle a emménagé chez moi. Il lui fallait un nouveau toit et moi une colocataire qui m'aiderait à payer le loyer. C'était donc parfait.

Sous les réprimandes de Jack, je passe dans l'arrière-salle et me change rapidement : je me débarrasse de mes Converse, de mon jean *skinny* noir et de mon tee-shirt des Guns délavé par les nombreux lavages. En un rien de temps, j'ai enfilé la petite jupe courte sexy et le *crop top* qui nous servent d'uniforme. Je me compose un visage de façade, comme je sais si bien le faire, résignée à affronter les regards concupiscents et les mains baladeuses. Le Devil's Lair est loin d'être le bar le mieux fréquenté du coin, mais sans qualification, sans diplôme ni expérience, je n'ai pas vraiment eu l'embarras du choix quand il a fallu gagner ma vie.

Je suis plutôt jolie, petite et menue, mais toute en courbes bien proportionnées. La plupart me qualifient même de « petite bombe ». Le savoir ne fait pas de moi quelqu'un de prétentieux. Ça fait de moi quelqu'un de prudent. Les hommes me convoitent et les femmes me redoutent. En temps normal, j'essaie de me dissimuler aux yeux du monde, mais là, au Devil's, je n'ai pas le choix : un physique avenant et exposé est la garantie de meilleurs pourboires. Et les pourboires, autant dire que j'en ai plus que besoin. Je n'ai pas d'autre option pour gagner ma vie et payer le loyer de mon appart miteux. Comme je l'ai dit, pas de qualification, pas de diplôme – pas de famille non plus. Un lourd passé mais pas d'avenir…

Chacun fait avec les cartes que la vie lui a distribuées et je n'ai clairement pas eu une bonne main.

On est samedi, jour d'affluence au bar. Je colle un sourire enjôleur sur mes lèvres, salue Ben de service derrière le comptoir et me dirige vers la première table pour prendre la commande, prête à affronter le monde quoi qu'il advienne.

Et l'Oscar de la meilleure actrice catégorie grande imposture est attribué à… roulement de tambour… Mlle Marlowe Andrews.

Show time !

***

Il est deux heures trente du matin quand je déverrouille la porte de mon appartement. La pluie a enfin cessé et je rentre sèche mais épuisée, mes pieds douloureux aussi lourds que du plomb. Je m'écroule sur mon lit. Je commence à peine à fermer les yeux quand l'écran de mon téléphone s'allume.

Sacha !

Je souris au souvenir de ma meilleure amie quittant le Devil's ce soir au bras d'un beau blond au look de surfeur. Pas de message, juste un émoji pouce en l'air. Sacha est partie pour une nuit de sexe endiablée. Je sais qu'elle me racontera demain, c'est plus fort qu'elle, contrairement à moi. Elle ne me fait jamais de reproches, mais je sais que parfois elle souhaiterait que j'allège un peu le fardeau qui voile trop souvent mon regard, fardeau dont elle ignore tout.

J'allume le poste télé et me déshabille pour finalement aller prendre une douche. Je veux me débarrasser du souvenir des mains qui ont tenté de me peloter toute la soirée. Chris Attwood, présentateur sur CNN, est en train de débiter la liste des infos du jour quand un nom prononcé me fige et me glace le sang : le sénateur Richard McKinley, en lice pour être gouverneur du Connecticut et soutenu par le juge Darren Ward. Je n'arrive plus à respirer. Je m'assois sur le rebord de la baignoire.

Inspire, expire, Marlowe !

Inspire, expire…

Inspire, expire… Fffffff…

Encore ! Jusqu'à ce qu'enfin je retrouve un souffle régulier.

Hier, j'avais 18 ans, j'étais Alicia McKinley, fille du procureur général McKinley et héritière de l'une des plus riches familles du pays.

Aujourd'hui, j'ai 23 ans, je suis Marlowe Andrews, serveuse fauchée dans un bar de Brooklyn et sans aucun avenir. Je ne suis plus rien…

La vie m'a appris la plus dure des leçons !

4

Rees

La lumière m'agresse le visage. Je grimace. Je sens le soleil baigner doucement la pièce et me réchauffer le corps. Avant même d'ouvrir complètement les yeux, je sais que je vais avoir une gueule de bois d'enfer aujourd'hui.

Putain ! Pourquoi y a-t-il autant de lumière et de soleil dans cette turne ?

Entortillé dans les draps, je sens un léger mouvement à côté de moi et je me fige d'un coup !

– Merde ! Merde ! Merde ! Putain de merde !

Je tourne doucement la tête et vois une chevelure brune étalée sur l'oreiller d'à côté. Au moins, elle n'est pas collée à moi ! Joli minois soit dit en passant, mais peu importe.

Putain ! D'ordinaire, je ne m'attarde jamais plus que nécessaire avec mes coups d'un soir !

J'ai merdé grave ! Qu'est-ce que j'ai foutu ? Je devais être encore plus bourré que ce que je pensais.

Bien joué, Rees ! Bravo !

Maintenant je vais devoir me faufiler le plus discrètement possible hors de cette piaule et de cet appart sans qu'elle se réveille.

C'est qui d'abord ? Elle sort d'où ?

Stacy ? Marcy ? Lucy ?

Je ne sais plus et surtout, je m'en tape.

Brune, blonde, rousse, elles sont toutes interchangeables. Hors de question pour moi d'avoir la même nana dans mon lit deux fois de suite – règle n° 3 – et jamais toute la nuit – règle n° 4. Alors surtout pas dans ma vie. Pas question que l'une d'elles s'accroche.

Aucune attache avec qui que ce soit, homme, femme ou animal – c'est la règle n° 1 et la plus importante de toutes.

Ça n'a pas toujours été le cas. Il fut un temps où mon univers tournait autour de quelqu'un d'autre, quelqu'un qui m'a quitté et pour qui j'aurais donné ma vie si j'avais pu. Quelqu'un qui a marqué mon cœur, mon âme et même ma peau à jamais et à qui je pense chaque jour que Dieu m'accorde. La seule exception à tout ça, c'est Dex ! Mon ami, mon garde-fou, mon frère de cœur ! Notre amitié est scellée par un passé sinistre. En dehors de lui, Alex, Dany et Logan ne sont que des potes et ça s'arrête là. Ce n'est pas ma famille, je n'en ai plus, et je refuse de m'attacher plus que nécessaire, à savoir plus que pour faire la teuf et partager quelques filles de temps en temps. Je me contente d'interagir avec eux mais sans m'impliquer plus que nécessaire.

Jamais de baise dans mon cercle direct non plus – c'est la règle n° 2. Ce qui exclut donc d'office Lisa et Sandy qui font aussi partie du groupe.

Pour l'heure, je dois me tirer du traquenard dans lequel je me suis fourré. Je me lève le plus précautionneusement possible, sans faire de bruit, je tâtonne par-ci, par-là pour essayer de mettre la main sur mon tee-shirt et mon jean – accessoirement mon boxer aussi –, histoire de ne pas devoir me barrer d'ici à poil. Je trouve ce que je cherche, enfile le tout en silence et me rue vers la sortie avant de devoir affronter le regard en colère de mon *one-night stand*. Bien sûr, je m'abstiens de laisser mon numéro de téléphone, surtout pas !

Une fois dehors, je pousse un soupir de soulagement et je me dépêche d'appeler un taxi pour rentrer chez moi.

***

On est samedi soir, il est vingt et une heures et, comme d'habitude, j'arrive au loft à la bourre. Les gars vont me démonter la tête. Quand je franchis la porte, Dany est affalé dans le canapé alors qu'Alex est en train de fouiller dans le frigo à la recherche d'une bière. Logan sort tout juste de sa chambre, sapé classe, comme toujours. Dex est appuyé contre le plan de travail de la cuisine, la mine renfrognée.

– Eh, mec, t'étais passé où putain ? Encore dans le lit d'une nana à t'envoyer en l'air ? Brune ou blonde cette fois ?

Je lui fais un doigt d'honneur avant de me vautrer moi aussi dans le canapé.

– Putain, t'as une sale gueule, me dit Dany.

– Va chier, mec !

– Moi aussi je t'aime, mec.

Je n'ai malheureusement pas encore dessaoulé depuis la nuit dernière et je suis même parti pour remettre ça ce soir.

Les gars logent tous ensemble dans un loft mais j'ai mon propre appart, je préfère vivre seul.

Règle n° 1, vous vous souvenez ?

Depuis quelque temps, Dany sort avec une nana qui est serveuse dans un bar proche d'ici, le Devil's Lair. Rien de prétentieux. Le bar est dans le quartier d'Ocean Hill, pas ce qu'il y a de plus fréquentable, mais on peut dire que ça nous correspond suffisamment pour décider d'aller y passer désormais nos soirées.

Ça ne me fait pas peur, j'ai grandi dans bien pire que ça et le diable, pour l'heure, c'est moi. J'ai plongé bien plus profond en enfer que quiconque, je m'en suis nourri et en suis ressorti l'âme encore plus noire. Il m'arrive encore d'y séjourner. Je sais qu'un jour j'y aurai ma place pour de bon.

Alex tape dans ses mains.

– Allez, bougez-vous le cul les gars, on doit passer prendre Lisa chez elle. Sandy nous rejoindra plus tard, elle a un truc de gonzesse à faire avant.

Belle transition, mon pote! Sandy est lesbienne, une raison supplémentaire pour ne pas la baiser, même si Alex a déjà essayé. Ce dernier drague tout ce qui se présente sans aucune retenue. Dex n'est pas en reste, mais il agit plus en finesse et avec plus de résultats. Il s'envoie en l'air de temps en temps avec Lisa quand l'un et l'autre ne sont pas sur un coup. C'est leur problème, je ne m'en mêle pas. Logan est notre romantique *slash* grand rêveur. Il est très discret : nous ne le voyons jamais avec ses conquêtes. Dany est le plus stable et mature d'entre nous, le seul à avoir déjà connu des relations suivies. D'où notre escapade de ce soir au Devil's où bosse sa nouvelle régulière. Quant à moi, je suis certainement celui qui a le plus impressionnant tableau de chasse. Sans même fournir le moindre effort, ma belle gueule joue plus qu'en ma faveur et j'en profite allègrement sans le moindre état d'âme.

Nous nous levons tous dans un même mouvement. J'attrape mon casque de moto et rejoins ma bécane stationnée devant le loft. J'allume le moteur et mets les gaz quand la voiture de Dex passe devant moi.

5

Rees

Nous arrivons au Devil's et, lorsque nous poussons la porte, je suis assailli par le mélange d'odeurs de bière et de whisky. La salle est comble, mais la copine de Dany nous a gardé une table assez bien placée. Elle nous rejoint au moment où nous nous installons. Sacha est une jolie rousse à la silhouette mince et élancée. Ses cheveux longs, ses yeux bleus et son visage la font ressembler à l'actrice Rose Leslie dans la série *Game of Thrones*. Tout à fait le genre de Dany au demeurant, même si avec son look de surfeur, blond au teint mat et aux yeux bleus, il n'a rien de Jon Snow.

Non, ça, ce serait plutôt Dex.

Sacha adresse un grand sourire à son homme avant qu'il ne lui roule une pelle monumentale, puis nous salue.

– Salut, les gars ! Désolée, Jack a échangé les sections au dernier moment, ce n'est donc pas moi qui vous servirai ce soir. Mais on se voit tout à l'heure après le taf, alors passez une bonne soirée.

Dany est déçu, forcément, mais ça ne nous empêche pas d'être tous d'humeur à faire la fête. Un groupe joue sur une scène aménagée et quelques danseurs se déhanchent sur la piste. Le bar est bien plus grand que ce à quoi on pourrait s'attendre de l'extérieur et les serveuses louvoient habilement entre les tables.

– Bonsoir, tout le monde.

Occupé à observer autour de moi, je n'ai pas vu arriver notre serveuse. Je tourne la tête en entendant une voix plutôt rauque et suis agréablement surpris lorsque je vois son joli petit cul moulé dans une jupe hyper sexy et un haut laissant apparaître son ventre plat à la peau de porcelaine. Elle prend notre commande avant de faire demi-tour pour rejoindre le type derrière le comptoir.

– Waouh, joli p'tit lot ! siffle Alex. Prem's, les gars.

Dex s'esclaffe.

– Laisse tomber mec, un canon comme ça ne voudra jamais de ta vilaine petite gueule.

– Elle ne voudra pas de toi non plus, t'es beaucoup trop barré !

Dany rigole avec eux. Pas moi. Je sais que si je décide d'avoir cette nana dans mon lit cette nuit, c'est avec moi qu'elle partira et ils le savent aussi. Dany me regarde du coin de l'œil, interrogatif.

On verra bien, la soirée ne fait que commencer !

Mais quand elle revient dix minutes après, ma décision est prise : ce soir, c'est elle que je baise. Ses cheveux couleur d'ébène sont attachés en queue-de-cheval et ses yeux d'onyx sont malicieux quand ils se posent sur moi. Elle est vraiment jolie et je sens ma queue durcir derrière la braguette de mon jean, soudain impatiente. Vu la façon dont cette nana me regarde, il est clair que ses intentions sont très en phase avec les miennes. Patience, il va nous falloir attendre la fermeture du bar et la fin de son service, à moins d'une escapade rapide dans la réserve ou dans l'arrière-cour.

Ça me va aussi.

6

Marlowe

Il y a foule ce soir au bar, comme tous les samedis soir. Surtout quand des groupes se produisent. On y retrouve les habitués, mais aussi tous les fêtards du coin venus passer un bon moment. Tant mieux, c'est un bon moyen pour moi de me faire plus de pourboires.

Nous sommes quatre serveuses ce soir et nous ne savons plus où donner de la tête. Pour une raison qui m'échappe, Jack a décidé de changer la répartition des secteurs au dernier moment. Les filles et moi ne sommes donc pas dans notre zone de confort.

Le nouveau petit ami de Sacha – le surfeur beau gosse – est venu avec sa bande de potes. Sacha s'est arrangée pour les placer dans sa zone d'origine, mais avec le changement, elle ne pourra finalement pas être avec lui et a pris son air maussade.

– Pfff, merde ! grogne-t-elle. Jack a tout fait foirer. En plus, c'est cette connasse de Thalie qui a leur secteur. Elle n'a pas intérêt à draguer Dany, sinon je la scalpe et me fais un collier avec !

Je rigole. Je ne m'entends pas du tout avec Thalie. C'est une garce vicieuse qui cache sa méchanceté sous de faux airs angéliques. Du jour où elle est arrivée, elle m'a prise en grippe.

Je tourne la tête vers le groupe d'amis de Sacha, dans

la direction qu'elle m'indique. Cinq hommes et deux filles. Ils sont tous assez canons, mais l'un d'entre eux surpasse tous les autres, et de loin. Je me mets à l'observer : on pourrait dire qu'il est beau gosse. En vérité, il est bien plus que ça, dans le genre badass à mort. Il est entièrement vêtu de noir, ses cheveux bruns sont en bataille comme si une femme venait de passer les mains dedans. C'est probablement le cas, d'ailleurs. Il transpire le sexe, ses abdominaux sont sculptés et visibles à travers le tissu fin de son tee-shirt plaqué sur un corps à se damner pour l'éternité. Ses épaules sont larges et bien bâties, mais pas trop, juste ce qu'il faut. Son visage est d'une telle perfection que ça en est indécent. Son bras gauche arbore une magnifique manchette tatouée qui s'étend du poignet jusque sous la manche de son tee-shirt.

Il fait sombre dans la salle. Je regrette de ne pas pouvoir connaître la couleur de ses yeux et croiser son regard juste une fois. Mais je le soupçonne de pouvoir mettre le feu à toutes les petites culottes du coin.

Que m'arrive-t-il ? Ça ne me ressemble vraiment pas.

Bien sûr, j'ai eu quelques mecs dans ma vie, mais aucun ne m'a jamais laissée statufiée de la sorte… Même pas Steven ou Mike, le dernier en date, il y a maintenant trois ans… Et pourtant, j'avais vraiment cru les aimer.

Il faut que je me reprenne. Il n'est pas question que je me laisse submerger par la moindre attirance. Plus jamais ! Je ne veux plus fréquenter ce genre de mecs. J'ai trop donné !

Reprenant mes esprits, je vois alors l'échange silencieux, mais entendu entre lui et Thalie, ce qui me refroidit en une fraction de seconde. Toute la soirée, je m'efforce donc de ne plus regarder dans sa direction ni même de penser à lui. C'était bien sûr sans compter sur Thalie, en mode pétasse, lorsqu'elle me croise au comptoir.

– Oh là là, ce mec est plus torride que le Sahara et le Thar réunis. Il est tellement sex !

Thalie piaffe dans tous les sens, plus excitée que jamais.

– Waouhhh ! Ses yeux ! J'en ai mouillé ma petite culotte !

Je fais abstraction du petit pincement que j'ai subitement au cœur. *Non, non, non, pas de ça, Marlowe.*

Quelle importance qu'il passe la nuit avec Thalie ? Ce n'est pas mon putain de problème, tant mieux pour elle. Je ne suis émotionnellement pas disponible ni intéressée. Je ne recherche pas de sexe non plus. Je ne suis plus qu'une coquille vide. Une relation serait un risque trop grand tant pour mon corps que pour mon cœur et je me refuse à le prendre à nouveau.

Je fais un sourire forcé à Thalie genre « je m'en tape de ta vie », attrape ma commande et tourne les talons en la plantant là, sur place.

Marlowe 1 – Thalie 0.

Seulement voilà, tout est toujours plus facile à dire qu'à faire. À chaque aller-retour entre le bar et ma section, je n'arrive pas à m'empêcher de regarder dans la direction de cet homme. Il est comme un aimant, je suis le sud et il est le nord, attirant inlassablement mon regard.

Il tourne la tête et les yeux vers moi, se sentant probablement observé. La Terre sort soudain de son axe. Ses yeux sont bleus, un bleu comme je n'en ai jamais vu avant. Presque turquoise et si intense qu'on pourrait s'y perdre. Avec sa peau légèrement mate et ses cheveux foncés, l'ensemble est saisissant, voire hypnotisant. Mais de quelle planète vient-il ?

Prise en flagrant délit de « reluquage », ni une ni deux

je tourne les talons aussi vite que possible pour me réfugier dans l'arrière-salle. Mon pouls bat à mille à l'heure, mon sang cogne à mes tempes et ma respiration est saccadée.

Inspire, expire, Marlowe !

Inspire, expire…

Encore, encore… Je répète mentalement mon mantra.

Jack arrive sur ces entrefaites.

– Marlowe ? Tout va bien ?

– Oui, oui, juste un petit coup de fatigue.

– OK, prends une pause si tu veux.

– Merci Jack, je vais juste aller prendre l'air cinq minutes dans l'arrière-cour.

Une fois les cinq minutes écoulées, je me suis reprise et, quand je traverse de nouveau la salle principale, je constate qu'il n'est plus là. Il ne reste plus que Dany, probablement en train d'attendre Sacha, et un autre des gars au look assez B.C.B.G. Je suis un peu déçue, mais j'arrive enfin à me détendre. On a frôlé la catastrophe.

Le temps a filé, il est presque l'heure de la fermeture et, si je fais abstraction de cette rencontre déroutante, c'était plutôt une bonne soirée car question pourboires, je n'ai pas été déçue. La plupart des clients s'en sont allés, il reste encore quelques habitués qui s'attardent. Sacha est partie depuis dix minutes, en bonne compagnie, comme prévu. Je commence à nettoyer quelques tables abandonnées, quand je ressens un picotement sur ma nuque et des frissons qui courent le long de ma colonne vertébrale.

Je sens le poids d'un regard posé sur moi.

Je relève doucement la tête. Il est là, nonchalamment appuyé contre le comptoir du bar et me fixe de ses yeux intensément bleus, en fronçant les sourcils, l'air rageur tel un dieu en colère. Tellement beau et ténébreux dans son jean et son tee-shirt noirs, son Perfecto de cuir, ses cheveux sombres et soyeux et son regard azur hypnotique, qu'il pourrait finalement être le diable en personne. Quoi de plus normal après tout dans un bar dont le nom est le Devil's Lair ?

Seigneur, je vous en prie, aidez-moi ! Moi qui ne suis plus qu'une âme perdue, le diable lui-même semble être venu réclamer son dû !

Nos yeux s'accrochent une fois de plus et je suis comme prisonnière de son regard énigmatique et troublé. Il se décolle du comptoir, se redresse et esquisse un pas dans ma direction, dans l'intention certainement de venir m'aborder. Mais il s'arrête à mi-chemin, ébauche une grimace contrariée avant de balayer la salle du regard jusqu'à la table désormais vide où il se trouvait précédemment avec ses amis. Puis il fait soudainement demi-tour, passe la porte d'entrée et disparaît dans l'obscurité de la nuit.

7

Rees

Cinq heures du mat ! Putain, fait chier !

Voilà trois heures que j'ai rejoint mon lit, seul – *en voilà une première pour un samedi soir !* – et que je regarde défiler les *putains* de chiffres de la *putain* d'horloge de mon *putain* de portable ! Je pousse un soupir de frustration.

Trois heures que je me suis noyé dans l'émeraude d'un regard et je n'arrive pas à remonter à la surface. Je coule à pic. Je suis finalement rentré seul, sans la jolie serveuse au sourire aguicheur et au corps qui criait oui. Je m'étais pourtant promis de finir la nuit avec elle, ou plus précisément en elle. Elle m'a aguiché toute la soirée, c'était du tout cuit et malgré tout, me voilà seul, comme un con. La faute à une petite bombe tout feu tout flamme, une éblouissante petite fée Clochette, toute menue comme une poupée mais aux formes tellement affolantes qu'elles m'ont dynamité les neurones en une seconde chrono. Et là, oubliée la brunette sexy qui m'a fait du rentre-dedans toute la soirée. Mes yeux ne cherchaient plus qu'elle et mon état depuis est loin de me rassurer.

Rien qu'à son souvenir, je sens ma queue tressaillir sous le drap, devenir dure et douloureuse à la pensée de tout ce que mon âme perdue de débauché voudrait lui faire.

Non mais c'est quoi ce bordel!

Une douche froide, voilà ce qui pourrait me soulager. Qu'à cela ne tienne, je n'arriverai pas à dormir de toute façon. Alors autant essayer de remédier au problème puis de passer à autre chose. Et le plus vite possible. Je repousse les draps avec rage, me rends d'un pas déterminé dans la salle de bains. Je croise malencontreusement mon reflet dans le miroir fissuré. Celui que je fuis continuellement, ne le supportant pas. De colère, je donne un coup de poing dans la glace déjà bien lézardée, ajoutant de nouvelles cassures. Je ne veux pas voir ce visage! Ma mâchoire est crispée, mon souffle est court, mes yeux brillent, mes mains tremblent. On dirait un putain de camé en plein mauvais trip. Cette vision me tord les boyaux.

L'ensorceleuse, que m'a-t-elle fait? Un shoot de poudre de perlimpinpin?

Je ne suis pas très au fait des contes de fées et autres sornettes débiles pour enfants, n'ayant jamais eu de parents suffisamment aimants pour me lire des histoires avant de me border pour la nuit. Mais il me semble quand même avoir déjà aperçu la fée Clochette de Peter Pan.

Ma fée Clochette à moi est tout aussi séduisante et dangereuse, si j'en crois mon état actuel. Pourquoi n'ai-je même pas été capable de l'aborder? Pourquoi je suis parti comme un con? Je ne suis pourtant pas un des enfants perdus au Pays imaginaire. Plus depuis ce jour funeste où ma vie a basculé. Ce jour où la Faucheuse m'a arraché la seule personne au monde que j'aimais plus que tout.

Alors poudre de perlimpinpin ou non, sortilège ou pas, esprit vaudou ou je ne sais quoi d'autre, cette obsession soudaine va devoir cesser. Je vais retourner dans ce fichu bar, sortir le grand jeu s'il le faut – *tiens, ça, c'est nouveau !* – et ramener son joli petit cul dans un lit. Je vais la baiser jusqu'à l'épuisement, la faire hurler de plaisir jusqu'à en devenir sourd et prendre mon pied comme jamais, avant de la renvoyer gentiment dans son bar et reprendre tranquillement le cours de ma vie.

Ouais, je vais faire ça.

Et je serai alors libéré une fois pour toutes de cette frustration et des images les plus perverses qui me polluent l'esprit.

En attendant, je me glisse sous la douche, ouvre le robinet d'eau froide et pose le front contre le carrelage en laissant ruisseler l'eau glacée sur mon dos. Puis, la main sur mon membre dressé, je ferme les paupières et commence les mouvements de va-et-vient qui vont me délivrer. Tandis que ma paume coulisse le long de ma queue, je ne vois qu'elle. Je la rêve à genoux, ses lèvres roses autour de moi, j'imagine leur douceur et la caresse de sa langue avant d'exploser.

8

Marlowe

– Oh, t'es tellement étroite, tellement bonne !

– …

– J'adore te prendre sur le bureau de ton père, ton petit cul bien en l'air, ça m'excite, t'as pas idée !

Je ne réponds rien, docile et résignée.

– Allez, poupée, je veux t'entendre gémir…

Je serre les dents. Je ne lui accorderai pas ce plaisir, jamais ! Je le déteste ! Je le hais ! Je le laisse pourtant me pilonner sans relâche, pressée que ça se termine enfin. Mais Jason se retire d'un coup, passe son bras autour de ma taille et me retourne comme une crêpe, le cul au bord du bureau antique de mon paternel. Il passe ses mains sous mes cuisses et me tire d'un coup sec pour approcher mon sexe de sa bouche avide.

– Viens par là, j'ai envie de lécher ta jolie chatte et de sentir ton goût sur ma langue avant de revenir jouir en toi.

Il pose sa bouche et commence à me lécher et à aspirer mon clitoris. Jason est ce qu'il est, une saloperie de violeur, et je le laisse malgré tout me baiser, contrainte et forcée, plusieurs fois par semaine depuis maintenant trois mois, depuis ce jour funeste où ma vie a basculé dans l'horreur. Il accélère les mouvements de sa langue et je sens l'orgasme venir involontairement.

– Oui, poupée, vas-y…

Je jouis mécaniquement sans même proférer un seul son. Jamais. C'est ma victoire à moi, la seule que j'aurai. J'ai honte que mon corps jouisse alors que ma tête est loin d'éprouver un quelconque plaisir, et je suis terrifiée à l'idée que Jason s'en rende compte. Il se redresse, me pénètre de nouveau d'un coup de reins et s'active frénétiquement jusqu'à sa délivrance.

Plus tard dans la soirée, assise dans la douche, je laisse couler mes larmes comme à chaque fois avant de rejoindre mon lit et de m'endormir, le corps épuisé et l'âme brisée.

Je me réveille en sursaut. Il y avait longtemps que je n'avais plus rêvé de Jason et de cette période douloureuse que j'ai laissée derrière moi. Le corps en sueur, je tremble de tous mes membres. Mes joues sont ruisselantes de larmes. Et tandis que j'attends dans le noir que les battements de mon cœur reprennent un rythme normal, mon esprit tourne en boucle. Une phrase résonne en moi tel un leitmotiv.

« Je suis désolé, mon cœur, tellement désolé ! Désolé… »

Non, Steven, tu n'étais pas désolé. Tu m'as seulement sacrifiée sur l'autel de tes vices et tu as fait sonner notre glas pour sauver ta peau.

9

Rees

Dix jours se sont écoulés depuis notre soirée au Devil's Lair. Je n'y suis pas retourné. Les gars y sont allés le week-end dernier, mais j'ai refusé de les accompagner, prétextant un empêchement.

La vérité est que je me suis finalement persuadé que la fée Clochette n'a été qu'une illusion. Une hallucination certainement due à mon manque de sommeil de la veille, à ma double cuite et aux effluves d'alcool qui m'ont brouillé la tête et les sens. Enfin, quand je dis « hallucination », je ne dis pas que je l'ai rêvée, elle : elle était bel et bien là dans ce bar et certainement aussi belle que je m'en souviens. Mais tout le foutoir qu'elle a mis dans ma tête, non mais de qui se moque-t-on ?

Enfin, Rees, merde, t'as pété un câble ou quoi ?!

Je me suis donc trouvé quelques nanas depuis pour évacuer tout ça et je respire enfin de nouveau normalement. Tout est rentré dans l'ordre, tout a repris sa place.

Mais, quand Dex m'a envoyé un texto pour me dire de les rejoindre au Devil's, mes doigts n'ont pas réussi à taper le « OK » habituel, court et concis de rigueur. Au lieu de ça, j'ai fait défiler mon répertoire jusqu'au prénom de Sam pour lui demander si elle était dispo pour s'envoyer en l'air.

Quand j'affirme que je ne baise jamais la même fille deux fois (la règle n° 3), ce n'est pas tout à fait vrai. Sam (pour Samantha) est l'unique exception. Elle est mariée à un avocat (mon avocat !) souvent en voyage. Elle est donc très disponible et n'ira pas me faire chier pour obtenir plus qu'un simple coup de bite de temps en temps. Quelle belle façon de remercier mon avocat d'avoir un jour sorti mon cul de prison que de baiser sa femme, me direz-vous ? Pas mon problème. Huit ans que les scrupules ne m'étouffent plus. Il n'y a qu'une seule chose pour laquelle je ressens de la culpabilité. Tout le reste, je l'ai fait uniquement pour survivre ou oublier. Et rien ne changera jamais.

– Rees, ton rendez-vous de quatorze heures est arrivé.

Je lève les yeux de l'ébauche que j'étais en train de griffonner dans un coin de mon carnet à esquisses.

– Merci, Nora, j'arrive dans cinq minutes.

Nora est mon assistante au salon de tatouage. Elle se charge d'accueillir les clients et fait aussi les piercings. La plupart des œuvres qui couvrent son corps sont les miennes, et le piercing apadravya qui orne le bout de ma queue est la sienne.

Je suis tatoueur et j'ai mon propre salon que j'ai ouvert il y a maintenant cinq ans grâce à un coup de pouce du destin, le seul que ce foutu karma ait bien voulu m'accorder. Je me suis formé sur le tas, dans les recoins les plus sombres des rues de Brooklyn. J'ai l'âme et le cœur d'un artiste. Je vis à travers mes esquisses. Elles rythment ma vie, régulent les battements de mon cœur et m'apaisent. C'est l'encre qui m'a sauvé et empêché chaque jour de sombrer, de me noyer. C'est la seule chose qui ne m'ait jamais trahi ou abandonné. Rien n'est plus libérateur que de verser mon âme dans mes œuvres indélébiles. J'aime cette immuabilité face à la fragilité de la vie.

Je pars rejoindre mon client et, quand je reviens trois heures plus tard dans le petit local qui me sert de bureau, mes yeux se posent sur mon carnet et sur le portrait que j'avais commencé à dessiner.

Putain de fée Clochette !

***

– Non mais qui est l'abruti qui s'acharne sur la sonnette de ma porte d'entrée ?!

Je me lève, enfile un boxer et file jusqu'à la porte, connaissant déjà la réponse à ma question.

Dex, ça ne peut être que lui.

Bingo ! La porte est à peine ouverte qu'il est déjà dans ma cuisine en train d'ouvrir tous les placards et les tiroirs avec fracas. Cinq ans que j'habite ici, qu'il vient presque tous les week-ends et qu'il ne sait toujours pas où se trouvent les choses.

– P'tit déj, mon pote ! Café ? T'as l'air d'en avoir besoin…

Il ne me demande pas si je suis seul. Il sait que je ne ramène jamais de nana chez moi et que je ne pousse pas les choses jusqu'au petit matin et surtout pas jusqu'au petit déj.

Je pousse un grognement indistinct. J'ai mal dormi cette nuit.

– Ouep, bien ce que je disais ! Double dose pour toi.

Il attrape deux tasses et déballe les viennoiseries qu'il avait posées sur la table.

– Alors, ton coup d'hier ?

– Une baise comme une autre, rien à en dire de plus et rien de mémorable.

– Sacha nous a rejoints au loft après le Devil's. Elle est venue avec sa meilleure amie et coloc. Une putain de bombe atomique, mec ! Dommage pour toi mais tant mieux pour nous, du coup. Avec Alex, on en pouvait plus ! Je n'ai pas réussi à débander de toute la soirée.

Dex sait très bien que, même si j'avais été là, je n'aurais rien tenté s'il s'agissait de la meilleure amie de Sacha. La règle n° 2. Pas dans l'entourage direct.

– Et ?

– Et rien ! *Nada* ! J'ai sorti le grand jeu comme c'est pas permis, et elle n'a pas manifesté l'ombre d'un intérêt. Quant à Alex, il a pris un stop direct d'entrée, dès qu'il a ouvert la bouche.

– Ouais, en gros, canon mais coincée.

– Non, je ne dirais pas ça ! Avec tout ce que je lui ai déballé, elle n'a jamais paru choquée ou mal à l'aise. Juste pas intéressée ! Pas intéressée et comme qui dirait blasée.

Je me marre en voyant sa mine dépitée. Dex n'a généralement aucun mal à choper une nana. À l'évidence, qu'il se soit fait recaler comme ça a mis à mal son ego de gros enfoiré.

– En revanche, elle a beaucoup discuté avec Logan. Faut croire qu'elle préfère le style gentil garçon, B.C.B.G. Bref, gendre idéal.

Je me double-marre. Qu'elle lui ait préféré Logan doit certainement le dépasser aussi. Mais je peux comprendre. Logan est assez beau gosse dans son genre. Il a un regard doux qui inspire confiance, il déborde de gentillesse, sait toujours trouver les mots quand il le faut et a l'art de mettre les gens à l'aise. Tout le contraire de Dex ou de moi.

– Y a grosse teuf sur la plage vendredi soir, elle sera là. Elle paraissait réticente à l'idée de venir, mais Sacha l'a suppliée et Dany et Logan en ont rajouté une couche, alors elle a fini par dire oui. T'en seras aussi ou t'auras mieux à faire ?

Les teufs sur la plage consistent à se retrouver autour d'un feu de joie à Brighton Beach, à fumer de l'herbe et à picoler tout notre soûl. Elles démarrent toutes au coucher du soleil avec quelques potes et finissent au petit matin avec la moitié de la jeunesse de Brooklyn. Sans oublier les défis et le sexe. Nous ne sommes plus des ados, nous avons tous dans les 25 ans en moyenne mais la tradition perdure. Nous ne jouons plus au jeu de la bouteille ou au bière-pong, nos jeux à nous sont beaucoup moins innocents.

– Ouep, pourquoi pas.

Là-bas, pas de fée Clochette ou de sorcellerie. Ces soirées-là sont mon terrain de jeu, alors oui, mille fois oui.

10

Marlowe

– Rappelle-moi déjà pourquoi j'ai accepté ?

Sacha me regarde avec un sourire narquois.

– Parce que je t'ai fait mon regard « S'il te plaît, t'es ma meilleure amie » auquel tu ne peux pas résister et ma petite moue suppliante.

– Ouais, c'est bien ce que je me disais…

Je suis en sous-vêtements devant ma penderie, ne sachant pas quoi porter.

Est-ce qu'il sera là ?

Possible, mais peut-être pas, car après tout il n'était pas là samedi dernier au Devil's, ni au loft ensuite. Ni même avant-hier quand Sacha m'a de nouveau traînée chez eux pour une soirée pizza. Apparemment, il n'habite pas avec eux et, même s'il fait partie de leur groupe, il semble en être détaché aussi.

– Et puis, surenchérit Sacha, parce que Logan aussi a insisté et que vous semblez bien vous entendre tous les deux.

Elle n'y est pas du tout si elle croit qu'il puisse y avoir quoi que ce soit entre Logan et moi. Certes, Logan a l'air de m'apprécier et c'est réciproque, mais justement parce qu'il ne représente aucun danger pour moi. Je le soupçonne d'être gay.

Non, j'en suis presque sûre, en fait.

Il ne réagit pas du tout avec moi comme les hommes le font en général et mon radar se trompe rarement. Et je pense même qu'aucun des membres de leur groupe ne le sait. Ce n'est pas à moi de dévoiler son secret. S'il ne le fait pas, c'est qu'il a ses raisons. Je n'aborderai pas le sujet non plus avec lui, ou alors seulement s'il en parle le premier. Je me sens donc en sécurité en sa compagnie. Ce qui n'est pas du tout le cas avec son pote Rees. Je ne me suis jamais autant sentie en danger face à un mec, sans même l'avoir approché ou lui avoir parlé.

Rees, un prénom qui coule sur ma langue comme du miel. Rien à voir avec son côté ombrageux et pourtant il lui va bien. Très, très bien même.

J'attrape un jean et un haut noir tout simple dans mon dressing. Je refuse de faire le moindre effort vestimentaire. J'y vais pour faire plaisir à Sacha, rien de plus, rien de moins. Aucun effort de maquillage non plus, juste un trait d'eye-liner pour souligner le vert de mes yeux, et c'est tout. Une paire de bottines et je suis prête.

11

Rees

Je gare ma Ducati sur l'esplanade en bord de plage. La fête a déjà commencé et je rejoins mon groupe en saluant quelques connaissances au passage. De mes potes, seuls Dex, Sandy, Alex et Lisa sont arrivés. Dany devait passer prendre Sacha et sa copine chez elles et Logan a insisté pour l'accompagner. On dirait bien qu'il a un *crush*.

Je m'assois dans le sable à côté de Dex. Deux nanas que je ne connais pas, une blonde et une brune, s'empressent de venir vers moi et me regardent avec envie. Elles n'ont pas l'air farouches et la perspective d'un plan à trois me fait durcir. Alex me tend un joint et une bouteille de whisky. Je tire une taffe et bois une rasade directement au goulot. La soirée peut enfin commencer.

Je me sens bien, détendu, l'herbe et l'alcool font leur effet. Je vois Dany approcher en tenant Sacha par la taille. Puis Logan et… je reste pétrifié ! Ainsi donc, la meilleure amie de Sacha n'est autre que ma fée Clochette en personne.

Je sens une bouffée de rage m'envahir.

Putain, fait chier ! Y a plus moyen que je la saute maintenant, c'est mort !

En plus, Logan a l'air d'être sur le coup et en bonne voie.

Ils s'installent à côté de nous, elle entre Logan – *ben voyons !* – et Sacha. Elle ne me regarde pas, je ne la quitte pas des yeux.

Elle est belle, putain !

Tellement que ça m'en brûle les rétines. Ses cheveux d'un blond doré cascadent sur ses épaules en boucles souples. Ils ont l'air si doux que je me demande quelle sensation cela ferait de passer mes doigts dedans. Ses yeux couleur d'émeraude brillent à la lueur des flammes et ses lèvres roses appellent les baisers. Je rêve d'y glisser ma langue et de sentir le goût de la sienne. Elle est habillée tout simplement mais sur elle, ça paraît magnifique. Son jean épouse son corps comme une seconde peau et souligne son joli cul. Son tee-shirt, tout ce qu'il y a de plus basique, laisse pourtant deviner des seins hauts et parfaits. Ni trop gros, ni trop petits. Et quand elle parle avec Lisa, sa petite voix cristalline, suave et mélodieuse fait courir des frissons exquis sur ma peau en feu. Mon cerveau n'est plus irrigué. On dirait que la totalité de mon sang a assailli ma queue qui n'a jamais été aussi dure de ma vie. Je ne fais même plus attention aux deux sangsues qui ne me lâchent plus depuis mon arrivée.

Je tends l'oreille et j'apprends qu'elle s'appelle Marlowe. Original comme prénom. Doux et unique, tout comme elle.

Elle sourit à Logan. Je vole en éclats devant ce sourire à la fois angélique et indécent.

Elle lui sourit, putain ! À lui ! Et moi, elle ne me calcule même pas !

Je pousse un soupir de frustration. Je dois lâcher l'affaire, elle n'est pas pour moi.

Je me force à détourner les yeux et fronce les sourcils

quand je surprends Sandy en train de la fixer avec concupiscence. Tiens, tiens, tiens ! La petite cachottière ! Elle a des vues sur ma petite fée Clochette, on dirait. Bon courage, ma belle ! Tu vas te faire rembarrer net.

N'est-ce pas ? Ou pas ? Si ? S'il vous plaît, dites-moi que oui !

Deux nanas ensemble, d'habitude, ça fait flamber mon imagination. Mais là, en y pensant, ça me fout en rogne. Et l'imaginer avec Logan, c'est encore pire, j'en pleurerais presque.

C'est quoi, ça ? De la jalousie ? Je n'ai jamais été jaloux de ma vie !

Temps mort ! J'attrape la bouteille de whisky et m'allume un nouveau joint. Voilà mes compagnons pour les prochaines heures. Je vais me foutre la tête à l'envers. Et puisque je ne peux pas l'avoir, je vais tout faire pour lui pourrir la soirée, comme l'enfoiré que je suis. Je vais la bousculer un peu et voir ce qu'elle a dans le ventre.

À nous deux, jolie fée Clochette !

12

Marlowe

Quand je suis arrivée, j'ai tout de suite vu qu'il était là. Mais il me fixait avec une telle colère dans les yeux que je n'ai pas osé lui rendre son regard. Je ne comprends pas la raison de son animosité. Nous ne nous sommes jamais adressé la parole, que peut-il me reprocher ? Je me suis donc appliquée à faire abstraction de lui le plus possible. Il n'a qu'à s'occuper des deux groupies qui se frottent contre lui depuis un bon moment. Non mais elles n'ont qu'à lui grimper dessus directement, ça ira plus vite ! Je ravale ma jalousie et me concentre sur Logan, ma conversation avec Lisa et les autres.

Il ne m'a pas quittée des yeux depuis mon arrivée et plus le temps passe et plus, du coin de l'œil, je vois ses sourcils se froncer, sa mâchoire se crisper et son visage se renfrogner. La foudre emplit son regard. Et je me sens de plus en plus déroutée, mon incompréhension est totale.

Quand enfin il ouvre la bouche pour s'adresser à moi, d'une voix rauque et sexy qui m'envoie des papillons dans le ventre, c'est pour me balancer une pique bien placée en désignant mon verre de soda :

– Pas d'alcool, hein ? On a peur de perdre le contrôle ?

Je fais d'abord mine de l'ignorer, mais il continue son sarcasme :

– Dis-moi, t'as eu la permission de minuit, au moins ?

C'est bien mal me connaître s'il s'imagine pouvoir me déstabiliser aussi facilement.

– Je suis une grande fille qui sait se débrouiller toute seule, pas besoin de permission pour venir se risquer avec des méchants garçons comme toi.

– Méchant garçon, hein ? Tu devrais peut-être surveiller tes arrières…

– Ne te fie pas aux apparences, bad boy, tu pourrais être surpris.

– Oh, mais je ne demande que ça !

J'en ai croisé à la pelle des salauds dans ma courte vie, c'était même mon quotidien.

Alors accroche-toi, bébé, gare au retour de flamme !

J'ai de la repartie. Il attaque, je contre-attaque, tout en subtilité et l'air de rien. Mais il ne s'y trompe pas, si j'en crois son demi-sourire moqueur.

C'est bien, mon pote, tu sembles avoir compris à qui tu avais affaire.

Je sens Logan de plus en plus gêné et Sacha complètement désemparée. Dex se penche alors vers moi et, sans aucune discrétion, pour bien que Rees entende, il me dit en riant :

– T'inquiète pas, ma belle, t'occupe pas de lui, il n'aime personne, de toute façon ! Et puis il devient chiant quand il est *stone* et bourré.

Je plante soudain mon regard dans celui de Rees et, avec un sourire tout mielleux mais qui ne le leurre pas, je rouvre le feu :

– Je peux savoir exactement ce qui te pose problème chez moi pour que tu sois un sale connard ? C'est une habitude ou un traitement de faveur que tu me réserves ?

– Houla, mais c'est qu'elle sort les griffes, la fée Clochette !

– Fée Clochette ? Mais ça vient d'où, ça ?

– Bah t'es toute minuscule, toute frêle, tu papillonnes, tu enjôles et tu parais avoir tout un tas de petits sortilèges dans ton sac à malices. Mais pour répondre à ta question : rien ne cloche chez toi, tout m'a l'air d'être très, très à sa place vu d'ici et plutôt bien calibré, me répond-il tout en me scrutant sans aucune gêne de la tête aux pieds.

– Et comment je dois prendre ça ?

– Oh, mais prends-le comme tu veux, chérie. Ou fais-toi prendre, à toi de voir comment et par qui.

Je reste bouche bée par tant d'impudence.

Non, il n'a pas osé ? Mais si !

– Quel goujat ! Qu'est-ce que je t'ai fait, au juste ?

– Qu'est-ce que tu m'as fait ? Ou qu'est-ce que tu ne m'as pas fait ?

Là encore, je reste figée devant son aplomb avant de me reprendre très vite.

– Oh, mais à voir les deux demoiselles accrochées à toi depuis des heures, tu as l'air d'avoir déjà tout ce qu'il te faut. « Accrochées » étant l'euphémisme du siècle. Je m'en serais fortement voulu de perturber ce charmant tableau. Un mec comme toi devrait pouvoir trouver de quoi s'occuper sans difficulté.

– Un mec comme moi ? demande-t-il en riant. Et c'est quoi, au juste, un mec comme moi ?

– Un queutard arrogant doublé d'un connard fini. T'as pas des choses à aller faire ailleurs au lieu de m'emmerder ?

– Est-ce une façon de te débarrasser de moi ?

– Oh, non ! Je comble juste la conversation, histoire d'élever un peu le niveau.

– Tu sais quoi, t'as raison ! Il est temps pour moi d'aller faire un tour. Mesdemoiselles ?

Il pousse les glus légèrement de côté, se lève et, avec

un air de défi, les yeux bien ancrés dans les miens, attrape leurs mains et les entraîne dans l'obscurité.

Bon débarras !

Bel emballage mais l'intérieur est plus que déplaisant. Pourtant, je me surprends à sourire. Il y avait longtemps que je n'avais pas été stimulée par une conversation.

Le reste de la soirée est plus calme malgré l'étalage d'indécence tout autour de nous. Sacha et Dany se sont éclipsés en douce. De même que Lisa et Dex. Alex est occupé à draguer une nana un peu plus loin. Partout, des couples s'embrassent, se touchent, voire plus si affinités. Calé contre le capot d'une voiture garée non loin de là, un mec aux allures de footballeur est en train de vivre la meilleure fellation de sa vie si l'on en croit ses gémissements incessants et ceux de la fille à genoux devant lui. Sur ma droite, un autre couple tout aussi expressif. À voir les mouvements de la demoiselle assise à califourchon sur son partenaire de jeu, il n'y a aucun doute sur leur activité du moment. Tant de débauche… Il en faut plus pour me choquer ou me mettre mal à l'aise, j'en ai bien trop vu et bien trop vécu dans ma vie.

Rees, lui, est assis sur le ponton, les pieds dans l'eau. Seul, sans ses deux bimbos.

Plutôt rapide, Casanova !

Logan a dû partir plus tôt que prévu à cause d'une urgence. Il est résident en médecine à l'Interfaith Medical Center. Alex est pompier et Dex est mécano. Dany est photographe, tout comme Sandy. Ils travaillent ensemble. Je ne m'y attendais pas, mais cette dernière est venue me faire des avances. Subtiles, certes, mais tout de même ! Je ne suis pas intéressée, je le lui ai dit très poliment. Elle n'a pas insisté et l'a plutôt bien pris : « Si tu changes d'avis, tu sais où me trouver. » Quant à Lisa, elle tient une boutique de fringues. Elle m'a d'ailleurs dit de passer pour voir si je trouverais mon bonheur. Je n'y manquerai pas.

J'ai appris tout ça dans nos conversations de ce soir. Je les apprécie tous dans l'ensemble. Surtout Logan et sa gentillesse, mais aussi Dex. Étonnamment, j'aime son humour.

Et Rees.

Il a été particulièrement odieux, mais je ne peux pas m'empêcher de me sentir irrémédiablement attirée par lui.

Je décide de m'isoler un moment. Je me dirige vers la jetée, m'appuie sur l'une des rambardes et je ferme les paupières. Pendant un moment, j'écoute le bruit des vagues qui s'écrasent en contrebas. Je sens les embruns sur mes joues et l'odeur de l'iode. Mes lèvres ont le goût du sel.

Je perçois soudain une présence accoudée à mes côtés. Un parfum très masculin vient couvrir celui de l'océan. Je me tourne et percute de plein fouet des yeux azuréens. Ils me fixent en silence.

Rees me tend le joint qu'il tient dans la main, me mettant au défi de le prendre. Nos doigts se frôlent quand je le saisis. Je le porte à mes lèvres qui se posent à l'endroit précis où se tenaient les siennes il y a encore quelques secondes. Nous restons un long moment ainsi, face à face, à faire tourner. Puis, d'un coup, il me tend la main.

– Je propose une trêve.

Je ne m'attendais pas à ça, mais soit. Nous allons sûrement nous voir souvent maintenant que je côtoie le groupe, alors autant éviter les tensions. Mais je vais devoir rester vigilante et ne pas engager mon cœur plus que de raison. Ni mon corps. Plus jamais, je m'en suis fait la promesse.

– Amis ? lui réponds-je.

Il semble hésiter, plus très sûr de lui tout d'un coup.

– Amis !

Nos mains se serrent et nos doigts restent entrelacés plus longtemps que nécessaire.

Oui, amis ou pas, je vais devoir veiller à garder un maximum de distance.

13

Rees

Étonnamment, cette nuit-là, je ne rêve pas d'ELLE mais de LUI.

Je le serre fort dans mes bras, tout contre mon cœur.

– Kaï, ne me laisse pas… Reste avec moi…

Ses yeux me fixent avec tendresse et regret, mais il ne me répond pas.

– Je t'en prie, ne m'abandonne pas, je n'y arriverai pas sans toi.

Je ne suis pas prêt à le laisser partir, pas prêt à vivre sans lui. Il est ma seule raison de vivre, je ne peux pas le perdre, pas maintenant, pas après tout ce que j'ai fait pour le ramener près de moi.

Il me sourit entre deux respirations malaisées.

– Bien sûr que si, tu y arriveras. Tu es le mec le plus fort et le plus résilient que je connaisse. Je t'aime, Rees, tu sais.

– Moi aussi je t'aime, Kaï, tellement fort. C'est pour ça qu'il faut que tu t'accroches. C'est pour ça que tu dois rester avec moi. Fais ça pour moi, s'il te plaît. Les secours arrivent, ils seront là dans quelques minutes. Tu n'as plus longtemps à tenir, tu as juste à t'accrocher encore un peu.

– Non, Rees, c'est la fin. Tu ne pourras pas me sauver, pas cette fois.

Ma gorge se serre, mes larmes affluent mais je ne veux pas les lui montrer. J'y crois encore, de tout mon cœur. Ça ne peut pas s'arrêter là et se finir comme ça. Je serre les poings sur son tee-shirt.

– Rees ?

– Oui ?

– Ne m'oublie pas... Promets-le-moi...

Je promets. Je promettrai tout ce qu'il veut.

Je sens son corps qui se relâche. Ses yeux se ferment doucement. Il vient de perdre connaissance. Sa respiration ralentit encore puis s'arrête. C'est fini, il est parti. Les secours ne sont pas arrivés à temps, il n'a pas tenu.

Il est mort dans mes bras et je n'ai rien pu faire pour empêcher cela... Nous n'avions que 17 ans, nos vies ne faisaient que commencer. La sienne vient de s'éteindre quand la mienne n'a désormais plus de raison d'être.

À mon réveil, j'enfile un survêt et des baskets. J'attrape mon iPod et je pars courir dans une foulée rageuse.

Mes pas me mènent jusqu'au cimetière des Evergreens. Jusqu'à sa tombe à Hickory Knoll.

KAÏ EVANS
1996 - 2013
« La mort a toujours tort. »

Je ne t'oublie pas...

Je l'avais cru en sécurité quand moi je baignais dans les bas-fonds et la fange. La poudre et les amphèt', c'était mon univers. Ce n'était pas censé être le sien, jamais il n'aurait dû s'en approcher.

Je n'ai rien vu et pourtant tous les signes étaient là.

Je n'ai pas su le protéger cette fois-là. J'aurais dû y arriver comme je l'avais déjà fait maintes fois, la cicatrice sur mon flanc droit en attestant. Trop occupé à nous préparer un avenir ensemble, je l'ai laissé tomber. Quatre jours après sa mort, les portes du centre pénitentiaire pour mineurs se refermaient sur moi, pour les trois cent soixante-cinq jours qui ont suivi.

14

Rees

Mon plan cul était loin d'être un bon coup. Sans compter que la fille n'arrêtait pas de jacasser. Je déteste les conversations sur l'oreiller. Rien de pire pour faire redescendre en flèche ma libido. C'est la raison pour laquelle je m'esquive toujours le plus vite possible après avoir baisé une nana. Celle-ci était sûrement la pire de toutes. Dix minutes de plus et elle aurait déjà programmé la publication des bans.

Au secours !

Du coup, j'ai pris la tangente plus vite que prévu. Il n'y aura pas de second round. Il est encore tôt, j'ai donc le temps de rejoindre les potes pour passer finalement le reste de la soirée avec eux.

Marlowe sera-t-elle là ?

Je me sens tout émoustillé à cette idée et ça me laisse plutôt perplexe. Qu'y a-t-il chez cette petite nana qui affole tous mes radars ? Certes, Marlowe est un putain d'avion de chasse, mais la plupart des meufs qui sont passées dans mon lit étaient aussi des top canons. Et j'ai déjà convenu que je ne pourrais jamais la baiser maintenant qu'elle fait partie du groupe. Alors pourquoi un tel enthousiasme à l'idée de la revoir ? À l'idée de la voir ou à celle de lui parler ? Parce que, soyons honnête, notre première et unique conversation m'a mis le feu au corps.

Piquante, un brin rebelle, elle ne s'est pas laissé démonter face à moi. Elle a fait preuve d'un répondant auquel aucune femme ne m'avait habitué. Une vraie bouffée de nouveauté !

Aussi, quand j'arrive au loft, c'est elle que mes yeux cherchent en premier. La conversation est animée puisqu'il semble y avoir débat à propos de la prise de pouvoir des séries sur les films de cinéma. Discrète et en retrait, Marlowe affiche cependant un sourire chaleureux en suivant les échanges. Sourire qui s'efface à la seconde où ses yeux croisent les miens. Son visage, pour une fois détendu et communicatif, se ferme complètement pour ne plus montrer qu'une expression neutre et impénétrable.

D'accord, voilà qui annonce la couleur !

La controverse se poursuit et Dex s'échauffe :

– Comment pouvez-vous dire que les séries sont mieux que les films ? Dans le cinéma, tu as un réalisateur unique qui maîtrise son film du début à la fin, tandis que pour les séries, tu as affaire à un pool de scénaristes, même s'ils sont dirigés par un *showrunner*, mais aussi plusieurs réalisateurs interchangeables. La mise en scène est donc beaucoup plus pauvre, voire inexistante ou répétitive. On tombe vite dans le soap, avec des épisodes sans consistance.

Alex n'est pas d'accord.

– Il y a de plus en plus d'auteurs qui se tournent vers le format série. La créativité est facilitée, il y a davantage d'efforts d'imagination par rapport au cinéma qui est devenu esclave des superproductions. Le soap est désormais beaucoup plus dans le cinéma avec ses énièmes occurrences, ses suites et ses franchises.

Marlowe prend la parole et c'est la première fois que

je la vois interagir dans une conversation du groupe au complet en dehors de nos provocations. Elle paraît pourtant à l'aise, même si elle reste mesurée.

– Moi, j'aime bien ces films à grand spectacle. Je les trouve assez divertissants. De manière générale, le cinéma permet une exploitation assez unique de l'image et du son, et c'est ainsi qu'il fait naître des émotions. David Lynch disait d'ailleurs que « le cinéma est un désir très fort de marier l'image au son ».

– Ah, toi, t'es ma pote ! s'exclame Dex. Prenez-en de la graine, les gars ! Voilà enfin quelqu'un qui s'y connaît !

Il tend son poing vers elle pour lui faire un check. Geste qu'elle lui rend en l'égayant d'un clin d'œil complice avant de reprendre la parole :

– Mais… je ne pense pas qu'il faille réduire le débat à « soit l'un soit l'autre ». Il est même dommage de vouloir catégoriser une œuvre en fonction de son mode de diffusion. Aujourd'hui, la qualité peut se retrouver aussi dans les séries grâce à un traitement nouveau des personnages. Les chaînes câblées ne sont pas soumises à la censure de la FCC, d'où l'émergence de scénarios politiquement incorrects et de héros ou antihéros névrosés qui conduisent l'intrigue.

Tous méditent ses arguments. Je les trouve pertinents et plutôt affûtés. Ça m'intrigue. Qui est cette femme derrière ce masque d'impassibilité ? Quelle est son histoire ? Plus étonnant encore, pourquoi est-ce que cela m'importe ?

Les conversations reprennent et je n'écoute plus que d'une oreille distraite, perdu dans mes questionnements. Je suis cependant resté suffisamment focalisé sur elle pour m'apercevoir qu'elle est tout à coup devenue blême. Sa lèvre inférieure frémit comme si elle s'apprêtait à fondre en larmes et ses mains, jointes sur ses cuisses, tremblent tandis qu'elle se tord les doigts de nervosité. Je suis son regard. Il est rivé sur le poste télé qui diffuse en sourdine une émission politique où un sénateur quelconque dont je n'ai jamais entendu parler fait campagne pour je ne sais quoi. Je ne me suis jamais intéressé à ces trucs-là et je ne comprends pas ce qui peut la bouleverser à ce point.

– Marlowe, ça va ?

Elle sursaute au son de ma voix avant de détourner les yeux vers moi. Une microseconde durant laquelle on aurait dit un cerf pris dans des phares. J'y ai vu de la tristesse, de la douleur, de la peur même… Puis, plus rien. Son regard est redevenu pétillant et un semblant de sourire a rejoint ses lèvres. Celui qu'elle a la plupart du temps mais qui me semble soudain être une illusion.

Qu'est-ce qu'il vient de se passer ?

C'était si bref que je pourrais penser avoir tout imaginé.

Elle lève un sourcil interrogateur, une moue provocante en coin comme pour me défier.

– Bien sûr ! Pourquoi ça n'irait pas ?

Je reporte mon attention sur l'écran télé puis de nouveau sur elle. *Ai-je loupé un truc ?*

Cette fois, elle ne soutient pas mon regard. Elle se lève pour rejoindre la cuisine. Personne d'autre que moi n'a remarqué son trouble. Sans bruit, je la suis et m'appuie contre le chambranle de la porte. Elle est de dos, ses épaules sont basses et son souffle est court. Ses mains agrippent le rebord du plan de travail et ses jointures sont blanches tellement elle le serre fort. J'ai soudainement envie de la prendre dans mes bras pour la rassurer. Pour lui dire que ça va aller, que je suis là, et que je vais la protéger.

Mais merde, ça sort d'où ça ?!

Elle réveille en moi un instinct de protection oublié, les réminiscences d'une autre vie et le rappel d'un besoin viscéral que j'avais eu de veiller sur quelqu'un. Je suis tellement désemparé par ce qu'elle vient de déclencher en moi que je suis pris de panique. Du coup, je fais encore mon connard et j'attaque pour la provoquer, au risque d'y laisser des plumes.

– Alors quoi, je te fais autant d'effet que tu t'obliges à fuir à mon arrivée ?

– Ha, ha, très drôle, Casanova. Va falloir faire mieux que ça si tu veux m'impressionner.

– C'est un défi ?

– Plutôt une fin de non-recevoir.

– Bah, à vrai dire, le plan de travail m'inspire assez et j'ai les arguments pour être persuasif. Qui sait, tu pourrais peut-être apprendre deux ou trois trucs et prendre ton pied.

– Tu as surtout un ego de la taille du Texas. Soit dit en passant, approche-moi d'un peu trop près et tu risques d'avoir mal aux couilles pendant quelques jours. J'ai un très bon coup de genou.

Yes, ça marche ! La revoilà, ma valkyrie. Tout feu tout flamme. Ça brûle, mais c'est bon. Et c'est surtout très dangereux car nous avions convenu la dernière fois d'être amis. Sauf qu'elle m'inspire toutes sortes de sensations et certainement pas celles de l'amitié. Or, jadis, je me suis fait une promesse et je ne suis pas prêt à la rompre. Jamais !

Dex arrive sur ces entrefaites.

– Putain, Rees, arrête de faire ton enfoiré. Tu peux pas lui foutre un peu la paix ? C'est notre pote, alors vas-y mollo et lâche l'affaire ! On l'aime bien, alors déconne pas.

Depuis quand il joue les preux chevaliers, lui ? Et en plus, contre moi ?

Il est clair que le groupe a déjà bien intégré la fée Clochette. Va falloir faire avec. Entre ça et les pensées auxquelles j'ai du mal à résister, autant dire que le mieux reste encore de garder mes distances.

15

Marlowe

Un mois s'est écoulé et la bande dont je fais désormais partie est très souvent au Devil's, y compris quand Sacha et moi ne sommes pas de service. On profite avec eux de chacune de nos soirées de liberté !

Un mois que Rees et moi avons convenu d'un statu quo et pourtant je ne sais que penser. Il reste distant et sur la réserve avec moi, je pense même qu'il m'évite le plus possible. Il faut dire qu'il a toujours une ou deux nanas pendues à ses basques, et qu'il est donc toujours très, très occupé. Enfin, sa bouche et ses mains en particulier le sont. J'ai de plus en plus de mal à le cerner. Tout en contradictions, tantôt mordant, tantôt charmeur, il souffle le chaud et le froid. Quand je suis de service, je sens parfois le poids de son regard qui ne me quitte pas, fusillant les clients entreprenants comme s'il voulait faire valoir des droits sur moi avant de disparaître sans discrétion avec l'une de ses bimbos. Parfois, il revient plus tard, parfois pas. Inutile d'être devin pour savoir ce qu'il fait de ses soirées.

Je suis irrémédiablement attiré par cet homme, mais je connais ses sacro-saintes règles et son mode de vie. Je ne serai qu'un nom de plus sur une liste déjà très longue, un coup vite fait avant de passer au suivant. Je n'ai pas besoin de ça dans ma vie, d'autres se sont chargés de piétiner mon cœur et mon amour-propre bien avant lui.

Je quitte la salle en direction de la réserve. Ben a besoin de pailles au bar. Je trouve ce que je cherche et, au moment où je sors du petit local, je percute de plein fouet un torse ferme et athlétique.

– Salut, chérie.

Je lève les yeux. L'homme fait bien une tête et demie de plus que moi et me fixe d'un œil lubrique.

– Je m'disais qu'on pourrait passer un p'tit moment tous les deux. J'suis sûr que ça serait sympa, toi et moi.

Tout en me disant cela, il me bloque le passage et avance d'un pas pour me faire reculer dans la réserve derrière moi.

– Non merci.

– Oh, allez, ne fais pas ta farouche, je suis sûr que t'aimerais ça.

– J'ai dit : NON MERCI.

J'essaye de forcer le passage, mais il m'attrape le poignet et me plaque contre lui d'un coup sec.

– T'en as envie. T'es du genre à te faire sauter vite fait bien fait dans un coin et à te faire prendre par-derrière comme une chienne.

Je n'arrive pas à me dégager de sa poigne d'acier, il me tient fermement tout en me poussant contre le mur. Je commence à me débattre et à paniquer, laissant les pailles se répandre sur le sol.

Pitié, non, mon Dieu ! Je ne veux pas que ça recommence.

Je sens l'angoisse monter. Je pensais Alicia loin derrière moi. Je la croyais disparue et pourtant, face à ce type, son spectre refait surface. Cela faisait longtemps que je n'avais pas ressenti un tel désarroi devant un homme. J'étouffe ! J'étais convaincue d'être aujourd'hui forte, assurée et guérie de mes maux. Mais sous l'effet de la panique, Marlowe s'efface malgré moi. Tétanisée de peur, j'oublie tout. Je n'arrive pas à décocher le coup de pied bien placé que ce connard mériterait.

Soudain, une voix ferme claque dans l'ombre du couloir, faisant refluer les ombres du passé.

– La demoiselle a dit non.

Rees est arrivé derrière nous sans même un bruissement dans l'air, tel un ange de la mort. Je ne me suis jamais sentie aussi soulagée de le voir.

– Casse-toi, mec, on ne t'a pas sonné, lui répond mon agresseur.

À peine le temps d'un battement de cils, et l'armoire à glace se retrouve plaquée contre le mur d'en face, son cou serré par les mains de Rees, les pointes de ses pieds touchant à peine le sol malgré sa taille.

– Ça va ? Il ne t'a pas fait mal ? me demande Rees d'une voix douce que je ne lui ai jamais entendue.

– Oui, ça va, merci. Tu peux le lâcher maintenant, tout va bien.

Il pousse un grognement. Son regard azur est devenu aussi polaire que l'Antarctique.

– Bébé, ça ne marche pas comme ça ! Hein, mec, que ça ne marche pas comme ça. T'es bien d'accord avec moi, non ?

Le gros abruti n'en mène pas large.

– J'suis désolé, mec, je ne savais pas que c'était ta nana.

Rees éclate d'un rire diabolique.

– Oh, mais la question n'est pas là. T'as touché à quelque chose auquel t'aurais jamais dû. On va donc causer tous les deux. Va-t'en, Marlowe, mon ami et moi, on a des tas de choses à se dire.

Un éclair de panique traverse les yeux de Monsieur Connard.

– Mec, tu vas faire quoi ? C'est bon, je m'excuse !

Je commence aussi à paniquer, je ne reconnais pas Rees. La rage assombrit son regard. Il a l'air soudain tellement dangereux, il me fait peur. Je ne crois pas qu'il me ferait du mal, mais je redoute de ce qu'il est capable de faire à l'autre et des conséquences pour lui-même.

– Rees, fais pas de conneries, lâche-le !

Il continue de fixer le type, la mâchoire crispée.

– Rees, regarde-moi !

Il tourne enfin la tête et ses yeux semblent s'adoucir quand il les pose sur moi.

– Rees, s'il te plaît ! Ne fais pas ça !

Il prend une grande inspiration, approche ses lèvres de l'oreille du type et lui murmure quelque chose que je n'entends pas avant de le lâcher et de lui lancer tout haut :

– T'as de la chance que ce soit elle qui me l'ait demandé.

Il me prend délicatement la main et m'entraîne dans la salle. Puis il m'abandonne sans même un regard devant le comptoir de Ben, rejoint sa table, attrape son Perfecto sur le dossier de sa chaise et quitte le bar sans dire un mot à qui que ce soit. Tous le regardent partir avec stupeur. Tous sauf Dex qui me fixe d'un air songeur.

Que s'est-il passé ? Merde !?

Ben me ramène subitement à la réalité :

– Où sont les pailles ?

16

Rees

J'ai la rage !

Comme souvent, je la suivais des yeux aussi discrètement que possible. Je sais qu'elle m'a déjà grillé à plusieurs reprises. Mais je n'arrive pas à m'en empêcher, comme quatre-vingt-dix-neuf pour cent des mecs présents dans ce bar. Les un pour cent restants étant certainement gay. Et encore, elle serait même capable de leur faire virer leur cuti, à ceux-là aussi.

Mes yeux sont toutefois restés accrochés sur un mec à première vue assez banal, mais dont les œillades lubriques et le sourire pervers ne m'ont pas plu du tout.

Non mais vraiment pas !

Et quand Marlowe s'est avancée dans l'obscurité du couloir qui mène à la réserve avec l'autre connard sur les talons, j'ai compris tout de suite.

Alors là, pas question, mec ! Dans tes rêves !

Je m'y suis engagé à mon tour, sans bruit.

Lorsque je l'ai vu pressé tout contre elle, ses sales paluches sur son joli corps, lui susurrant des saloperies à l'oreille, j'ai vu plus que rouge. Mais c'est la panique dans la voix de Marlowe et la peur dans ses jolis yeux qui m'ont fait vriller.

Je suis un fichu queutard, je n'ai moi-même aucune morale, aucune limite. Mais malgré tout, je ne suis pas un salaud. Avec les femmes, je suis réglo, je ne leur fais jamais de fausses promesses et j'annonce toujours la couleur avant. Toutes celles que j'ai baisées l'ont été en toute connaissance de cause. Et une chose est certaine, c'est que jamais je ne ferai volontairement le moindre mal à l'une d'entre elles ou ne la forcerai à quoi que ce soit qui ne soit pas consenti.

Je ne supporte pas les mecs qui usent de leur force ou de leur pouvoir sur les femmes pour obtenir ce qu'ils veulent d'elles. Et celui-là n'allait certainement pas faire exception, surtout quand cela concerne ma délicieuse enchanteresse. Ce type est un homme mort !

C'est donc pour cette raison que je suis là, furax, dans l'ombre d'un porche en face du bar, attendant que cette ordure en sorte à son tour. Je sais être patient. Ce fumier ne rentrera pas indemne chez lui. Pour elle, ce soir, je suis bien décidé à faire appliquer la loi de la rue : tu touches à ce que tu ne devrais pas, tu payes, et au centuple ! Je l'ai promis à ce fils de pute. Une promesse froidement murmurée à son oreille.

Le type se décide enfin à s'arracher et je suis dans son sillage. À l'angle d'une ruelle sombre, je l'attrape brusquement derrière la nuque pour l'entraîner d'un coup sec et nous poster loin des regards indiscrets.

– Tu te souviens de moi, enfoiré ?

Je vois la panique dans ses yeux. Il a compris.

Quand je quitte la ruelle quinze minutes plus tard, mes poings tachés de sang ont délivré leur message à sa sale petite gueule.

– Tu ne remets plus jamais les pieds dans ce bar, tu ne cherches pas à la revoir. Et si par hasard tu la croises, tu changes de trottoir, tu ne la regardes pas, tu ne lui parles pas et plus important, tu ne la touches pas.

Mieux, tu ne penses même pas à elle. J'ai des yeux et des oreilles partout dans ce quartier. Enfreins ces règles et tu peux être sûr que quelqu'un passera te voir… Et crois-moi, t'aimeras pas ça…

17

Alicia
Cinq ans plus tôt

– Ma chérie, tu dois retirer ta plainte.

– Quoi ?!

Je regarde mon père avec stupeur.

– Tu ne peux pas la maintenir. Jason Ward est le fils du juge Darren Ward.

– Je sais qui est Jason Ward. Et alors ? Ça ne lui donne pas tous les droits. Ça ne lui donne pas le droit de me droguer et de me violer !

Je suis furieuse que mon père puisse suggérer une chose pareille. Mais la fureur vaut mieux que l'apitoiement. J'aurai tout le temps pour ça plus tard. J'aurai tout le temps pour pleurer sur mon sort et sur ce que j'ai perdu la nuit dernière. Mon amour-propre, ma réputation, mon petit ami. Tous mes rêves d'avenir.

– Bon sang, Alicia, Darren Ward est juge à la Cour suprême. À ton avis, qu'adviendra-t-il de ta plainte? Tu ne crois tout de même pas sérieusement qu'il va laisser son fils unique se faire livrer à la justice et son nom traîner dans la boue sans intervenir ? Le nôtre aussi s'en trouvera taché d'opprobre. Que vont penser la communauté et mon électorat quand ils sauront que ma fille a servi de catin ! Et Steven ? Tu as pensé à lui ?

Je reste sans voix.

Il n'est quand même pas sérieux ? Une catin, c'est tout ce qu'il voit de moi ?

– Ta réputation ? Il n'y a que ça qui t'importe ? Et moi alors ? Ce que je ressens, ce que j'ai subi ? Ça n'a aucune importance ? Et ne me parle pas de Steven, tu ne sais rien de Steven !

J'ai haussé le ton face à mon père pour la première fois de ma vie tellement la déception me submerge. Qu'est-il advenu de lui ? Où est le père aimant que j'ai connu enfant ?

– Chérie, il faut savoir choisir ses batailles. Soyons réalistes, tu n'as aucune chance de gagner contre les Ward devant un tribunal. Et, en tant que procureur général, cela me mettrait dans une situation très délicate. Darren Ward soutient ma campagne au Sénat, il risque de retirer ses appuis. Jason aura les meilleurs avocats qui soient et il se défendra en disant que tu étais consentante. Ou alors il dira que tu mens et te fera passer pour une traînée aux yeux de tous.

– Mais les preuves sont là, papa. Les tests et les examens que je viens de passer dans cet hôpital le prouvent. Ils ont relevé la présence d'une forte dose de GHB dans mon sang. Une analyse ADN sur les prélèvements de sperme effectués prouvera qu'il s'agissait bien de lui.

– Encore faut-il que cette analyse ADN soit autorisée et demandée par le juge ! J'ai vu les résultats d'examen et lu les premières conclusions. Le GHB a été mélangé dans le champagne que tu as bu à la soirée, soirée à laquelle Jason n'était pas présent. Ce n'est pas lui qui a pu le verser dans ton verre, une centaine d'invités pourrait l'affirmer. Quant au sperme également retrouvé, le compte rendu atteste qu'il y en avait deux différents. Ils étaient deux, Alicia ! Or, tu ne te souviens que de Jason. Tes souvenirs ne sont pas fiables. N'importe quel avocat démontera ton témoignage et laissera planer le doute sur l'identité réelle de ton agresseur en prétextant la confusion. Il nous faut préserver ce qui peut l'être. Nous allons régler toute cette affaire en dehors des tribunaux et surtout en dehors de la presse à scandale.

Mon Dieu ! Deux !

Ils étaient deux et seul le visage de Jason me revient en mémoire.

Mais qui est l'autre ?

Je me souviens du regard coupable et désolé de Steven quand il a quitté la dépendance en me laissant aux bons soins de Jason. Il est parti, ça ne peut donc pas être lui. En revanche, je sais désormais comment la drogue est arrivée dans mon verre. C'est Steven qui m'a sciemment droguée et ensuite livrée. La question, c'est : pourquoi ? Il me doit une explication. J'ai besoin de croire qu'il y en a une ! Il était mon petit ami, je l'aimais et je lui faisais confiance. C'est impossible qu'il m'ait trahie comme ça…

Ingéré à moyenne ou forte dose, le GHB a des propriétés sédatives et provoque assez souvent des pertes partielles ou complètes de la mémoire. Steven devait certainement compter sur cela pour que je ne me souvienne pas de son implication… Jason comptait pour sa part sur les effets aphrodisiaques et désinhibiteurs et quelque chose me dit qu'il a fait en sorte que le dosage soit juste parfait pour que justement, je me souvienne de lui. À aucun moment, il n'a douté qu'il puisse y avoir la moindre conséquence pour lui.

À la lumière de ma conversation avec mon père, je prends conscience qu'il a probablement raison. Les chances de gagner sont plus qu'infimes. Effondrée, je tourne le dos à mon géniteur, me roule en boule sur le lit d'hôpital où je dois passer la nuit et je pleure en silence.

Mon père quitte la chambre sans un bruit. Tout a changé, plus rien ne sera jamais comme avant.

J'étais encore si loin de la vérité.

* * *

La vidéo est apparue sur le bureau de mon père deux jours après notre conversation à l'hôpital, anéantissant mes derniers espoirs de pouvoir obtenir justice devant une cour.

La drogue a effectivement bien rempli son office, comme Jason l'avait prévu. Elle m'a rendue complètement docile et indolente, et en même temps entièrement désinhibée et avec une sensualité exacerbée. Alanguie, j'ai laissé Jason faire ce qu'il voulait de moi. Je l'ai laissé me pénétrer et me prendre avec ardeur pendant que son acolyte, dont je connais désormais le visage mais ignore toujours le nom, m'embrassait et me suçait avidement les seins. J'ai laissé ce même homme me prendre à son tour avant de se retirer pour éjaculer sur mon ventre et y étaler sa semence, sous le regard fiévreux de Jason.

J'ai aussi obéi à Jason quand il m'a fait mettre à genoux pour le prendre dans ma bouche puis… Je ferme les yeux pour refouler mes larmes. Je ne veux pas voir la suite. Je ne veux pas me rappeler ce que je l'ai laissé me faire, perdue dans les brumes de mon esprit anesthésié.

Ainsi, aucun juge ne cautionnera la thèse du viol et le juge Ward a le bras suffisamment long pour faire invalider les résultats des tests sanguins, seule preuve du fait que j'étais droguée et donc de mon non-consentement. Aux yeux de tous, je ne serai qu'une petite salope ayant agi de son plein gré et cherchant à nuire par dépit à l'une des plus honorables familles de Greenwich. Personne ne croira que j'ai été droguée.

Le visionnage terminé, il règne un silence de mort dans le bureau. Mon père est livide, les yeux dans le vague. Il ne me regarde pas. De longues minutes s'écoulent avant qu'il ne prenne la parole.

– Si cette vidéo est rendue publique, toute la ville saura que tu n'es qu'une putain ! Mon Dieu, ta mère aurait été effondrée, paix à son âme.

Je peine à respirer. Je n'arrive pas à croire qu'il puisse avoir une telle opinion de moi.

– Je vais contacter le juge Ward pour négocier la non-divulgation de la vidéo et le maintien du soutien public de ma campagne en échange du retrait de ta plainte.

Je ne lui réponds pas. Il n'y a rien à répondre. Rien que je puisse faire. Quelque chose s'est brisé en moi. Je me lève, franchis les quelques mètres jusqu'à la porte et quitte la pièce pour aller me réfugier dans ma chambre. Je n'en sors pas pendant trois jours, pas même pour avaler le moindre repas. Jusqu'à ce que Mary, notre employée de maison, vienne toquer tout doucement à ma porte.

– Mademoiselle Alicia, votre père souhaiterait vous voir.

– Dites-lui que je serai dans son bureau dans une dizaine de minutes. Merci, Mary.

Dix minutes, le temps nécessaire pour essayer de retrouver figure humaine. Quand je pénètre enfin dans son repaire, je trouve mon père assis derrière son bureau, aussi raide que la justice qu'il prétend servir. Mais ce n'est pas sur lui que mes yeux se portent, ni sur le juge Ward assis dans le fauteuil Voltaire face à lui. Je ne vois que Jason, nonchalamment installé sur le rebord de la fenêtre, qui me fixe avec un sourire provocant.

Mon père prend la parole :

– Alicia, avec Jason et Darren, nous sommes parvenus à un accord. Ils consentent à ne pas divulguer la vidéo et à continuer à soutenir publiquement ma campagne à la condition que tu retires ta plainte et que tu accèdes à la seule exigence de Jason.

– Et quelle est-elle ? parviens-je à bredouiller.

C'est Jason qui me répond :

– Toi ! C'est toi que je veux ! Quand je veux, où je veux, comme je veux. Et tu devras te plier à mes… sollicitations, à ma convenance, en toute soumission et sans protestation. Jamais !

Mes lèvres s'ouvrent en un O muet avant de m'indigner :

– En gros, vous me demandez de me prostituer ? Et toi, papa, tu es d'accord avec ça ?

Mon père semble mal à l'aise mais ne conteste pas. Le juge prend alors la parole :

– Ma chère, cela n'avait pas l'air de vous déranger le moins du monde l'autre soir. Votre petite partie de jambes en l'air a coûté à mon fils la bagatelle de cinquante mille dollars. Navré, mais aucune pute ne vaut ce prix-là, aussi bonne soit-elle. Votre dette va donc bien au-delà d'une simple vidéo à laisser au placard. Surtout si l'on tient aussi compte de ma contribution dans la course au Sénat que mène votre père et à laquelle il tient tant.

– Ma dette ? Cinquante mille dollars ? Mais de quoi parlez-vous ?

C'est Jason, à nouveau, qui me fournit l'explication :

– C'est la somme que me devait Steven. Il a commencé à participer à nos parties de poker, il y a plusieurs mois. Au début, il gagnait et il est vite devenu accro avant de perdre gros. Son père l'a renfloué les premiers temps jusqu'à lui couper complètement les vivres. Il a joué plusieurs fois de trop et il a tout perdu. Tu lui as servi de monnaie de paiement. C'était le deal : j'effaçais sa dette s'il faisait en sorte que je puisse te baiser.

Tout devient subitement clair : Steven qui paraissait préoccupé depuis quelque temps, le GHB versé dans mon verre, le fait qu'il me conduise dans la dépendance ce soir-là et son silence total depuis. Il m'a sacrifiée pour payer ses dettes.

– Désolé, je n'ai pas l'impression qu'il ait réfléchi bien longtemps, ajoute Jason avec une moue faussement triste. Mais pour cinquante mille dollars, je me suis dit finalement qu'une malheureuse nuit était bien insuffisante. T'as un sacré goût de reviens-y ! Donc, il va falloir s'allonger bien plus.

Mon père grimace devant le langage cru du monstre en face de moi, mais n'intervient pas. Il ne me regarde pas. Je ne reconnais pas cet homme qui est censé me protéger ! Est-ce que son ambition vaut de sacrifier sa fille unique ? J'ai du mal à croire que tout ça soit réel, ce n'est pas possible ! Mes larmes brouillent ma vue. Je suis en enfer, c'est la seule explication.

– Il va sans dire que si tu refuses, la dette devra se payer d'une façon ou d'une autre, et ça ne va pas être joli du tout.

La peste ou le choléra, voilà mon choix. Refuser, laisser publier la vidéo et passer pour une chienne en chaleur, faire face à la honte publique pour les années à venir, à mon avenir funeste et à la chute de mon père et de tout ce pour quoi il a travaillé depuis tant d'années. Ou accepter, abandonner mon amour-propre, l'estime de moi et me laisser souiller.

Les dés sont jetés, mon sort est scellé et Jason le sait très bien. Je n'ai aucun moyen de subvenir à mes besoins, nulle part où aller – et quand bien même je parviendrais à fuir, il finirait par me retrouver. Il sourit de toutes ses dents tel un chat devant une souris quand il comprend que je n'ai pas d'autre choix que de céder.

18

Rees
Huit ans plus tôt

Les flics m'ont serré à la sortie du cimetière, ayant eu la décence de me laisser assister à l'enterrement de Kaï. C'est la seule chose qui m'importait encore. Je me fous désormais de tout le reste. Qu'ils fassent ce qu'ils veulent de moi.

Ils m'ont proposé un accord : un an si je crachais les noms de ceux qui étaient impliqués dans le trafic de drogue. Moi, je n'étais qu'un vendeur, même pas un consommateur, alors ils s'en foutaient de ma gueule. C'est Donny qui les intéressait. Mais j'ai une dette envers lui, c'est lui qui m'a sorti de la rue après une énième fugue de l'orphelinat. En échange de ce boulot de dealer, c'est encore lui qui m'a aidé à retrouver Kaï, alors qu'on avait été séparés après son adoption. Grâce à Donny, j'ai commencé à économiser. J'ai cru à mon rêve d'avoir un jour assez d'argent pour trouver un job réglo et m'installer près de la famille d'accueil de Kaï.

Putain de rêveur de merde.

Maintenant, Kaï est mort. Il n'y a plus de rêve, plus rien, mais ça, les flics s'en tapent. Ils ont insisté, ils ont essayé de me faire plier. Mais je ne suis pas une putain de balance ! Dehors ou derrière les barreaux, c'est du pareil au même pour moi, alors qu'ils aillent se faire foutre !

Trafic de stupéfiants ! Verdict, j'ai pris cinq ans ferme au lieu de dix car je suis encore mineur. Je devrai normalement faire un an au centre pénitentiaire pour mineurs jusqu'à ma majorité puis être transféré à la prison d'État pour les quatre années suivantes.

Quand vous arrivez dans ce genre d'endroit, si vous ne trouvez pas des appuis tout de suite pour vous assurer une protection, vous êtes un type mort. Et pour obtenir cela, il faut savoir jouer des poings et fermer sa gueule quand il le faut. Autrement, vous vous retrouvez à faire la pute pour tous les caïds du bloc et à sucer des bites pour avoir une chance de rester en vie.

Pour une fois, ma gueule d'ange allait jouer contre moi. Mais entre mon cogneur de père avant l'orphelinat et ma vie à la dure dans la rue, j'avais les arguments qu'il fallait pour pouvoir m'imposer. Alors, dès le second jour, j'ai dû péter des bouches et briser quelques os. J'ai écopé d'un coup de couteau qui m'a valu un séjour à l'infirmerie et dix jours de mitard pour avoir refusé d'ouvrir ma gueule sur ce qui s'était passé. Mais quand j'en suis sorti, plus personne ne m'a cherché et c'est là que Dex m'a intégré dans son clan. Un mois plus tard, c'est lui qui est désormais sous ma protection et moi qui suis devenu le maître des lieux.

Dex peut se procurer absolument tout et n'importe quoi, c'est le roi des resquilleurs. Mais moi, aux yeux de tous, je suis le fils du diable en personne : je provoque autant de crainte et de terreur que de fascination. Capable du pire, aussi incontrôlable et imprévisible qu'on pourrait s'y attendre. À nous deux, nous sommes devenus une paire absolument redoutable. Nous avons pris le contrôle : notre bloc, nos lois. C'est devenu notre royaume et tous sont à nos pieds tellement ils me craignent. Les rumeurs vont vite et ma réputation n'est plus à faire tant ici qu'à la prison d'État où je devrai bientôt poursuivre ma peine.

Tant mieux si la couleur est déjà annoncée et qu'elle me précède !

Dex est affecté à l'atelier de mécanique. Plutôt comique quand on sait qu'il s'est fait serrer pour vol de voitures. De prime abord, je dirais que je n'ai pas eu sa chance puisqu'on m'a collé à la bibliothèque. Là encore, notez l'ironie parce qu'on ne peut pas dire que j'ai beaucoup fréquenté les bancs de l'école et les livres. Mais en y réfléchissant bien, ce n'est finalement pas si mal. J'y suis plutôt peinard et au calme. Il n'y a pas grand-chose à faire alors ça me laisse même du temps pour flâner. Et si les mots ne sont pas ma came, je suis attiré en revanche par tout ce qui contient des images et des illustrations. Je suis fasciné par les contrastes et le tracé des lignes.

Trois jours par semaine, un vieil homme, Gus, vient de l'extérieur pour apporter de nouveaux bouquins et donner des cours de base aux jeunes détenus. Il a l'air plutôt sympa. Quand j'arrive à dénicher quelques feuilles de papier et un ou deux crayons, je m'installe dans un coin et je l'écoute distraitement dispenser ses leçons. Je crayonne des trucs de toutes sortes. Je laisse libre cours à mon imagination. À défaut d'être libre dehors, je m'évade dans mes croquis.

Je sais que le vieil homme m'observe souvent. Je suis justement en train de griffonner lorsqu'il s'approche de moi.

– Salut, gamin.

– …

– Dis-moi, tu m'as l'air d'avoir un sacré coup de crayon.

Je hausse les épaules sans répondre.

– T'en as d'autres des dessins comme ça ?

Nouveau haussement d'épaules.

– T'es pas du genre très causant, hein ?

Je ne réponds toujours pas, je me dis qu'il va finir par se lasser et me foutre la paix. Peine perdue, il tire une chaise et s'assoit en face de moi.

– Dis-moi, tu saurais refaire ça avec une aiguille et de l'encre au lieu d'un crayon ?

Je le fixe, les sourcils froncés.

Hein ? De quoi il me cause, le vieux ?

Gus s'apprêtait à changer toute ma vie.

19

Rees

J'affine un contraste sur le dessin que je suis en train de terminer. Il ne sortira probablement jamais de ce bureau ni même de ce carnet. Je sais exactement à qui il est destiné, mais j'ignore pourquoi et même s'il sera porté un jour.

Gus avait pour habitude de dire que chaque dessin est unique, qu'il ne peut y en avoir deux semblables, tout comme chaque âme est unique. Il disait aussi qu'à chaque dessin ne peut correspondre qu'un seul être. Le tout étant de savoir reconnaître le bon.

Celui-ci ne peut être que pour elle ! Il ne peut en être autrement ! Je ne sais pourquoi mais mon instinct me le crie de toutes ses forces.

Porte-t-elle déjà un tatouage ? Plusieurs ? Où ?

Les aime-t-elle seulement ?

Gus m'a tout appris, mais il me répétait sans cesse que tout le savoir qu'il m'avait transmis n'était rien sans le don qui m'avait été accordé. Il avait vu du talent en moi là où les autres ne voyaient qu'un délinquant rebelle et ingérable. Un talent qui allait devenir la clé de ma liberté, au propre comme au figuré. Je n'ai finalement jamais vu les portes du pénitencier d'État. Grâce à Gus qui s'est porté garant pour moi et à l'avocat roublard qu'il m'avait dégoté – celui dont je baise la femme –, le jour de mes 18 ans fut celui de ma libération anticipée.

J'ai passé les années suivantes à tout apprendre de Gus dans des arrière-salles de tripots, dans des bars douteux ou dans des chambres de motels miteux. Il m'a enseigné l'art du tatouage comme celui de la vie. Jour après jour, mois après mois, il a aussi laissé ses empreintes sur ma peau dont l'une immortalisant le lien qui m'unira pour toujours à Kaï, de la terre à mon cœur.

Gus est mort il y a maintenant cinq ans, me laissant tout ce qu'il avait : de quoi ouvrir mon salon de tatouage et remettre ma vie sur les bons rails. Du moins ceux de la légalité. Car à part ça, je ne suis pas sûr que Gus aurait apprécié ma façon de vivre. À ce propos, nous sommes jeudi, mais pas de soirée entre potes prévue ce soir. Cependant, j'ai très envie de LA voir, ne serait-ce que pour m'assurer que l'ordure de l'autre soir n'est pas revenue et qu'elle n'en reste pas bouleversée. C'est ma fibre d'ange gardien qui parle, mais je n'arrive pas à la faire taire. Ce n'est pourtant pas faute d'avoir essayé.

Aujourd'hui, Sacha est en congé mais pas Marlowe. Le soir parfait pour aller boire une bière.

En pénétrant dans le Devil's, je la repère tout de suite. Elle est derrière le bar en train de servir un client, mais je devine qu'elle m'a repéré à son corps qui se crispe. Je m'assois donc au comptoir.

Te rendrais-je nerveuse, ma fée Clochette ?

Elle s'approche enfin, s'appuie sur le zinc qui nous sépare, face à moi, et me sourit.

– Qu'est-ce que je te sers ?

Mes yeux accrochent les siens, quelques secondes, pas plus, avant qu'elle ne détourne le regard. Mais suffisamment pour me filer une trique d'enfer. Soudain serré dans mon jean, je bouge sur mon tabouret pour me mettre plus à l'aise. Je brûle d'envie de lui crier « Toi ! Je te veux toi ! », mais ce ne serait pas juste pour elle. Je n'ai rien à lui offrir. Rien de plus qu'une nuit de plaisir, peut-être deux. Je ne fais pas dans le sentimental et elle mérite un mec qui puisse l'aimer et prendre soin d'elle. Pas un mec rongé de culpabilité, incapable d'aimer. Et puis ça foutrait bien la merde dans le groupe quand tout se finirait.

Pourtant, je ne peux m'empêcher de céder à cette fascination douloureuse que j'ai pour elle. Elle est un paradoxe. Un coup discrète et sur la défensive, un coup provocatrice et pleine de repartie. Laquelle des deux est-ce que je préfère ? À vrai dire, aucune. J'aime les deux. L'une, remplie de douceur et de fragilité, réveille en moi un instinct de protection que je n'avais plus depuis huit ans. Depuis Kaï. L'autre, des flammes dans les yeux et portant l'armure d'une guerrière, me donne l'impression d'être vivant. Mais elles gardent un point commun : elles portent un masque empêchant de lire leur âme. Tels le feu et la glace, peu importe la préférence, aucune ne laisse indifférent. Avec moi – et seulement moi –, c'est tantôt l'une, tantôt l'autre. Soit elle m'ignore, soit elle veut m'arracher les yeux. J'aime ces deux facettes, mais j'ai aussi envie de découvrir ce qui se trouve au milieu.

20

Marlowe

Vingt heures. Sacha passe la nuit chez Dany, je suis donc seule à l'appartement quand la sonnette retentit.

Qui cela peut-il être à cette heure ?

Quand j'ouvre la porte, je le trouve nonchalamment appuyé au chambranle, une pizza extra large et une bouteille de vin dans les mains. Et un grand sourire d'une oreille à l'autre.

– Salut ! Pepperoni et fromage, ça te tente ?

Je lui rends son sourire.

– Salut ! Qu'est-ce que tu fais là ?

– J'ai entendu dire que tu serais toute seule ce soir. Alors je suis venu partager ma pizza et ton canapé pour mater quelques vidéos. Je peux entrer ou tu préfères me laisser dehors ?

Attendrie par sa moue suppliante, j'ouvre la porte en grand et lui fais signe qu'il est le bienvenu.

– Bien sûr, beau gosse !

Sans se faire prier, Logan fonce tout droit vers mon salon, pose son chargement sur la table basse et s'affale dans mon canapé, télécommande déjà en main.

– Alors, que regarde-t-on ? Je suis d'humeur sympa ce soir et comme c'est toi et que je t'aime plus que bien, tu as le droit de choisir une comédie romantique, si tu veux. Mais quelque chose me dit que c'est pas du tout ton truc.

– Qu'est-ce qui te fait « dire » ça ?

– Simple intuition !

Mais il répond ça sur un ton beaucoup moins léger et ses yeux me scrutent beaucoup trop, avant qu'il ne rajoute :

– J'ai dans l'idée que la notion de « grand amour toujours » n'entre pas dans tes croyances ni dans tes convictions.

– Dit celui qui garde jalousement son secret !

Ça m'a échappé ! Je ne voulais pas être la première à en parler, surtout si je fais erreur. Mais je me suis sentie soudainement en danger. Il s'approche trop de la vérité.

Contre toute attente, il éclate de rire.

– Qu'est-ce qui te fait croire que j'ai un secret ?

– Simple intuition !

Je lui renvoie sa parade.

– Tu sais quoi, tu es beaucoup trop perspicace pour toute notre bande de crétins.

– Il faut croire que je ne suis pas la seule…

– Bon, un Marvel, ça te dit ?

J'apprécie le changement de sujet. Avec humour et en lui faisant un clin d'œil, je réplique :

– Mouais, pourquoi pas. Abdominaux et testostérone, ça me changera, vu que ça fait cruellement défaut à votre bande de mecs !

Un sourire en coin, il paraît vouloir ajouter quelque chose mais finalement, il se tait. Nous nous installons pour le film, plaisantons toute la soirée et sommes même pris plusieurs fois de fous rires. Tout est si simple et agréable avec lui. Je me sens bien, à l'aise et détendue.

Le film terminé, un silence confortable s'installe quand

soudain, sur une grande inspiration, il avoue :

– Je suis gay. Mais tu l'avais deviné, n'est-ce pas ?

Je retiens mon souffle, flattée qu'il ait osé se confier à moi. Mon sourire parle de lui-même. J'attends qu'il poursuive, à son rythme.

– Les autres ne le savent pas. Tu es la seule à avoir compris. Même Sandy ne s'en doute pas.

– Pourquoi ne pas le leur avoir avoué ? Tu me connais depuis si peu de temps en comparaison, même si je suis très touchée d'avoir ta confiance.

– Je ne sais pas… J'ai peur que les choses deviennent différentes, qu'ils ne me voient plus de la même façon. Surtout les mecs. Je crains qu'ils se sentent mal à l'aise avec moi. Ce ne sera probablement pas le cas, mais j'appréhende de prendre ce risque. Avec toi, ce n'est pas pareil, tu as deviné et je me sens en confiance. Et je crois que toi aussi, tu as confiance en moi. Justement pour ce que je suis. Tu ne te sens pas menacée. Ce qui me fait dire que tu as vécu des trucs sûrement pas très cool.

Ébranlée par sa clairvoyance, je m'affaisse dans les coussins.

– Sandy est lesbienne et ils l'acceptent tous très bien. Je ne peux pas imaginer qu'il puisse en être autrement pour toi.

– Oui, mais Sandy n'en pince pas pour l'un d'entre nous.

Il vient de lâcher une bombe.

– Euhhhh… OK…

J'ai bien ma petite idée sur l'identité du *crush* en question. Je vois à son expression qu'il sait que j'ai compris.

– Ouais, ça nous fait un point commun, toi et moi.

Tu comprends donc pourquoi je ne pourrai jamais rien espérer, vu son mode de vie. Un plan à trois, tout au plus, mais rien de mieux et surtout rien de sentimental.

– Je ne vois pas le rapport avec moi ni de quoi tu veux parler. Tu te méprends, je crois.

– Peut-être, mais ce qui est sûr, c'est que vous êtes pareils : vous avez tellement été écorchés par la vie l'un comme l'autre que vous vous interdisez de vivre…

21

Rees

Aujourd'hui, c'est après-midi plage et on enchaînera ce soir avec une teuf mémorable comme on les aime. C'est donc en Bikini, allongées sur leurs serviettes, lunettes de soleil sur le nez et en pleine séance de bronzage que je retrouve les filles. Toutes, sauf une. Je vous laisse deviner laquelle !

Elle fait en ce moment équipe avec Logan contre Dex et Alex dans une partie de beach-volley.

Et une fois de plus, toujours avec Logan ! Putain, mais il ne va pas la lâcher un peu, merde !

Il est pire que de la glu, à la coller comme ça !

Son short en jean effilé et son petit haut rouge noué derrière la nuque n'ont absolument rien à envier aux mini triangles de tissus qui font office de maillots à Lisa et Sandy. Sa tenue ne laisse aucune place à l'imagination. Ou plutôt si, en fait. La mienne part au galop.

Cette fille peut porter n'importe quoi, elle trouverait quand même le moyen d'être sexy et de faire bander un eunuque. Le pire dans tout ça, c'est qu'elle ne paraît même pas en avoir conscience. Elle n'en joue pas, n'en abuse pas, limite même si elle ne s'en cacherait pas.

Je sens que l'après-midi et la soirée qui va suivre vont me mettre à rude épreuve.

Dex me voit et me fait signe.

– Eh, Rees, mon frère, il était temps que tu arrives. Alex est un vrai boulet et on est en train de se prendre une tôle face à Ken et Barbie ! Ramène ton cul vite fait, qu'on leur montre un peu !

– Barbie ? Tu te fous de moi, là, j'espère ? s'indigne Marlowe.

Dex se marre et lui envoie un baiser avec la main, lui signifiant qu'il plaisante. J'aime la voir démarrer au quart de tour, la colère lui va bien et la rend encore plus belle. Je n'ose l'imaginer en pleine passion. Je chasse vite fait de mon esprit ces pensées charnelles, préférant éviter une érection gênante que mon survêtement ne cacherait indiscutablement pas.

J'ôte mon tee-shirt, mes baskets et roule les jambes de mon survêt en dessous des genoux pour avoir moins chaud. Je vois le regard de ma fée balayer mon corps et s'attarder sur mes tatouages, du moins ceux visibles : la manchette aux flammes et représentations de l'enfer couvrant tout mon bras gauche, l'ange du chaos aux ailes noires et déployées s'étalant dans mon dos, la phrase qu'elle ne peut certainement pas lire de là où elle est, sur mon flanc droit. Et l'enchevêtrement de ronces qui partent de mon pied gauche – près de la terre –, remontent autour de mon mollet, s'enroulent autour de ma cuisse pour rejoindre mon aine – ce qu'elle ne peut pas voir non plus – jusqu'à mon flanc gauche et tout autour de mon cœur dont l'emplacement reste vide. Je n'ai plus de cœur…

Je ne sais pas si elle apprécie ce qu'elle voit, elle ne laisse rien transparaître.

Je me dirige vers Logan.

– Bouge de là !

Et je regarde Dex avec défi, tout en surveillant les réactions de ma fée du coin de l'œil.

– Puisqu'elle est si bonne que ça, je prends Barbie. Je te laisse Ken.

Je n'ai pas pu m'empêcher de faire ce sous-entendu licencieux. Elle ne s'en formalise pas, mais échange un regard de connivence avec Logan dans une sorte de conversation muette qu'ils sont les seuls à comprendre. Qu'est-ce qu'ils peuvent bien trafiquer tous les deux ? Qu'y a-t-il exactement entre eux ? Ça me fout les boules de pas savoir et ça me tue de m'imaginer qu'il la saute.

***

L'après-midi s'est déroulé dans une atmosphère relativement bon enfant. Marlowe et moi nous sommes surpris à faire une assez bonne équipe. Dex en a fait les frais en encaissant une nouvelle défaite. Ce qui m'a permis de bien me foutre de sa gueule.

La soirée va pouvoir commencer dans une tout autre ambiance. Le feu de joie sur la plage est déjà allumé et des groupes se forment ici et là. L'air s'est rafraîchi, obligeant les filles à se rhabiller un peu plus. Dommage ! Je regrette déjà de ne plus pouvoir admirer à loisir les jolies courbes de ma petite fée. Elles m'ont mis en émoi tout l'après-midi. Elle a passé un jean et un tee-shirt tout simple, mais elle semble avoir encore froid. Je lui tends mon sweat.

– Tiens, tu as l'air d'avoir froid.

– Ça ira mieux dans un moment, le feu va me réchauffer.

J'ai bien d'autres idées pour la réchauffer, mais je m'abstiens de préciser ce genre de pensées. La règle n° 2, pas de baise avec un membre du groupe. Car elle en fait partie désormais. Ça foutrait trop la merde quand j'y mettrai un terme, ce qui arrivera inévitablement.

– Prends-le quand même en attendant.

Elle me regarde d'un drôle d'air, semble encore hésiter, puis finit par l'accepter. Une fois qu'elle a enfilé le sweat, cela me fait un effet bizarre de la voir dans une de mes fringues, comme une impression que le vêtement est autant à sa place sur elle que sur moi. C'est très perturbant. Cette drôle de sensation me prend les tripes, j'ai soudain du mal à respirer. J'ai besoin de m'éloigner.

Je me lève sans un mot et pars m'exiler dans l'obscurité de la nuit.

Beaucoup plus tard et après beaucoup de whisky, le dos appuyé contre le pilier du ponton, je ferme les yeux pour savourer les effets que me procure la bouche d'une nana lambda sur ma queue. Sa langue aspire mon gland et ses lèvres reprennent leur va-et-vient, pompant avidement, pendant que sa main me caresse les couilles. En matière de pipe, j'ai connu mieux, un peu trop brusque et impérieuse à mon goût. Mais pour ce soir, ça fera l'affaire, le temps d'évacuer un peu ma frustration. Quand elle commence à me branler en même temps qu'elle me suce, je sens l'orgasme arriver. Pressé d'en finir, je me concentre le plus possible sur sa bouche, imaginant celle d'une autre, celle qui me hante depuis des semaines, et je décharge en exhalant un long soupir. Je remonte mon boxer et mon survêt, me décolle du pilier et avant de faire demi-tour pour rejoindre la lumière produite par les flammes, je lance quand même un :

– Merci chérie, c'était sympa.

Elle me regarde, abasourdie.

Rien à foutre.

Elle était prévenue dès le départ, qu'elle aille se faire tringler ailleurs si ça lui chante. Ce n'était pas dans notre deal. J'ai été clair et elle a accepté mes conditions.

***

Quand je rejoins les autres, ils ont tous l'air déjà bien imbibés, autant que moi, d'ailleurs. Et ma fée Clochette ne fait pas exception non plus. Elle s'amuse, elle rit et elle est encore plus magnifique. Ses yeux brillent de mille éclats. Elle a remonté ses cheveux en un chignon flou, découvrant ainsi sa nuque et ses épaules délicates. Plus que jamais elle a l'apparence d'un ange. Et cette vision me frappe de plein fouet, me ramenant à mon esquisse bien à l'abri dans mon carnet, attendant sa raison d'être.

Elle me rend mon sweat avec un merci. Il sent ce parfum unique et particulier qui n'appartient qu'à elle.

Dex, assis en face de moi, me regarde d'un air malicieux. Je connais cet air-là ! Je ne le connais que trop bien, celui qui dit « Je vais vous la faire à l'envers sans que vous ayez rien compris », comme il savait si bien le faire quand nous étions en taule. Il mijote quelque chose. Sur une grande inspiration, il s'écrie :

– C'est l'heure du bizutage ! Marlowe, t'es la dernière arrivée dans la bande alors c'est ton tour.

Le sourire de Marlowe s'évanouit. Le mien aussi.

Qu'est-ce qu'il me fait, là ? À quoi il joue ?

Vaudrait mieux qu'il fasse gaffe au jeu qu'il va suggérer car si l'un d'entre eux doit poser ses mains, ou pire, sa bouche sur elle, je vais faire de gros dégâts.

Je serre les dents et Dex me fait un clin d'œil, pas dupe du tout.

– Le jeu est simple, c'est le principe du « J'ai déjà ». Une vérité sur toi que l'autre ne doit pas avoir faite. Au terme de sept affirmations, s'il y a égalité avec ton adversaire, c'est moi qui donnerai la phrase finale pour vous départager. Si forfait, tu perds. Le gagnant aura le droit d'exiger ce qu'il veut de l'autre, mais rien de sexuel. Voyons qui tu vas affronter.

Le temps de donner les règles du jeu, il a déjà écrit nos noms sur des papiers et mis le tout dans sa casquette. Et quand il pioche :

– Rees !

Alors je comprends et je peux enfin relâcher mon souffle. En prison, Dex était le roi des resquilleurs. Le spécialiste de l'embrouille en tout genre sans que l'autre ait eu le temps de piger quoi que ce soit. Mais moi, je le connais par cœur. Et là, il m'a bien arrangé le coup. Par un tour de passe-passe, il s'est débrouillé pour piocher mon nom et ainsi faire en sorte que Marlowe soit obligée de se dévoiler à moi. Moi et pas un autre…

Merci, mon frère, mais tu n'es pas censé avoir compris tout ce que cette fille éveille en moi. Moi-même j'y comprends que dalle.

Ceci signifie aussi que je vais devoir me livrer. Il va falloir la jouer fine pour ne pas en révéler plus que ce que les autres savent déjà de moi. Autrement dit, rester uniquement sur des faits établis et rien concernant Kaï dont je n'ai jamais parlé à personne en dehors de Dex.

– Honneur aux dames. Marlowe, à toi de commencer par une affirmation soft. Ensuite, on inverse.

Assise en tailleur face à moi, le dos bien droit telle une guerrière prête au combat, elle commence à réfléchir, tout en souriant malicieusement.

– J'ai déjà porté des talons aiguilles.

Je rigole. L'entame me surprend, mais je reconnais que c'est bien pensé et je lui accorde le point. Je me concentre, les yeux plissés et focalisés sur elle dont le regard ne quitte plus le mien.

– Je me suis déjà rasé la barbe.

À son tour de se marrer. Égalité, balle au centre, retour à la case départ.

C'est à nouveau à moi, chérie, tu ne sais pas ce qui t'attend !

Je vais pouvoir creuser et décide toutefois de prendre un risque, mais je veux vraiment savoir.

– Je me suis déjà fait tatouer.

Un sourire, mais pas de point. Elle en a donc au moins un ! J'exulte intérieurement ! Je m'interrogerai plus tard sur les raisons et le pourquoi cela m'importe qu'elle en ait.

C'est presque comme si ça créait un lien entre elle et moi.

C'est donc à elle.

– J'ai déjà dit « Je t'aime ».

Wow, elle attaque fort direct. Je pourrais prétendre que je suis impressionné, mais à vrai dire, au vu de nos précédents échanges et à l'acuité dont elle a déjà fait preuve, je n'en attendais pas moins d'elle. Je la laisse quelques secondes dans l'expectative avant de remuer la tête pour lui signifier qu'elle a perdu. Elle semble surprise. Eh oui, j'ai déjà dit ces mots-là. Pas à une femme, certes, mais à Kaï, seulement à lui.

Je vais devoir me méfier, car d'entrée, elle part sur le seul terrain où je refuse d'aller. Maintenant, je vais passer aux choses sérieuses.

– J'ai déjà baisé avec une femme.

Pas de réaction.

Putain, j'y crois pas !

Mon ange n'est donc pas si angélique que ça.

– Adulte, j'ai déjà pleuré.

Oh, que oui, ma belle, j'ai déjà pleuré. Pour Kaï, encore une fois. J'ai pleuré sa mort et tout ce que j'avais perdu avec lui ce jour-là.

On est à parfaite égalité pour l'instant. On va faire plus trash.

– J'ai déjà fait un plan à trois.

De nouveau, aucune réaction. D'accord, là, je ne l'ai pas vu venir. Mademoiselle cache sacrément bien son jeu parce que depuis plusieurs semaines que je la connais, plus sage que ça, tu meurs. Alors, j'étais loin de me douter.

L'affirmation suivante fuse :

– J'ai déjà fait une fellation.

Je marque un temps de surprise devant son air incertain. Elle n'a pas eu l'ombre d'une hésitation sur des vérités ayant trait à des sentiments, m'imaginant sans doute et à juste titre sans états d'âme, et elle doute d'elle sur une affirmation comme ça ? Je sonde son regard, y cherchant ce qu'elle tente de découvrir exactement. Je surprends son coup d'œil à Logan.

Que veut-elle savoir au juste ?

Je finis par hocher la tête par la négative. Elle gagne le point.

Que croyait-elle ?

J'avoue ne pas comprendre à quoi elle joue et être perturbé par ce que sa déclaration avait de sous-entendu. J'ai déjà partagé des séances de baise avec d'autres mecs, mais pas dans le sens où elle a l'air de l'entendre.

Avec tout ça, elle a désormais un point d'avance sur moi. Je vais devoir revoir ma stratégie et revenir sur des sujets sentimentalement moins invasifs.

– J'ai déjà été à l'orphelinat.

J'égalise. Habituellement, je n'en ai pas honte, je l'assume. Aussi, je me sens étrangement mal à l'aise sous son attention pleine de compassion. Mais elle n'a pas dit son dernier mot et me piège à nouveau.

– J'ai déjà été amoureuse.

J'ai déjà dit « Je t'aime », mais ne suis jamais tombé amoureux. En deux phrases, elle a mis une nuance dans ce qu'elle essaye de déceler. Elle est très perspicace et est une redoutable adversaire. Elle ne lâche rien, c'est exaltant. Moi qui pensais gagner haut la main avec ma vie d'ex-délinquant dépravé, c'est mal engagé. Cette fille a, semble-t-il, un passé aussi trouble que le mien. Ce fil ténu qui commençait à se tisser entre elle et moi est en train de s'affermir et par la même occasion se raccourcir, nous rapprochant de plus en plus.

– J'ai déjà dealé.

Un point pour moi. Ça aussi, je l'ai toujours assumé. Mais elle, quelle image va-t-elle avoir de moi ? Et pourquoi est-ce que son opinion m'importe quand celle des autres a toujours été le cadet de mes soucis ? Je sais pourquoi je l'ai fait et je n'en avais jamais été gêné avant aujourd'hui.

Elle paraît hésiter pour sa prochaine affirmation. À cause de mon aveu auquel elle ne s'attendait pas ? Ou parce qu'à son tour elle va devoir révéler bien plus que ce qu'elle aurait voulu au départ ?

– J'ai déjà volé.

Quoi ? Elle m'offre le point, là !

Loupé, ma belle ! Elle avait l'occasion de prendre la tête et sans le savoir, elle l'a manquée. En passant, qu'a-t-elle déjà volé en dehors des cœurs ? J'enchaîne :

– J'ai déjà fait de la prison.

Tout le monde sait comment Dex et moi nous sommes connus alors je ne prends pas un gros risque. Si elle marque le prochain point, elle égalise et Dex donnera son affirmation finale. En théorie, c'est donc gagné pour moi puisqu'il devrait assurer mes arrières, comme toujours, et m'arranger le coup. Mais j'attends la dernière phrase de Marlowe, je veux connaître ce qu'elle cache si jalousement.

Elle pousse un long soupir.

– OK, j'arrête, je déclare forfait. T'as gagné, Rees !

Quoi ? Mais non ! Pas déjà ! Quel secret enfermes-tu dans ta si jolie petite tête ? Que ne veux-tu pas que je sache ?

– Alors quelle est ton exigence ? me demande-t-elle, résignée.

Me revient alors mon esquisse en tête : l'ange noir du chaos aux ailes brisées et à genoux devant l'ange blanc de la rédemption.

– Un tatouage ! Tu me laisses te tatouer le motif de mon choix.

– Vendu !

Elle a accepté si vite, sans même s'accorder le moindre temps de réflexion !

Elle voit ma surprise.

– Rees, je connais ton travail et ta réputation, je sais que ça ne pourra être que sublime.

Mon cœur est sur le point d'exploser à l'idée qu'elle porte l'une de mes œuvres et qu'elle apprécie suffisamment mon travail pour me laisser la tatouer sans la moindre hésitation.

Mes anges vont aller rejoindre la place qui est la leur. Sur sa peau, gravés à jamais.

22

Marlowe
Trois ans plus tôt

Je suis en train de remuer la sauce tikka masala quand on toque doucement à ma porte. Impatiente d'ouvrir à l'homme qui se trouve derrière, je me précipite dans l'entrée sans attendre. J'ai un sourire éblouissant quand je vois le bouquet de roses qu'il tient dans ses mains et qu'il me tend. Je suis émue par cette délicate attention : c'est la première fois de ma vie que l'on m'offre des fleurs. À bien y réfléchir, c'est la première fois de ma vie tout court que l'on m'offre quelque chose. En dehors des cadeaux de mon père, bien entendu, mais je me refuse à penser à lui ce soir. Rien ne viendra gâcher ma soirée.

J'invite Mike à entrer et pendant que je mets les fleurs dans un vase, il s'installe sur l'un des tabourets du comptoir de la cuisine et me regarde avec un sourire attendri.

Il commence à se sentir plus à l'aise à chacune de ses visites. Mike et moi nous sommes connus le mois dernier au bar où je travaille. Il était venu avec l'un de ses collègues pour y passer la soirée entre deux vols. Mike est pilote de ligne pour la compagnie American Airlines. Il vit normalement à New York, mais sa ligne intérieure New York/Los Angeles l'oblige à s'absenter très souvent et à ne faire que de courtes escales.

Le soir de notre rencontre, nous avons discuté, il était

plutôt sympa et je me suis sentie à l'aise et en confiance avec lui. Il m'a raccompagnée chez moi, je l'ai laissé entrer et nous avons couché ensemble. Il n'était pas mon premier plan cul depuis Jason. Mais il est le premier que j'ai laissé rester et finalement durer.

Avec Jason, j'avais voulu mourir. J'avais trop subi, trop souffert et je n'arrivais plus à lutter. J'avais honte de celle que j'étais devenue. J'avais alors commis l'irréparable en acceptant de m'en remettre au destin pourvu que tout prenne fin. La vie en avait décidé autrement. Et depuis ce jour, je me refuse à ce que Jason ait fait de moi une femme condamnée. Je me dis que je n'ai pas été sauvée in extremis pour rien.

Certes, je suis cabossée, je ne fais plus confiance. Je m'interdis d'engager mon cœur, mais pour le reste, je suis toujours en vie. Étonnamment, je n'ai jamais vécu le sexe comme un traumatisme. Ça n'a jamais été l'acte en lui-même que j'abhorrais. C'était la contrainte, la servitude et l'obligation. C'était l'homme qui m'y soumettait et la femme qu'il m'obligeait à être que je détestais.

Je n'ai jamais aimé le sexe avec Jason à cause de ce qu'il impliquait. Mais avant lui, j'avais vécu mes premières fois avec Steven. C'était peut-être encore maladroit et immature du fait de notre jeune âge et de notre inexpérience, mais c'était plaisant. Alors je tente de retrouver ces sensations-là au gré des quelques plans cul auxquels je consens.

J'ai vécu des moments passablement agréables, mais ça n'a jamais été l'envolée décrite dans les livres. Je n'ai jamais ressenti le désir censé vous consumer ni le besoin et l'urgence de ne faire qu'un avec mon partenaire. Ni même l'incandescence de l'orgasme qui vous fait tout oublier. Rien de tout ça. Rien de ce que les filles autour de moi prétendent avoir déjà vécu. Tout n'était que mécanique quand il aurait dû être question de chimie. J'ai même tenté une fois l'expérience avec une femme en me disant que peut-être les ressentis seraient différents. Ce fut assez sympa et inhabituel, mais pas plus admirable pour autant.

Alors je me suis résignée. Et pourtant, avec Mike, c'est différent. Le sexe est tout aussi tiède mais j'explore avec lui d'autres émotions. Pour la première fois, j'ai accepté de baisser ma garde et d'ouvrir mon cœur à quelqu'un. Avec lui, j'ai le sentiment de recommencer à vivre, de reprendre les rênes de mon destin. J'arrive enfin à me dire que j'ai tout compte fait un avenir et une histoire qui mérite d'être vécue. Avec lui, je me sens bien. Il est gentil et prévenant et me donne l'impression de vraiment tenir à moi. Serait-ce enfin la lumière au bout du tunnel ?

23

Marlowe

Lors de la soirée sur la plage, j'ai laissé gagner Rees au jeu du « J'ai déjà ». Qu'aurais-je pu faire d'autre ? Avouer que mon petit ami m'avait laissée me faire violer pour payer ses dettes ? Que mon père m'avait obligée à me prostituer pour servir ses desseins politiques ? Ou encore que j'avais tenté de me suicider quand tout était devenu trop lourd à supporter ?

Dans un dernier sursaut de rage de vaincre, j'ai réussi à tout laisser derrière moi, jusqu'à mon nom. J'ai quitté la peau d'Alicia McKinley en la laissant mourir dans cette baignoire, les veines tailladées, pour revêtir le costume d'une autre. Une imposture ! Celle d'une femme qui s'applique à devenir plus forte de jour en jour, de trahison en trahison. Steven, Jason, mon père et ensuite Mike ont tous contribué à faire de moi celle que je suis devenue : une personne qui ne fait plus confiance, qui ne croit plus en l'autre ni en la possibilité d'être aimée un jour pour autre chose qu'un joli cul. Quelqu'un qui n'attend plus rien de la vie en dehors du simple fait d'exister. Pour autant, j'ai appris à mordre plus fort que les autres pour ne plus jamais avoir à me soumettre.

Je me décide enfin à pousser la porte du salon, repoussant mes sombres pensées. Une jeune femme dans la vingtaine se tient derrière un petit comptoir. Elle lève la tête à mon entrée et m'adresse un large sourire accueillant.

– Bonjour, je suis Nora. Que puis-je pour vous ?

– Bonjour, je m'appelle Marlowe, je suis une… amie de Rees.

J'hésite sur le mot « amie ». Rees et moi sommes-nous amis ? Depuis le jeu, j'ai le sentiment d'être plus proche de lui. Je sens des similitudes dans ce qui fait à la fois nos forces et nos faiblesses. Nous n'avons certes pas vécu les mêmes épreuves mais nos douleurs se rejoignent dans un même constat : la peur de faire confiance. La voix de Nora me ramène à ma présence ici.

– Oui, bien sûr ! Il m'a prévenue que tu passerais. Il termine avec un client. Tu peux l'attendre ici avec moi, il devrait avoir fini dans dix à quinze minutes. On va pouvoir papoter toutes les deux.

Cette fille est plutôt sympa et très avenante. Elle me met immédiatement à l'aise. Elle fait l'essentiel de la conversation en me parlant de tout et de rien pendant que j'observe la déco des lieux. Beaucoup de dessins sur les murs, des œuvres uniques, magnifiques et qui ne laissent aucun doute sur leur auteur. Cet homme a un talent extraordinaire. L'une des réalisations se démarque néanmoins des autres. Le « coup de crayon » est différent, excellent mais pas aussi talentueux. C'est un portrait de lui. Et pendant que j'admire ses traits aussi beaux et ses yeux aussi magnétiques sur le papier que dans la réalité, je devine sa présence juste derrière moi. Je sens la chaleur qui émane de son corps, son parfum subtil mais très masculin et les fourmillements qui parcourent mon épiderme en le percevant si près.

– C'est Gus, mon mentor, qui l'a fait. Ça fait un peu

narcissique de l'avoir accroché au mur vu qu'il me représente, mais c'est à lui que je dois tout. C'est important pour moi de lui rendre hommage. Ce salon est quelque part aussi le sien.

– Je comprends. Vous étiez très proches ?

– Il m'a tout appris et il a changé ma vie. Disons qu'il a été le père que le mien n'a jamais su être.

– Je suppose qu'il te manque beaucoup.

– Tous les jours. Prête ?

C'est la première fois qu'il me dévoile spontanément quelque chose sur lui et j'en suis très touchée. Je sais ce qu'est la perte d'un parent, alors je n'ai aucun mal à imaginer ce petit garçon orphelin pleurer la mort de la seule figure paternelle qu'il ait vraiment eue. Je commence en outre à entrevoir le véritable Rees, celui qu'il ne montre jamais aux autres et peut-être aussi celui qu'il ignore être lui-même.

Il me fait m'installer pendant qu'il prépare son matériel et enfile des gants en latex.

– Je ne sais pas où se situent celui ou ceux que tu as déjà, donc est-ce que l'avant-bras te conviendrait ? Le gauche ou le droit ?

Sa question est loin d'être innocente. Son regard hésitant me dit qu'il a deviné les cicatrices à l'intérieur de mes poignets malgré les larges bracelets de cuir que je porte pour les masquer. Il m'offre ainsi le choix d'adoucir cette empreinte du passé en la remplaçant par une marque de ma renaissance. Je suis surprise qu'il ait remarqué les entailles. La plupart du temps, j'arrive à les dissimuler, non par honte mais par discrétion sur mon passé. Il est donc observateur. Et le fait qu'il me propose de les recouvrir aussi subtilement sans m'abreuver de questions démontre une réelle sensibilité de sa part. Et un certain respect.

– C'est ton gage, c'est toi qui décides. L'endroit et le motif, sur ce point, je te fais entièrement confiance.

– Sur ce point ? Seulement pour ça ?

– Oui, seulement pour ça.

Je ne suis effectivement pas en mesure d'octroyer plus que ça. Je lis la déception dans ses yeux. Je lui ai fait de la peine en affichant clairement mon manque de confiance, mais qui mieux que lui peut le comprendre ?

Quand il prend mon poignet et qu'il le positionne dans le bon angle pour le tatouer, il le fait avec beaucoup de délicatesse. Malgré les gants qu'il porte, je perçois la chaleur de ses doigts sous le latex et son toucher extrêmement doux. Il ne prend pas la peine de faire préalablement le moindre tracé au crayon ni au calque. Il pique directement à l'aiguille, à main levée. Son geste est sûr et maîtrisé. Très professionnel, il ne lâche pas son ouvrage des yeux. Je sens son souffle sur ma peau et une multitude de fourmillements viennent attiser mon épiderme. Les effluves de son parfum, mélange de menthe, de vanille et de santal, mariés à son odeur suave et naturelle d'homme, me chatouillent les narines.

Mon regard ne le quitte plus. Je suis des yeux la ligne de sa mâchoire ombrée d'une légère barbe de trois jours. C'est ultra sexy. Ses cheveux paraissent d'une douceur soyeuse et je me surprends à vouloir y passer mes mains pour m'y agripper. J'ai alors conscience de l'humidité qui imprègne ma petite culotte et de l'excitation qui s'intensifie dans mon entrejambe. C'est une sensation inédite et unique. À la fois exquise et troublante.

Après deux heures sous ses aiguilles, deux heures à m'émerveiller devant son visage parfait et à sentir ses mains sur ma peau tout en les imaginant ailleurs que sur mon bras, je contemple enfin son œuvre.

– Rees, c'est absolument sublime ! Je l'adore ! C'est presque comme s'il avait été fait pour moi.

Il me fixe de son regard bleu intense et je ne sais pas comment interpréter l'éclat que je lis alors dans ses yeux.

– C'est le cas… Content qu'il te plaise…

24

Alicia
Cinq ans plus tôt

La liesse est générale. C'est fini, les résultats sont tombés. Mon père vient de remporter l'élection. Il est désormais officiellement sénateur du Connecticut. Si tous les gens présents à cette fête de la victoire connaissaient les sacrifices qu'il en a coûtés ! Nous sommes bien loin de l'image de la famille parfaite.

J'ai besoin de m'isoler. Tout ça me donne la nausée.

Je grimpe le grand escalier pour rejoindre la tranquillité de la bibliothèque. Très mauvaise idée ! Car au lieu de m'y retrouver seule, je tombe nez à nez avec Jason et... Steven, en pleine conversation.

Steven est mal à l'aise, mais Jason exulte.

– Eh, en voilà des retrouvailles sympathiques ! Poupée, regarde donc qui est venu nous rendre visite !

Je ne sais pas pourquoi, mais j'ai la nette impression que cette petite réunion n'est pas si impromptue que ça.

– Steven et moi étions justement en train d'évoquer nos expériences communes.

Je comprends tout de suite le sous-entendu.

– On est d'ailleurs tombés d'accord pour dire à quel point ta petite chatte est douce et accueillante. Elle lui manque terriblement, tu sais !

Tout en disant cela, il s'est glissé derrière moi pour se

rapprocher de la porte. J'entends le clic de la serrure qui se verrouille. Un frisson glacé court le long de mon dos.

– Déshabille-toi !

– Non.

J'aurais voulu que ma voix soit ferme et assurée. Au lieu de ça, paniquée, elle n'est qu'un filet aigu et étranglé.

– Poupée, le salon est plein d'une centaine d'invités. On n'aimerait surtout pas que tout ce petit monde sache comment papa a gagné l'élection et obtenu ses nouvelles fonctions, non ? Ça fait trois mois que tu ouvres les cuisses et fais la pute pour lui, ce serait vraiment dommage d'avoir fourni tous ces efforts pour rien.

Steven n'ose pas me regarder et fixe le sol.

– Donc, pour la seconde et dernière fois, déshabille-toi !

Son ton est dur et cassant. Fataliste, je laisse donc glisser ma robe bustier sur le sol. Je ne porte pas de soutien-gorge. Je suis là, debout, en culotte de dentelle noire, bas et talons aiguilles. Jason se place derrière moi, le torse tout contre mon dos. Il fait glisser ses mains le long de mon corps et prend mes seins en coupe.

– Regarde comme elle est belle ! Tellement parfaite ! De plus en plus de jour en jour.

Steven finit par lever les yeux et une lueur de désir et de convoitise s'y allume.

Jason descend ensuite l'une de ses mains sur mon sexe, baisse ma culotte, glisse un doigt en moi avant de le porter à sa bouche.

– Hmm… Un vrai délice !

Il défait le nœud de sa cravate, qu'il utilise pour me lier les poignets derrière mon dos. Attacher, soumettre, contraindre, c'est son truc. C'est ça qui l'excite le plus. Il aime m'immobiliser, pieds et poings liés, pour m'imposer sa volonté sans que j'aie d'autre choix que de subir.

– Vous savez quoi ? On devrait fêter cette belle victoire en apothéose. Je me sens d'humeur à partager ce soir. Et puis, après tout, Steven est un vieil ami, n'est-ce pas ?

Je retiens mon souffle tandis que celui de Steven devient haletant. Je ne reconnais pas le jeune homme qui fut mon premier amour. Est-ce moi qui n'ai rien vu de celui qu'il était vraiment ou lui qui a changé ? Comment a-t-il pu devenir cet individu-là ? Et comment a-t-il pu se lier avec un être vil comme Jason ?

– Ce soir, c'est lui qui va te prendre, poupée. Il n'aura pas de mal à se sentir chez lui, comme au bon vieux temps. Et pendant qu'il te prendra, tu me suceras.

Il se recule, me laissant seule au milieu de la pièce, mains nouées et désemparée. Je suis tétanisée de peur, tout va bien au-delà de ce que Jason m'a imposé jusqu'à présent. Les choses sont en train de déraper. L'angoisse monte crescendo, mes jambes sont faibles et menacent de ne plus me porter. Je suis en panique totale et pourtant je ne parviens pas à esquisser le moindre geste. Mon esprit tente de trouver une solution pour me sortir de là, mais je n'arrive plus à réfléchir. Tout n'est que chaos dans ma tête. Les pensées fusent mais ne font que se télescoper en tous sens et sans cohérence. Jason retire sa chemise, défait ensuite sa ceinture, baisse son pantalon et son caleçon avant de se placer devant un fauteuil cabriolet.

– Viens par là ! Penche-toi, le ventre sur le dossier face à moi et tes jolies fesses en l'air. Garde juste tes bas et tes talons, ça m'excite.

Steven n'a toujours pas esquissé le moindre geste, mais son regard sur moi se fait de plus en plus ardent. Le bruit de la réception au rez-de-chaussée me ramène à ma triste réalité. Sans même que je lui en donne l'ordre, mon corps se met en mouvement. Je m'approche, me penche et me place selon ses consignes. Je me sens complètement impuissante et les larmes inondent mes yeux. Mais dans un dernier sursaut de fierté, je me refuse à les laisser couler. Pas encore. Je ferme les yeux et serre fort mes paupières. Jason tire d'un coup sec sur le lien qui m'entrave pour me rapprocher encore plus près de son sexe.

– Vas-y, poupée, pose ta jolie bouche sur ma queue.

Il se glisse sans aucune douceur entre mes lèvres. Je sens un mouvement derrière moi, puis deux mains qui se posent sur mes hanches. Et d'un seul coup puissant, Steven s'enfonce en moi. Il va et vient en mouvements profonds et rapides. Ma langue coulisse le long du membre de Jason à chaque fois que Steven plonge et se retire. Je sens l'une de ses mains se faufiler jusqu'à mon clitoris pour le stimuler tandis que l'autre empaume mon sein gauche et me pince le mamelon. Je n'éprouve aucun plaisir. Pire, je me déteste ! Je pousse un gémissement accablé. Je sens la queue de Jason tressaillir et durcir encore plus dans ma bouche. J'ai un haut-le-cœur, j'ai envie de vomir ! Je lance une prière à Dieu pour qu'il me vienne en aide. Mais je sais qu'il ne le fera pas : il m'a abandonnée depuis longtemps. Personne ne viendra m'aider ! Je rêve de sombrer dans l'oubli et le néant pour ne plus rien ressentir. Peine perdue, ça aurait été trop clément.

– Oh ouais, poupée, putain, t'aimes ça, en fait, hein ? Une vraie petite chienne !

La honte et le désespoir me submergent et les larmes me montent à nouveau aux yeux. Mais que suis-je devenue ? Une femme-objet qui n'est plus maître de son propre corps ni de sa propre vie. Une femme trahie, violée puis transformée en catin pour assouvir les vices, ambitions et rêves de pouvoir des hommes de sa vie.

Et je sais alors que cet instant sera mes adieux. Je n'ai

plus qu'une seule pensée, récurrente et obsessionnelle : tout va cesser ce soir. C'est la fin. Le deal ne tient plus, mon père a obtenu sa victoire et Alicia n'est plus. Richard McKinley fut le premier homme de sa vie, Steven son premier amour. Mais les deux l'ont trahie et utilisée, et Jason fut leur instrument. Elle n'a que 18 ans et ça va s'arrêter là. Demain, tout aura de nouveau changé car, ce soir, elle est décidée à mourir.

25

Marlowe

Nous sommes jeudi, c'est toujours le jour le plus calme au bar. En semaine, nous ne sommes que deux en service. Ce soir, je fais équipe avec Thalie.

Quelle chance ! Youpi, c'est l'éclate totale !

Jack a dû partir plus tôt en plus, je vais donc faire la fermeture. Au moment où je boucle la caisse, mon portable sonne. Il est minuit. Qui peut bien m'appeler à cette heure-là ? Je panique et m'empresse de répondre de peur qu'il soit arrivé quelque chose de grave à Sacha.

– Allô ?

– C'est vous « mon ange » ?

– Hein ?

– « Mon ange » ? C'est vous qu'il appelle son ange ? J'ai quelque chose à vous, il faudrait venir le récupérer parce qu'il ne sera pas en état de rentrer tout seul.

– Mais qui est à l'appareil ? De quoi vous parlez ?

– Je suis Chris, le barman du Rocky's. J'ai un certain Rees complètement bourré sur mon comptoir. Il n'arrête pas de parler de son ange alors comme j'ai trouvé votre numéro dans son téléphone avec le nom « mon ange », j'ai supposé que vous étiez sa nana et je vous ai appelée. Il faudrait venir le chercher, là.

– Euh… mais non, je suis pas du tout sa copine.

– Ah !

– Mais je le connais, c'est un ami, je vais venir. Donnez-moi l'adresse.

Quinze minutes plus tard, je pousse la porte du Rocky's. C'est encore plus craignos que le Devil's. Chez nous, la clientèle n'est pas toujours très classe, mais au moins, c'est propre et présentable. Ici, on pourrait craindre de se choper une salmonelle juste en respirant et la déco est vraiment glauque. Mais qu'est-ce que Rees est venu foutre ici ?

– Bonsoir, vous m'avez appelée pour venir chercher Rees, expliqué-je au barman.

– Ouais. Dans l'arrière-salle, il est en train de dégriser, me répond-il de façon lapidaire.

Je passe derrière le comptoir comme si c'était chez moi – beurk, c'est franchement dégueu – et retrouve Rees, assis sur une chaise qui a connu de meilleurs jours, la tête entre les mains et le regard triste, voire chargé de désespoir. Je m'accroupis face à lui et pose mes mains sur les siennes.

– Rees ?

Il relève la tête et, quand il me reconnaît, il a un mouvement de surprise.

– Marlowe ? Mais qu'est-ce que tu fais ici ?

– Ils m'ont appelée pour venir te chercher.

Je ne lui précise pas le pourquoi moi ni le comment, n'étant pas sûre d'avoir moi-même tout compris. Je suppose que mon surnom d'ange a un rapport avec mon nouveau tatouage, mais rien n'est certain avec Rees.

– Allez, viens, je te ramène. C'est quoi, ton adresse ?

Contre toute attente, il me répond avant de se lever et de se diriger vers la sortie, d'une démarche titubante. Je me précipite à sa suite, passe mon bras sous le sien pour le soutenir et le guide à travers les rues jusque chez lui. Lorsque nous arrivons devant sa porte, comme il n'est pas très réactif, je glisse ma main dans sa poche – Jésus, Marie, Joseph, je n'ai plus aucun doute sur la taille imposante de son « engin » – pour attraper ses clés.

Une fois la porte ouverte, alors que je l'aide à rentrer et m'apprête à refermer, je suis soudain plaquée contre le battant. Les yeux de Rees sont plongés dans les miens et plus autant enivrés que ça.

Ses mains m'enserrent la taille, son nez descend doucement le long de ma mâchoire pour se nicher dans mon cou et ses lèvres me murmurent d'une voix douce :

– Putain, tu sens tellement bon !

Je sens surtout son érection monumentale contre ma cuisse. Je suis en train de me liquéfier sur place. Je n'arrive plus à réfléchir, mon cœur cogne tellement fort que Rees doit en ressentir les battements désordonnés dans sa poitrine pressée contre la mienne. Mon souffle est court. Tout n'est plus que sensations, je ne fais plus que ressentir.

Mais qu'est-ce qu'il me fait ?

Je perds toute lucidité quand sa bouche se pose – enfin – sur la mienne. Délicatement, comme en quête d'autorisation, sa langue vient caresser mes lèvres, les incitant à s'ouvrir pour aller chercher la mienne. D'abord doucement puis de plus en plus intensément quand il comprend que je le laisse faire.

J'attends le moment de panique où tout va basculer. Celui, inévitable, où, n'étant pas l'instigatrice de cette situation, je vais ressentir le besoin de tout arrêter. Par peur de ne rien pouvoir contrôler, peur de m'exposer et au final de devoir me soumettre et ne rien éprouver d'autre que l'amertume d'avoir capitulé. Mais ce moment ne vient pas ! Au lieu de ça, que de douces sensations. Suaves et inattendues. Exquises et trop rarement vécues.

Je perçois comme des petits crépitements dans mes terminaisons nerveuses, jusqu'au bout des doigts, et je n'ai plus qu'une envie : celle de plonger mes mains dans ses cheveux et de plaquer mon corps encore plus près du sien comme pour lui crier « encore ».

C'est là que tout s'emballe.

Nous nous embrassons à perdre haleine, chacun trouvant son souffle dans celui de l'autre. Je le sens partout contre moi, et pas assez à la fois. Je le veux encore plus près, il y a trop de vêtements, trop de remparts. Je veux sentir la chaleur et la douceur de sa peau. Je tire sur le bas de mon tee-shirt et le retire avec frénésie puis je fais de même avec le sien. Je l'ai déjà vu torse nu à la plage, aussi je pensais, à tort, être préparée à ce que j'ai sous les yeux : ses abdominaux sont merveilleusement sculptés et me donnent envie d'y passer la langue. Et toutes ces encres qui se mélangent et parsèment son corps ! Il est une œuvre d'art à lui tout seul. Je me doute que chacun des motifs qui gravent sa peau a une signification toute particulière pour lui. Cet ange du chaos recouvrant son dos et sa manchette aux représentations de l'enfer sont sûrement en lien avec son passé tourmenté. Quant à l'enchevêtrement de ronces, je ne sais quoi en penser et je n'ose l'interroger à ce sujet. Tout comme cette phrase sur son flanc, « La mort a toujours tort », ou encore la cicatrice qu'elle masque.

Mon regard remonte pour plonger dans le sien, mais il est resté figé à la vue de mes seins, enserrés dans la dentelle bleu nuit de mon soutien-gorge. On dirait presque qu'il n'ose pas les toucher. Je pose doucement ma main sur son torse, le faisant sursauter sous mon contact. Et quand mes doigts glissent sur sa peau en suivant les lignes colorées, il frissonne. Il a fermé les yeux et ses poings sont désormais serrés, sa mâchoire contractée. Il aime ce que je lui fais et j'en veux plus, beaucoup plus ! Alors je pose ma langue sur ses pectoraux et tandis que je goûte la saveur de sa peau, mes mains sont déjà sur la ceinture de son jean, s'attaquant au premier bouton.

Il m'interrompt pour reprendre possession de mes lèvres et me soulève. J'enroule mes jambes autour de sa taille. Il fait un premier pas, mais stoppe net quand je glisse ma main dans son jean et son boxer pour empoigner sa queue. Il expire :

– Oh, putain !

Galvanisée par sa réaction, je m'enhardis en poursuivant mes caresses. Je sens une protubérance métallique sous mes doigts. Un piercing ? J'avoue que je ne m'y attendais pas ! Il pousse un grognement.

– Putain, plus le temps !

Il se retourne. Me tenant du bras gauche, c'est avec le droit qu'il envoie valser au sol tout ce qui est posé sur la console de l'entrée sans même se soucier de ce dont il s'agit. Je souris contre ses lèvres.

– Pressé ?

– Bébé, t'as pas idée !

Il me pose avec toute la délicatesse qui lui est alors possible, défait fébrilement mon jean et le fait glisser le long de mes jambes. Il passe ses mains sous la dentelle fine de mes sous-vêtements et tire d'un coup sec en déchirant le tout.

Houla ! Je le fixe avec stupeur. Il voit probablement l'éclat de panique dans mon regard. Mon pouls s'affole. Dois-je le laisser poursuivre ou le stopper ? Ai-je envie qu'il s'arrête ? Le ferait-il si je le lui demandais ?

– Bébé, si tu dois m'arrêter, vas-y ! C'est toi qui

décides ! Tu peux dire stop à n'importe quel moment. Je n'insisterai pas, promis.

Il me laisse une porte de sortie. Quoi qu'il arrive, je sais qu'elle est là, mais pour l'instant je décide de la laisser fermée.

– Continue, ne t'arrête pas !

– Merci mon Dieu !

Lentement, ses mains effleurent ma peau. Elles remontent mes bras jusqu'à mes épaules puis redescendent le long de mes côtes. Son toucher est doux et délicat. Ce sont les mains d'un artiste et il explore mon corps comme il dessine ses esquisses. Minutieusement, avec maîtrise et patience, et un soupçon de passion.

Je glisse à nouveau les mains dans son jean pour le faire descendre avec son boxer jusqu'à ses chevilles. Je reste sans voix quand j'avise le piercing qui orne sa queue. Je l'avais senti sous mes doigts quand je l'ai caressée, mais je ne pensais pas trouver ça aussi sexy. Ni aussi excitant, ce qui est tout nouveau pour moi. Rees guette ma réaction tandis que je m'interroge pour savoir quoi faire de « ça ». Comment procède-t-on avec un tel accessoire ? Il faut croire que Rees lit en moi comme dans un livre ouvert car il comprend tout de suite mon incertitude.

– Première fois que tu en vois un ?

– Euh… à vrai dire, oui…

Il pose ses mains sur mes joues et colle son front contre le mien. Puis il me murmure, rassurant :

– T'inquiète pas, ça ne te fera pas mal. Bien au contraire. Touche-le si tu veux.

Je n'attends pas, non parce qu'il me l'ordonne, mais parce qu'il me le propose. Ça fait une telle différence ! Son souffle s'accélère. Je passe ma langue sur mes lèvres et je me surprends à vouloir le goûter. Le bleu turquoise de ses yeux vire au céleste. C'est la première fois que je les vois changer de nuance.

– Putain, bébé, tu veux ma mort. Je ne vais pas tenir longtemps, là…

Sa queue n'est pas seulement longue et épaisse dans ma main, elle est aussi douce et chaude. J'ai envie de la sentir en moi. J'ai envie de savoir quel effet elle me ferait en me pénétrant et en allant et venant. « J'ai envie », un mot que je ne me suis jamais accordé quand il s'agissait de sexe. Après Jason, tous les actes que j'ai connus, même si certains furent agréables, n'ont été que la conséquence naturelle d'une situation. De la logique et non pas du désir. Pour la première fois, je ressens de l'envie. Et pour la première fois, je l'exprime à voix haute :

– Rees, j'ai envie de toi.

Il se baisse pour prendre son portefeuille dans sa poche de jean, en sort un préservatif, l'enfile et se positionne juste à l'entrée de mon sexe.

Je passe de nouveau mes jambes autour de sa taille et, d'une légère pression des talons, l'invite à me pénétrer. Il s'insère doucement en moi et je savoure chaque seconde tellement c'est délectable. Il commence à bouger, d'abord lentement puis de plus en plus vite, de plus en plus profondément.

Mon souffle se fait haletant et je pousse des gémissements éloquents et incontrôlés. Des gémissements qui se font l'écho de mon plaisir. J'ai toujours mis un point d'honneur à rester silencieuse mais là, je ne me contrôle plus. J'en suis agréablement surprise. C'est une chose que je ne pensais pas vivre un jour. Malgré moi, je décroche, perdue dans ma confusion et mon étonnement face à ce constat. Rees le sent, comme toujours.

Il pose sa paume contre ma joue pour replacer mon visage face au sien. Il ancre son regard au mien, front contre front.

– Bébé, reste avec moi !

Me revoilà, mes yeux ne quittent plus les siens. Mon orgasme me prend par surprise dans un cri ivre de volupté. Je n'ai jamais rien ressenti de plus beau ni d'aussi exaltant. Seulement alors, il se laisse aller à son tour dans une jouissance dévastatrice.

Après un long moment à tenter de reprendre nos souffles respectifs, il me soulève doucement contre lui et se dirige vers la chambre. Je me laisse faire, plaquée contre son torse, mon visage niché au creux de son cou.

– Je suis loin d'en avoir fini avec toi, bébé, mais pour la suite, je te veux dans un lit.

26

Rees

Je suis allongé sur le ventre. Une agréable odeur d'agrumes imprégnant mon oreiller me chatouille les narines. Je souris en pensant aux souvenirs que me rappellent ces effluves. Je me sens bien. Merveilleusement bien.

Elle avait le goût du paradis. Le goût aussi de l'interdit. Je ne mérite pourtant pas la paix de mon âme ; je ne mérite aucune consolation, aucun salut, aucun bienfait. Surtout pas hier. Hier était le triste anniversaire de la mort de Kaï. Depuis huit ans, chaque année, à la même date, je me saoule la gueule pour oublier. Oublier toute ma culpabilité, ma responsabilité. Oublier que c'est ma faute. C'est mon rituel : je choisis le bar le plus misérable qui soit, comme moi, et je bois jusqu'à l'inconscience, jusqu'à ne plus rien ressentir. Jusqu'aux ténèbres.

Mais cette année, un ange est descendu du ciel. Marlowe a brillé de mille éclats dans mon obscurité. Elle irradiait dans ma noirceur.

Quand j'ai senti son doux parfum, je n'ai plus été capable de réfléchir et j'ai fait alors ce que mes lèvres rêvaient de faire depuis la toute première fois où je l'ai vue. Une chose en entraînant une autre…

Je tends le bras à côté de moi. La place est vide. Je me redresse d'un coup. Tout est silencieux.

Je me lève et parcours l'appartement. Mon jean et mon tee-shirt sont posés sur le dossier d'une chaise. De ses affaires à elle, nulle présence. Les objets jetés au sol dans nos élans de passion ont retrouvé leur emplacement sur la console de l'entrée. Tout est rangé, à sa place. Elle est partie. Il n'y a plus aucune trace de son passage, comme si elle n'était jamais venue. Seule ma mémoire est là pour en attester.

Une drôle de sensation enfle au creux de mon estomac. Un sentiment d'abandon.

Ainsi, c'est donc ça qu'ont ressenti tous mes plans cul une fois que j'avais mis les voiles en douce ?

OK, voyons le bon côté des choses. Elle a fait le job pour moi. Au moins, je n'ai pas eu à la prier de vider les lieux et à culpabiliser devant son regard éploré.

Trois vérités me frappent alors de plein fouet.

Primo, j'ai ramené une fille chez moi et dans mon lit pour la première fois de ma vie. Deuzio, je ne suis pas parti, c'est elle qui a joué la fille de l'air. Si elle ne l'avait pas fait, je me serais réveillé à ses côtés et certainement prêt à remettre le couvert. Tertio, j'ai baisé une fille de mon groupe de potes. Je grimace à l'évocation du terme « baiser » qui, soudainement, me dérange. Ce n'est pas ce que j'ai eu l'impression de faire hier soir. Pas comme d'habitude. Et je ne trouve pas de mot adapté pour définir ce qu'on a fait puisqu'il ne s'agit certainement pas d'amour non plus.

Grand Dieu ! Non, jamais de la vie !

Ça n'arrivera pas.

En quelques heures, j'ai mis un sacré coup de canif dans mon contrat de vie et mes sacro-saintes règles. Je pousse un long soupir. J'ai besoin d'un café, mais, au lieu de ça, je me prends à nouveau un terrible uppercut mental.

Kaï, le jour anniversaire, ma cuite annuelle.

Elle m'a fait oublier, tout oublier, le temps d'une nuit.

« Rees, ne m'oublie pas… »

J'avais fait une promesse ! J'ai le sentiment d'avoir trahi Kaï, parce que je n'ai pas pensé à lui pendant ces quelques heures. Je me sens coupable, honteux, déloyal. Je l'ai abandonné une fois de plus.

Je fonce en direction de la salle de bains et me plante devant le miroir fendu. J'observe ce reflet tellement maudit que je le fuis continuellement. Un écho d'une vision d'abjection que je ne veux plus regarder tant elle me tourmente. Pour une fois, je me force à me contempler. Les yeux dans les yeux.

Je me vois, moi, et l'incarnation du mal blottie dans les tréfonds de mon âme. Puis, enfin, je le vois, lui. Son visage, sa bouche, ses yeux azur qui me fixent, accusateurs. Si entièrement et si parfaitement identiques aux miens. Mon double, ma moitié. Mon frère jumeau. À la fois si différents intérieurement et si indiscernables physiquement.

Nos cœurs battaient au même rythme, nos yeux lisaient dans ceux de l'autre les mots qu'il ne prononçait pas, nos pensées se fondaient les unes dans les autres pour se rejoindre. Je l'aimais sans condition et j'aurais donné ma vie pour lui. Au lieu de ça, il est mort par ma faute et, depuis, mon cœur ne bat plus, mes yeux ne voient plus et mes pensées ne volent plus. Il ne me reste que ma terrible culpabilité et ce reflet de lui que je me refuse à regarder. Autour de moi, que des miroirs que j'ai brisés comme j'ai brisé sa vie. Comme j'ai brisé la mienne en attendant mon heure et la place qui m'attend, en enfer. Je suis le diable et un jour je rentrerai chez moi expier mes fautes.

27

Marlowe

Une semaine ! Et aucune nouvelle depuis ! Rien ! *Nada* ! Il n'est pas venu au bar et ne s'est même pas joint aux autres à la dernière soirée.

À quoi m'attendais-je, au juste ? Je n'ai été qu'un coup d'un soir de plus. Il n'a jamais été question d'autre chose. Je l'ai toujours su. Je suis partie en douce la première, m'épargnant ainsi la cruelle déception d'assister à son immanquable rejet. Au moins, je nous ai évité les explications gênées et les excuses foireuses. Excuses qu'il ne m'aurait certainement pas données de toute façon. Ce n'est pas dans ses habitudes, pas plus avec moi qu'avec une autre. Tout est très clair avec lui, cash et direct, sans fausse promesse. Je savais tout ça dès le départ. Alors pourquoi ai-je cédé ? Pourquoi me suis-je laissé avoir une fois de plus alors que je m'étais juré que plus jamais je ne laisserais un homme profiter de moi ?

La vérité ? Parce qu'à la seconde même où ses lèvres ont touché les miennes, j'ai oublié mon nom, qui j'étais et ce que je faisais là. Je me suis perdue. J'ai basculé et plongé dans un océan de volupté. Ivre de lui et de toutes les sensations qu'il m'a procurées. J'ai ressenti une excitation dont je n'avais jamais connu l'existence.

J'étais vivante pour la première fois depuis cinq ans. Pour la première fois de ma vie en fait. Étonnamment, je ne me suis pas sentie traitée comme un objet. Bien que ce ne fût qu'un instant de plaisir éphémère et qui ne se renouvellera pas, pour une fois, je n'ai pas eu l'impression d'être prise pour une putain. J'ai eu le sentiment d'être respectée.

Cet homme est un paradoxe à lui tout seul. À la fois indifférent et prévenant, doux et sauvage, arrogant et émouvant. De l'extérieur, il donne l'impression que les femmes sont des objets interchangeables alors que dans l'intimité, il vous fait vous sentir unique. Sa beauté insolente, son charme dévastateur, sa maîtrise totale lui donnent une impavide confiance en lui. Pourtant, il n'impose rien. Je ne me suis pas sentie piégée et ça a fait toute la différence. Avec lui, le sexe est devenu un plaisir absolu et non plus une contrainte.

J'en suis là de mes réflexions quand des picotements maintenant familiers parcourent mon corps. Il est assis au bout de mon comptoir, ses yeux azur rivés sur moi. Je prends une grande inspiration pour me donner le courage de l'affronter.

– Salut.

– Salut.

– On peut se parler en privé ? me demande-t-il.

Je fais un signe à Jack pour lui signifier que je prends ma pause et un autre à Rees pour lui indiquer de me suivre. Je me dirige jusqu'à la réserve où il me suit avant de refermer la porte derrière lui. Il verrouille le loquet et doit certainement voir mon affolement à l'idée d'être prise au piège, car il me rassure immédiatement d'une voix douce et tranquille.

– Relax, je n'ai juste pas envie qu'un connard débarque en plein milieu de notre conversation.

– Que se passe-t-il ?

– T'es partie !

– …

– L'autre nuit, tu es partie en douce ! Quand je me suis réveillé, t'étais plus là…

– Euh… bah, c'est que je me suis dit que t'étais pas du genre à offrir le petit déjeuner.

– Mouais, pas faux, un point pour toi, me répond-il d'un air contrit.

– Et donc ?

– Je voulais te remercier d'être venue me chercher au Rocky's. Il était tard, j'étais dans un sale état, rien ne t'obligeait à venir et tu l'as fait, donc…

– Ah. Donc, si j'ai bien compris, une séance de baise a été ta façon de me dire merci ? Dans ce cas, sois rassuré, j'ai été très grandement remerciée.

Waouh ! Apparemment, on n'a pas vécu la même soirée !

Voilà qui m'apprendra à me faire des illusions.

Il grimace.

– Marlowe, ce n'est pas ce que je voulais dire. C'est juste que tout s'est emballé et je n'ai pas eu l'occasion de te dire merci avant. Et après, t'étais partie.

C'est une blague ! Il va sérieusement me reprocher d'être partie ce soir-là et se servir de ça comme excuse pour ne pas s'être manifesté plus tôt ?

– Bah, t'as eu une semaine pour venir le faire ! Et puis je t'en devais une, non ?

– Je sais que j'aurais dû venir plus tôt, mais… Enfin, bref… Et tu ne me devais absolument rien…

Cette conversation est complètement surnaturelle ! Il se mord la lèvre, l'air emprunté et hésitant. Rien à voir avec le Rees de d'habitude. Il semble chercher ses mots, vouloir parler avant de se raviser puis de reprendre :

– Tu en as parlé aux autres ?

Ah. C'est donc ça qui le tracasse à ce point ! Il panique à l'idée que le reste de la bande soit au courant que lui et moi nous sommes envoyés en l'air, jetant ainsi aux orties toutes les règles dont il se targue. Que croit-il donc ? Que je fais un compte rendu de toutes mes coucheries à Sacha ou encore à Logan ? En même temps, ma vie sexuelle a volontairement été un désert total après Mike, alors je ne vois pas bien ce que j'aurais pu raconter jusqu'à présent…

– Oh, rassure-toi, je n'ai pas craché le morceau si c'est ça qui t'inquiète. Et je ne le ferai pas, lui dis-je en mimant une fermeture Éclair devant ma bouche.

– Ça n'a rien à voir. Entendons-nous bien, je n'ai pas honte de ce qui s'est passé, loin de là. Mais si toi et moi, on doit remettre ça, je ne veux qu'aucun d'entre eux ne vienne y foutre son grain de sel ni nous faire des leçons de morale de carnaval !

Hein ? Quoi ? Remettre ça ? Du sel ? Le carnaval ? Houla, il m'a perdue, là !

Je reste bouché bée.

– Euh… mais… c'est-à-dire que… enfin…

– OK, j'me lance.

D'un bond, il se décolle de la porte contre laquelle il s'était appuyé, il fonce droit sur moi, me saisit la nuque d'une main et écrase sa bouche sur la mienne.

– Putain, une semaine que je ne pense qu'à ça !

Avant de perdre toute raison et contrôle, j'ai juste le temps de me dire que ma pause va finalement durer bien plus longtemps que prévu.

28

Rees

Depuis ce jour où je suis retourné vers elle, Marlowe et moi nous sommes vus plusieurs fois. On couche ensemble et après ça elle rentre chez elle. Ça devrait entièrement me convenir puisque ça colle parfaitement à mes habitudes de vie : de la baise, pas de conversation et chacun finit chez soi. Pourtant, là, ça me saoule ! J'ai de plus en plus de mal à la regarder se rhabiller sans rien dire et à la laisser partir sans chercher à la retenir. C'est un sentiment inédit pour moi, mais bizarrement ça ne m'effraie pas. J'ai envie d'explorer autre chose pour le temps que ça durera et quand tout s'arrêtera, je reprendrai mon ancienne vie.

Aussi, quand elle arrive un peu plus tard et qu'elle me saute dessus sitôt la porte fermée, je temporise :

– Houla, bébé, doucement. Moi aussi, je suis content de te voir mais… Enfin, prends le temps d'arriver quoi.

Une lueur inquiète traverse son regard et je m'en veux, le but étant de passer une soirée sympa, pas de la faire paniquer.

– Un problème ?

– Non. Pas du tout. C'est juste qu'on a tout notre temps.

Son visage redevient impassible. Merde ! Elle est en train de remettre le masque qu'elle avait commencé à ôter lentement au fil des jours.

– Tout notre temps ? T'en as plus envie, c'est ça ?

– Quoi ? Mais pas du tout ! Je me disais juste qu'on pourrait profiter un peu de la soirée.

– Profiter de la soirée ?

Elle semble surprise mais, me connaissant, rien d'étonnant à ça. Je suppose qu'elle ne devait pas s'attendre à ce que je lui soumette cette idée.

– Bon, voilà ce que je te propose. On se commande un truc à grignoter, on se pose devant la télé pour se mater un film. Après ça on va au lit et ensuite tu restes ici cette nuit, avec moi. Alors, t'en penses quoi ?

– Hum… ça dépend.

– Et de quoi ?

Elle a gardé son air sérieux, alors je m'attends à devoir parlementer.

– De ce qu'on mange.

Là, je revois sa moue malicieuse.

– Ce qui te ferait plaisir. Chinois, ça te dit ?

– Ouep, j'adore la bouffe chinoise.

– Cool, moi aussi, c'est ce que je préfère. Prends le prospectus dans le tiroir de la console de l'entrée et fais ton choix.

– Peu importe, j'aime tout. Commande ce que tu veux. Ça t'embête si je prends une douche ? Je n'ai pas eu le temps en fin de service.

– Non, pas du tout. T'as du gel douche et du shampooing sur l'étagère, alors fais comme chez toi. Je vais commander pendant ce temps.

Elle se dirige déjà vers la chambre pour rejoindre la salle de bains quand je lui crie :

– Ah, et si tu as besoin, pour être plus à l'aise, tu peux prendre un de mes tee-shirts dans la commode, tiroir du milieu.

C'est la première fois de ma vie que je fais une telle

proposition. En même temps, c'est la première fois de ma vie qu'une nana vient chez moi. Qui plus est pour y rester toute la nuit. C'est venu spontanément. Avec n'importe quelle autre nana, j'aurais fui depuis longtemps. Mais pas avec elle. Avec Marlowe, j'aspire à explorer d'autres sensations. Elle me donne des envies de normalité et réveille des penchants oubliés, voire jamais connus. Je suis curieux de savoir pourquoi. Qu'y a-t-il chez elle qui déclenche un tel comportement inhabituel de ma part ? Comment arrive-t-elle à provoquer cette situation d'exception ?

Pendant qu'elle est sous la douche, je commande notre repas en prenant un petit peu de tout, partant du principe que nous partagerons en picorant de-ci, de-là dans les plats. Puis je réunis plusieurs coussins moelleux, un plaid en laine duveteux et confortable et je dispose le tout sur le tapis devant la télé.

Et voilà ! Très cocooning… C'est… tellement pas moi ! Et probant quant à mon état d'esprit confus actuel. Bref, j'y réfléchirai et j'aviserai plus tard.

Le livreur sonne pile quand Marlowe sort de la douche. Timing parfait ! Marlowe marque un temps d'arrêt quand elle voit mes agencements mais elle ne relève pas. Nous nous installons et commençons à dîner pendant que j'attrape la télécommande.

– Tu veux voir une romance ?

– Quelle horreur ! Pitié, achève-moi tout de suite !

Me voilà scotché, les baguettes garnies de nourriture à mi-chemin entre le plat et ma bouche.

– Quoi ? Tu n'aimes pas les romances ? Mais toutes les nanas aiment les films romantiques !

– Ah oui ? Eh bien, je ne suis pas comme toutes les nanas.

Oui, à qui le dis-tu ! J'avais remarqué !

Je lui tends la télécommande pour la laisser choisir.

– *Gangs of New York* ? J'adore les films de Scorcese. C'est OK pour toi ?

– Si c'est OK ? Moi aussi, Scorcese est mon réalisateur préféré.

Le dîner achevé, je me cale dans le canapé et je lui fais signe.

– Viens par là.

Sans se faire prier, un joli sourire sur ses sublimes lèvres, elle vient se blottir dans mes bras. Je pousse un soupir de satisfaction. Elle est si petite et paraît si fragile et délicate dans mes bras. Et pourtant, nos corps s'emboîtent à la perfection. On dirait presque que Dieu l'a faite sur mesure pour moi.

Je ne regarde plus le film, je la dévisage, appréciant ce que je vois.

– Qu'est-ce que tu fais ?

Elle a probablement senti mon regard fixé sur elle.

– Je t'observe.

– Pourquoi ?

– Parce que t'es belle !

– Pffff ! Tu dis certainement ça à toutes les filles avec qui tu couches.

Non, justement ! Même si la plupart le sont, je ne le leur dis jamais !

Mais je ne le lui avoue pas. Et pourquoi ai-je ressenti le besoin de le lui dire à elle, quand d'ordinaire je ne le fais jamais ?

Je profite pleinement de ce moment de douceur et quand j'entends son souffle régulier, je sais qu'elle s'est endormie. Pour autant, je ne bouge pas, je me sens si bien, là, comme ça. Insidieusement, le sommeil me gagne à mon tour et je le laisse venir.

29

Marlowe

Quand j'ouvre les yeux, la nuit est bien avancée. Un peu désorientée, je regarde autour de moi. La télé est restée allumée et tourne en boucle sur le générique de fin du film. Rees et moi nous sommes endormis. Blottie bien au chaud dans ses bras, j'en profite pour l'observer. Son visage est détendu et ses traits reflètent un calme et une sérénité qu'il n'affiche jamais éveillé. C'est assez déstabilisant de le voir ainsi, un peu fragile.

Au quotidien, ses yeux au demeurant magnifiques laissent toujours entrevoir une part sombre, comme hantés par des ombres. On dit que les yeux sont le miroir de l'âme. Si c'est le cas, alors la sienne est torturée. À propos de miroir, j'ai remarqué qu'il n'y en avait aucun chez lui en dehors de celui de la salle de bains, et qu'il était brisé à plusieurs endroits. Bizarre !

Ce qui est curieux aussi, c'est qu'il n'a aucun mal à me parler de son passé de taulard, mais jamais de ce qui précède cette période. Ce sont tous ces silences qui font de lui un mystère. J'ai le sentiment que c'est en eux que se cache le véritable Rees. Celui qu'il ne montre jamais. Celui qui a des blessures fortement ancrées en lui et sachant ressentir, et non pas cette façade sans émotion qu'il affiche à la face du monde. Tout comme moi, il porte un masque. Décidera-t-il de l'ôter un jour ? Serai-je celle pour qui il consentira à le faire ? Qui mieux que moi peut comprendre à quel point l'ôter peut s'avérer difficile, voire impossible. Pour lui, le retirer serait accepter d'aimer, quand, pour moi, ce serait réussir à être aimée. Dans les deux cas, c'est prendre un énorme risque. Et c'est un risque qu'il n'est pas prêt à prendre, et ne le sera peut-être jamais et peut-être pas pour moi. Et moi ? Suis-je prête à prendre ce risque ?

Lors de l'une de nos premières soirées au loft avec nos potes, il s'était comporté en parfait connard. À une exception : lors du reportage sur mon père. Personne n'avait rien remarqué, je pensais être restée discrète et avoir réussi à cacher mes émotions. Pourtant, lui, il m'a vue. De tous ceux qui étaient présents, il avait fallu que ce soit lui. Pourquoi ? Parce qu'il est bien plus perspicace qu'il ne le laisse voir. Aux yeux de tous, ce n'est qu'un serial baiseur sans émotions et sans états d'âme. Le genre bourrin, attaché qu'à lui-même et qui se contrefout des autres. C'est ce qu'il montre, non ce qu'il est. Je sais qu'il n'en est rien et ça se voit aussi dans ses dessins : il sait lire les âmes.

C'est aussi ce qui fait de lui quelqu'un de très dangereux pour mon cœur. Une brèche, et il s'y engouffrera. Toujours est-il que j'ai érigé des barrières si hautes pour ne pas laisser voir ce qui est derrière que si quelqu'un arrive à discerner la lumière au travers, ne mériterait-il pas que je le laisse entrer ?

Ne serait-ce justement pas la plus belle des qualités que d'avoir su me « voir » plutôt que de seulement me « regarder » ?

30

Rees

Je n'aime pas les soirs où elle doit rentrer tard et seule dans les rues sombres et dangereuses. On ne sait jamais quelle mauvaise rencontre on pourrait faire dans ce quartier. J'en sais quelque chose, j'en ai fait partie. Alors, en secret, j'ai activé mon réseau, vestige de mon ancienne vie, afin de m'assurer qu'il y ait toujours un œil sur elle et pour qu'il ne lui arrive rien. Les gars assurent ses arrières, sans qu'elle le sache. Je n'aime pas non plus les raisons pour lesquelles ça m'importe ni ce qu'elles me poussent à faire.

Mais ce soir, je suis là, garé juste en face du bar et appuyé sur le capot de ma Camaro SS, mon second joujou après ma bécane, impatient qu'elle me rejoigne.

J'ai envie d'elle, souvent, tout le temps. Je me fais l'impression d'être redevenu un ado en pleine montée d'hormones. On couche ensemble depuis plus d'une semaine, presque toutes les nuits – des nuits complètes – jusqu'au matin où j'ai encore envie d'elle, insatiable. Je n'ai pas touché d'autres filles depuis.

Ni elle ni moi n'avons mis de nom sur ce que nous sommes et sur ce que nous faisons. D'un accord tacite, nous n'en parlons pas. Personne n'est au courant non plus. Ça ne durera pas, de toute façon. Forcément, un jour ou l'autre, tout prendra fin, c'est inévitable. Alors autant garder le secret avant que tout ne s'écroule. Ça n'appartient qu'à nous, ça ne regarde personne, c'est notre petite bulle éphémère et protégée des interférences extérieures. Juste elle et moi.

Quand je la vois sortir, un sourire insolent sur ses jolies lèvres, j'ai la certitude que nous n'arriverons jamais jusqu'à l'appartement.

Non, beaucoup trop loin !

***

Nous sommes quand même arrivés jusqu'au parking souterrain de mon immeuble. Mais à peine ai-je coupé le moteur qu'elle me saute déjà dessus et que nous nous embrassons comme deux affamés.

J'aurais dû me lasser d'elle depuis longtemps et pourtant, plus je m'enfonce en elle, plus mon envie s'intensifie à en perdre la raison. Cette fille est pire que la plus addictive des drogues. Ce n'est pas seulement son corps, c'est aussi ce mélange de douceur et de force. Elle me rembarre et j'adore ça, elle est adorable et je fonds. Et quand elle rit – ce qui est assez rare pour être précieux –, je suis sous son charme.

Coincée entre mon corps en ébullition et le volant, elle me chevauche et frotte son pubis contre la bosse qui gonfle à vue d'œil sous mon jean.

C'est tellement bon !

Si elle continue comme ça, je vais jouir dans mon boxer avant même d'avoir pu faire quoi que ce soit.

Ses mains empoignent mes cheveux tandis que les miennes glissent le long de ses cuisses si douces sous sa jupe puis jusqu'à l'arrondi de ses fesses que je presse à pleines mains. Elle n'est que gémissements quand je ne suis que rugissements. Je tâtonne jusqu'à la poignée du siège pour le faire basculer, soulève mon bassin pour aider Marlowe à se débarrasser de mon pantalon. Elle ôte son haut. Elle ne porte pas de soutien-gorge et ses seins se dressent devant moi, magnifiques, ses mamelons roses pointés appelant ma langue. Je les prends dans ma bouche tour à tour, les suce, les aspire, les mordille. Ils sont parfaits pour mes mains, parfaits pour ma bouche. Ils ont été façonnés pour moi. Façonnés pour que je puisse lui offrir du plaisir en les vénérant autant qu'elle m'en procure en me les offrant.

Il ne lui reste que sa jupe roulée et entortillée autour de la taille, ne me cachant plus rien. Pas de culotte non plus. Mademoiselle était certainement pressée quand elle s'est changée pour me rejoindre. Je n'ai jamais rien vu de plus sexy que l'image qu'elle me renvoie à l'instant présent.

J'ai déjà remarqué à plusieurs reprises qu'elle était un peu en panique quand je bloquais trop ses mains ou ses mouvements. Un jour, je creuserai la question pour en connaître la raison. Mais pas aujourd'hui. Aujourd'hui, je lui donne le pouvoir. Ce soir, je vais la laisser me dominer, me contrôler corps et âme.

– Fais ce que tu veux de moi…

Son regard s'enflamme. En lui laissant l'ascendant, je sens qu'elle se libère. J'ai le sentiment qu'elle va oser quelque chose qu'elle n'a pas tenté jusqu'à présent, justement parce que je ne lui impose rien. Sitôt que nous nous sommes protégés, elle le confirme en se laissant descendre le long de mon corps, et quand sa merveilleuse bouche arrive à la hauteur de mon sexe dressé et frémissant, elle ancre ses yeux aux miens avant de m'avaler tout entier.

J'expire bruyamment, sous le choc, comme foudroyé. Sa bouche va et vient en des mouvements tantôt lents, tantôt rapides. Sa langue se fait joueuse et gourmande autour de mon piercing. Elle s'enroule autour de mon gland avec délice et redescend en léchant mon membre sur toute sa longueur. Sa main s'y enroule à son tour avant de me réintroduire doucement entre ses lèvres. La pression, la vitesse, le rythme… tout est tellement parfait. Nous ne nous quittons pas des yeux un seul instant. Je ne veux pas manquer une seule seconde de ce divin tableau. Mon corps est en feu, mes mains s'enfoncent dans le cuir des sièges. C'est trop et pas assez à la fois. Je veux jouir en elle, mais je ne suis plus capable d'aligner deux mots cohérents.

Je la soulève avec urgence et l'empale sur moi en un puissant coup de reins.

– Nom… de… Dieu…

Elle cale ses mains sur mes épaules pour trouver son équilibre et commence à onduler des hanches dans un rythme d'abord lascif puis effréné. Je serre les dents au maximum pour ne pas jouir avant elle. Quand je sens son sexe se contracter autour du mien et que je vois ses yeux se voiler et sa bouche s'entrouvrir comme pour trouver un souffle d'air, je lâche tout.

***

Nous avons quand même fini par rejoindre mon appartement où nous nous sommes unis de nouveau sous la douche, avec douceur, cette fois, avant de nous écrouler, épuisés, dans mon lit. Je n'arrive pourtant pas à trouver le sommeil. Blotti derrière elle, le torse contre son dos, nos jambes emmêlées et un bras serré autour de sa taille, j'écoute son souffle régulier. J'admire son délicat profil éclairé par les lueurs de la lune. Du bout du doigt, je caresse doucement le velouté de sa peau, l'arête de son adorable petit nez, la ligne délicate de sa mâchoire et la finesse du tracé de ses lèvres.

Sur une inspiration, je me détache d'elle sans bruit, attrape un carnet et un crayon et je commence à croquer les traits de la plus belle merveille au monde.

31

Marlowe

À peine réveillée, je suis seule dans le lit et Rees me manque déjà. Je sens encore son goût sur ma langue. Celui jusqu'ici inexpérimenté de la passion sincère et non plus celui trop souvent connu de l'obligation.

J'enfile son tee-shirt. J'aime porter ses vêtements et sentir son odeur agréable et masculine sur moi. Je pars à sa recherche et le trouve dans la cuisine, un jean bas sur les hanches et ses abdominaux merveilleusement sculptés qui me font de l'œil, me donnant envie d'y passer la langue.

Je ne fais pas de bruit, je reste appuyée contre le chambranle pour profiter du spectacle autant que possible. Le léger sourire sur ses lèvres m'indique cependant qu'il a senti ma présence.

– Tu aimes ce que tu vois ?

– Hum… oui.

– Sûrement pas autant que moi, me dit-il en se retournant et en me regardant de ses prunelles bleues et ardentes.

Je m'avance dans la cuisine et vais déposer un baiser léger sur son torse. Je lui montre la pile de gaufres posée sur la table.

– Dis-moi, tu as des talents cachés, on dirait ?

– Tu as faim ?

– Je suis affamée !

– Sûrement pas autant que moi. J'ai faim de toi…

Une multitude de papillons viennent voler au creux de mon estomac et je me sens pleine de désirs avides. Je comprends enfin tout ce qui m'avait été décrit mais que je n'avais jamais connu. Il me soulève et me dépose sur le plan de travail. Je me penche pour l'embrasser et glisse mes mains dans son jean.

– Pas de sous-vêtements ? m'étonné-je.

– Je n'en ai pas vu l'utilité…

Il pose sa main à plat entre mes seins et, d'une légère pression, me fait me cambrer en arrière, en appui sur les coudes. Il soulève doucement mon tee-shirt, exposant ainsi mon sexe à sa vue.

– Pas de petite culotte ?

– Je n'en ai pas vu le besoin…

– Je peux ?

Je n'en reviens pas qu'un mec comme lui me demande mon autorisation. Il ne prend jamais rien de force. Il propose puis dispose en suscitant des envies dévorantes qu'on ne peut que vouloir assouvir. Avec moi, on dirait qu'il a une sorte de sixième sens quant à ce qui pourrait me heurter ou non.

J'écarte un peu plus les cuisses pour lui exprimer ma réponse. Il commence par déposer des baisers légers sur mon ventre avant de faire glisser sa langue jusqu'au petit phénix tatoué sur mon aine. Il sourit contre ma peau et redescend ensuite vers mon sexe, où je l'attends impatiemment. Mais il ne s'y arrête pas, bifurquant au dernier moment pour embrasser l'intérieur de mes cuisses, l'une après l'autre.

– Rees, s'il te plaît…

C'est la première fois de ma vie que je supplie un

homme. Enfin, il remonte. Sa langue douce et chaude s'insinue avec délice pour aller cueillir le petit bourgeon charnu à l'abri entre mes petites lèvres. Il le caresse, en fait le tour, l'aspire langoureusement. Il le cajole tout en accélérant le rythme. Ses gémissements rauques font écho aux miens. Je n'ai jamais rien connu d'aussi exaltant. Je tremble, je frissonne. N'y tenant plus, j'allonge mon dos sur le plan de travail pour libérer mes coudes et plonger ainsi mes mains dans ses cheveux soyeux. Je remonte les genoux et croise mes chevilles derrière sa nuque pour attirer son visage encore plus près. L'orgasme enfle dans mon bas-ventre, remonte dans toutes mes terminaisons nerveuses avant de me terrasser telle une lame de fond balayant tous mes doutes, toutes mes incertitudes et toutes mes peurs sur son passage.

Je n'ai pas le temps de reprendre mes esprits qu'il est déjà en moi. Quand a-t-il eu le temps d'enfiler un préservatif ? Son rythme est rapide et presque désespéré, comme s'il était question de survie. C'est fort, intense, étourdissant et prodigieux.

Dans un bref moment de lucidité, je me rends compte que je suis désespérément tombée amoureuse de cet homme, mille fois plus que de n'importe quel autre. Je sais qu'il causera ma perte un jour et qu'il me brisera en un millier de morceaux, mais je ne veux pas y songer pour l'instant. Je veux savourer chaque instant avec lui.

Il donne un dernier coup de reins puissant avant de jouir dans un râle salvateur.

Nous ne parlons pas. Il me tient juste serrée dans ses bras le temps que nos cœurs retrouvent un rythme normal, quand soudain la sonnette retentit. Nous nous figeons en un même mouvement. Il jure.

– Putain de bordel de merde !

– Tu attends quelqu'un ?

– Pas vraiment, mais c'est sûrement Dex. Je n'ai pas donné signe de vie depuis plus d'une semaine. J'ai été très occupé… me répond-il avec un clin d'œil plein de malice.

Nouveau coup de sonnette, cette fois-ci plus long et insistant.

– Il n'y a qu'à ne pas répondre, il pensera que tu n'es pas là et repartira.

– Hum… mauvaise idée. Il a la clé. S'il s'inquiète, il rentrera.

– Et pourquoi s'inquiéterait-il ? Tu es libre d'aller où tu veux et de ne pas être chez toi quand même ?

– Et où voudrais-tu que je sois un dimanche matin à huit heures ? Il me connaît par cœur…

Nous pensons la même chose. S'il entre et me découvre ici, notre petite bulle secrète éclatera pour s'éventer aux quatre vents.

– Bon, tu files dans la chambre, tu n'en sors pas jusqu'à ce que je vienne. En attendant, je le fais entrer et je trouve une excuse pour me débarrasser de lui.

– Bien, ne sois pas trop long, sinon je vais devoir me débrouiller sans toi.

– Petite dévergondée. Je veux assister à ça, interdiction de la jouer perso.

Je me faufile jusqu'à la chambre en gloussant. Il attend que j'aie refermé la porte pour ouvrir à Dex.

– T'en as pas marre de t'acharner sur ma sonnette tous les dimanches aux aurores ?

32

Dex

Dix jours que je suis sans nouvelle de lui. Ça ne lui ressemble pas. Bien sûr, il nous est déjà arrivé de ne pas nous voir pendant aussi longtemps, Rees ayant une vie assez dissolue et souvent très occupée. Moi aussi d'ailleurs, mais tout de même. A minima, nous échangeons des textos, nous nous appelons. Et là, que dalle. Le dernier message date du dimanche précédent, court et banal, pour décliner une invitation à la salle de sport sous un prétexte plus que foireux. Monsieur avait soi-disant de la paperasse en retard pour le salon.

Non mais il ne se foutrait pas de ma gueule, par hasard ?

Je le connais suffisamment bien pour savoir qu'il est un peu à côté de la plaque ces derniers temps. Et je le soupçonne d'être légèrement perturbé par des sentiments auxquels il n'est pas du tout habitué. Je n'aurais jamais cru que ce serait sur lui que ça tomberait en premier. Ça en serait presque risible si je n'avais pas quand même un peu peur qu'il vrille à cause de toutes ses idées de culpabilité à la con. Il serait bien du genre à tout faire foirer juste pour se prouver qu'il est effectivement maudit.

Je sonne une nouvelle fois. Comme d'hab', il va mettre trois plombes à venir m'ouvrir. Sûrement encore au plumard à cause d'une nuit bien agitée à picoler et à baiser une nana dont il ne se souviendra pas du nom et qu'il ne reverra pas.

À la quatrième sonnerie, j'entrerai avec ma clé. C'est notre accord.

La porte s'ouvre d'un coup.

– T'en as pas marre de t'acharner sur ma sonnette tous les dimanches aux aurores ?

Je reste con devant son allure. Certes, il est torse nu, mais il a quand même pris le temps d'enfiler un jean alors qu'en temps normal, il m'ouvre juste en boxer, voire à poil parfois. Il n'a pas la tête endormie de quelqu'un que l'on vient de réveiller. Il est alerte, il n'a pas la gueule des lendemains de cuite et de débauche. Il a même plutôt bonne mine. Son expression est un peu vénère mais il a l'air… heureux, bien dans ses baskets.

OK, là, il y a un loup quelque part !

Fidèle à mes habitudes, je file vers la cuisine, mon sachet de viennoiseries à la main, pour m'occuper du café. Je m'arrête net devant la cafetière déjà pleine. Mais c'est surtout la pile de gaufres qui trône sur la table qui me laisse sans voix.

Quand je me tourne vers Rees, je le vois grimacer avant de prendre un air innocent et je me demande quel bobard il va me servir.

– Tu m'expliques ?

– Bah quoi ? J'ai bien le droit de petit-déjeuner ! Je n'attends pas chaque week-end après toi, que tu débarques pour me nourrir !

– Une vingtaine de gaufres et une cafetière pleine ? Toi qui ne sais même pas comment allumer ta plaque de cuisson et ne connais que le traiteur et le Starbucks du coin ?

– Y a un début à tout pour apprendre les bases.

– Et t'avais prévu d'inviter aussi les voisins ?

– J'ai juste suivi la recette ! Faut croire qu'elle était pour une famille nombreuse.

– Rees, rassure-moi, tu sais compter, non ? T'es au courant qu'on peut diviser les quantités d'une recette quand on est tout seul ?

– Ouais, bon, ben, j'me suis loupé, on ne va pas en faire une crise !

– Hum, hum…

– Bon, bah, c'est super sympa d'être passé, mais comme tu peux voir, je vais bien et je me suis levé tôt car j'ai plein de trucs à faire aujourd'hui. J'allais justement partir quand tu es arrivé.

Hein ? Quoi ? Non mais à quoi il joue, là ? Il me fout dehors ou je rêve ?!

Je l'inspecte de la tête aux pieds.

– Torse nu ? Et sans godasses ? T'allais vraiment sortir comme ça ?

– Quoi ? Ah ouais, non, en fait ! J'étais en train de m'habiller quand t'as sonné, mais je dois vraiment y aller.

– Où ?

– Hein ?

– Où ça ?

– Où ça quoi ?

– Où dois-tu aller ?

– Euh… au salon… J'ai… des trucs à faire. Un dessin super important pour un client qui a rendez-vous demain. J'me suis mis à la bourre et faut vraiment que je le termine.

Bon, là, j'ai plus d'arguments mais y a quand même un truc qui ne tourne vraiment pas rond. Je prends soudain conscience d'un détail auquel je n'avais pas encore fait attention.

L'odeur d'un parfum typiquement féminin que je reconnais, car peu de femmes le portent et aussi bien… Ça et l'emballage de capote que j'aperçois dans la poubelle.

Putain mais quel con ! Je fais le lien seulement maintenant.

Le petit enfoiré de mes deux !

Je lance un coup d'œil vers sa porte de chambre. Fermée. Mais il m'a capté.

– Laisse-moi deviner ? Dans tous les trucs que tu as à faire, il n'y en aurait pas un en rapport avec une petite nana d'environ un mètre soixante, blonde aux yeux émeraude, canon à en crever et qui, comme par hasard, n'a pas vraiment donné de nouvelles depuis une semaine à sa meilleure pote en dehors du boulot ?

– …

– Je prends ça pour un oui.

– Dex, écoute, ce n'est pas ce que tu crois.

– Ah bon ? Tu la baises pas ?

– Non ! Enfin, si ! Mais c'est compliqué.

– Bah non, justement, avec toi, ça ne l'est jamais ! Tout est toujours très clair.

– Dex, s'il te plaît, n'en parle à personne, garde ça pour toi ! Fais ça pour moi, bro. Elle et moi, c'est juste une passade. C'est temporaire, ça ne durera pas longtemps, mais c'est notre passade et on ne veut pas que ça foute la merde ni maintenant ni après.

– Qui t'essayes de convaincre, là ?

– Bah toi, ducon !

– Hum, hum… Si toi t'y crois, alors c'est l'essentiel, non ? T'es sûr de savoir ce que tu fais ?

– Non, pas vraiment.

Je pousse un soupir.

– Ce matin, je ne te vois pas porter toute la misère du monde pour la première fois depuis huit ans, alors ça me suffit pour qu'elle soit ma nouvelle super-héroïne ! OK, d'ac, j'm'arrache, je vous laisse et je fermerai ma gueule…

– Merci, mon pote.

Je me dirige vers la porte mais avant de partir, je lui délivre un dernier conseil. Même si ça ne me ressemble pas de faire dans la psychologie de comptoir. Mais là, c'est de Rees qu'il s'agit, alors c'est important.

– Eh, mon frère ? Quand le moment sera venu, tâche de te servir de ta tête et pas seulement de ta bite avant de tout faire foirer.

33

Marlowe

« C'est juste une passade. C'est temporaire, ça ne durera pas longtemps… »

Ces mots me blessent plus que je ne le voudrais. Inutile de se voiler la face plus longtemps. Il ne s'agit plus du tout d'une passade en ce qui me concerne. Pas sûr, d'ailleurs, que cela ait été le cas un jour. Quoi qu'il advienne à compter d'aujourd'hui, j'ai désormais cet homme dans la peau, au propre comme au figuré, et plus rien ne pourra y changer.

Que dois-je faire ? Profiter le plus possible jusqu'à la chute qui me brisera définitivement ? Ou m'éloigner dès maintenant pendant qu'il est temps pour limiter les dégâts ?

Je n'entends plus leurs voix, Dex a dû partir. Pour autant, Rees ne m'a toujours pas rejointe. Que faut-il en conclure ? Assise en tailleur au milieu du lit, je patiente comme il me l'avait demandé.

Quand la porte s'ouvre enfin, c'est un Rees survolté qui fait son entrée. Il attrape un tee-shirt dans son tiroir, l'enfile et ressort de la chambre en me lançant :

– Habille-toi, il faut y aller.

OK. Il me jette. Voilà au moins qui répond à mes questions. Ne pas flancher, on verra ça plus tard. Je me lève, ramasse mes affaires éparpillées au sol dans nos ébats d'hier soir et commence à m'habiller. Je l'entends s'activer dans la pièce à côté. Je n'ai aucune idée de ce qu'il fabrique mais je ne vais certainement pas m'attarder pour le savoir, puisqu'on m'a priée de promptement vider les lieux. J'enfile mes bottines, récupère mon portable et mon sac avant de quitter la chambre. Il est dans la cuisine. Parfait, je vais pouvoir m'éclipser sans le croiser. Je viens de franchir la porte quand une main me stoppe dans mon élan.

– Wow, wow, wow ! Tu fais quoi ? Tu vas où, là ?

Il semble aussi estomaqué par mon départ que moi par sa question. Abruptement et pleine d'amertume, je lui réponds :

– Je m'en vais.

Il accuse le coup.

– Comme ça ? Mais pourquoi ?

– Parce que tu me l'as demandé.

– Quoi ? Mais jamais de la vie !

– C'est pourtant bien ce que tu as dit.

Avec le sourire de celui qui vient de comprendre, il m'attire contre lui.

– Bébé, quand j'ai dit « Il faut y aller », ce n'était pas pour te demander de te tirer. C'était genre « On y va… toi et moi… tous les deux ». On sort, on s'arrache pour la journée.

– Sérieux ?

– Sérieux ! Viens avec moi. On prend la moto, tu ne peux pas y aller habillée comme ça.

Il m'entraîne dans la chambre, sort un bas de jogging et un tee-shirt de son placard qu'il me met dans les mains. Ils sont beaucoup trop grands pour moi mais en roulant le bas du survêt et en serrant le cordon de la ceinture, ça devrait faire l'affaire. Dans l'entrée de l'appartement, il me tend un casque, attrape le sac à dos qu'il a préparé et nous sortons. Je ne sais pas où nous allons et je m'en fiche. Pour la première fois de ces dix derniers jours avec lui, nous passons la journée ensemble ailleurs que dans un lit. C'est bien plus que ce qu'il a jamais proposé à qui que ce soit et encore moins à une femme.

34

Rees

Nous avons quitté New York et sa banlieue, roulé un peu plus de deux heures avant d'arriver à l'endroit prévu. Un petit coin de paradis verdoyant méconnu et isolé de tout. Je gare la moto à l'orée d'un petit sous-bois. Marlowe en descend, me laissant un sentiment de vide : ne plus sentir ses bras serrés autour de ma taille et ses mains pressées sur mes abdominaux, ni ses seins fermes plaqués contre mon dos et ses cuisses contre les miennes. C'est la première fois qu'une nana monte à l'arrière de ma bécane et, loin de me perturber, cette idée me plaît. Elle fait sens, parce que c'est Marlowe et pas une autre.

Je la déleste du sac à dos, prends sa main et l'entraîne entre les arbres et les feuillages. Quand nous arrivons à destination, environ un à deux kilomètres plus loin, elle reste bouche bée devant la vue qui s'étale sous ses yeux et je la contemple, très fier de moi.

Là, devant nous, enserrée dans un écrin de verdure, une cascade d'eau claire et écumante se déverse dans une magnifique vasque naturelle de calcaire immaculé. Cerise sur le gâteau, par je ne sais quel mystère, l'eau y est presque chaude.

– Tentée par un plongeon ?

– Et comment !

Ni une ni deux, elle se débarrasse de ses vêtements et se laisse glisser dans l'onde. Je reconnais bien là son intrépidité contradictoire : audacieuse avec son corps mais méfiante avec son cœur. Je fais de même, plonge et la rejoins, collant mon corps tout contre le sien. En public, quand nous sortons en groupe tous ensemble, nous ne pouvons jamais laisser libre cours à nos envies de nous toucher, de nous sourire ou de nous embrasser, au risque de dévoiler notre secret et de gâcher ce que nous vivons.

Durant les quelques heures qui suivent, nous cédons à l'insouciance. Nous laissons le « nous » se matérialiser ailleurs que dans des alcôves. Nous profitons de chaque seconde de cette journée hors du temps et de la réalité. Nous nous amusons, beaucoup. Nous rigolons, grandement. Nous lézardons au soleil, indolemment. Nous nous désirons, passionnément.

Alangui, mon corps pressé contre le sien et mes jambes mêlées aux siennes, je savoure avec délice les doigts de Marlowe qui dessinent des arabesques sur ma peau.

– Je peux te poser une question ?

Je me crispe. C'est le genre de phrases que l'on dit quand on veut connaître les secrets de l'autre. Le genre de questions auxquelles je ne réponds jamais sauf par un non. Elle le sent.

– Laisse tomber, je n'aurais pas dû. Désolée.

– Non ! Non, c'est pas grave, vas-y, je t'écoute.

J'ignore pourquoi je fais une exception. Peut-être parce que, avec elle, j'accepte de prendre un risque.

– Pourquoi la prison ?

Insidieusement, mon souffle se relâche. Ça, je veux bien en parler ! Je ne me défile donc pas.

– Je dealais de la drogue

Je guette une réaction de sa part mais il n'y en a pas.

– Quand on a fait le jeu et que tu as dit que tu avais déjà dealé, je n'étais pas sûre que ce soit pour cette raison-là que tu avais été arrêté. Je ne te juge pas, tu sais. Bien sûr, j'avoue être soulagée que ce soit pour ça. Je n'aurais pas aimé que ce soit pour meurtre ou pour agression sexuelle.

Je pouffe de rire.

– Non, rien de tout ça !

– Je suis persuadée que tu serais incapable de faire physiquement du mal à une femme. Tu n'en as peut-être pas conscience, mais tu es beaucoup plus respectueux que tu ne le prétends.

Je me sens gêné tout d'un coup. Embarrassé mais honoré de sa confiance, elle qui en accorde si peu. Je n'ai jamais eu honte de mes actes, je les ai toujours assumés. C'était le prix de la survie. Mais, soudainement, j'ai des remords pour ce que j'ai dû faire. J'aimerais pouvoir être digne d'elle.

L'atmosphère s'est soudainement alourdie et ce n'est pas ce que j'avais prévu pour cette journée ensemble. Alors, sans prévenir, je me lève, je la prends dans mes bras et je saute dans l'eau. Quand nous émergeons à la surface, elle toussote et crachote l'eau de la tasse qu'elle vient de boire, pourtant elle rit aux éclats. Et ce rire est la plus belle des chansons tellement il est rare.

Je l'attrape par la taille et la presse contre moi avant de la positionner sous le débit léger d'un recoin de la cascade. Elle me regarde de ses yeux émeraude bordés de cils parsemés de fines gouttelettes d'eau et elle me murmure :

– Prends-moi.

Deux mots. Deux tout petits mots qui me font vriller.

Je fonds sur elle et plus rien n'a alors la moindre importance. Il n'y a plus qu'elle.

***

La journée touche malheureusement à sa fin et il nous faut rentrer. Accroupi, je suis en train de ranger nos quelques affaires dans le sac à dos quand mes yeux tombent sur la boîte de préservatifs que j'avais, avec prévoyance, glissée dedans avant de partir ce matin. Je reste figé, sans voix, le souffle coupé, en cillant des yeux.

Oh, putain ! Non ! Je n'ai pas fait ça ! Mais quel crétin ! Quel con !

Quand je reprends enfin mes esprits, c'est d'une voix à peu près neutre et égale que j'arrive à lui parler.

– Bébé ? On n'a pas mis de capote…

– Quoi ?

– Tout à l'heure, sous la cascade, on n'a pas mis de capote…

– Oh !

– Je suis clean, je fais des tests régulièrement pour le boulot et je n'ai rien. Et crois-le ou non, mais c'est la première fois de ma vie que je n'utilise pas de préservatif.

– Moi aussi, je suis clean, t'as pas à t'inquiéter.

Je suppose que je vais devoir la croire sur parole. Sauf que mon esprit ne peut s'empêcher de penser à Logan et aux doutes que j'ai sur ce qui a pu ou peut y avoir entre eux. Mais après tout, Logan est médecin et je le connais assez pour savoir qu'il n'est pas le genre à prendre des risques. Cela dit, ce n'est pas mon genre non plus. Je suis même plutôt du style à vérifier deux fois et pourtant…

Il reste cependant un point à éclaircir et pas des moindres.

– Est-ce que tu prends la pilule ?

– Oui. Oui, je la prends.

Elle est calme et ne paraît pas inquiète, même si son regard reste insondable. Mes muscles se relâchent. Je me suis certainement affolé pour rien.

– OK, donc tout devrait bien se passer alors.

Nous reprenons la route et arrivés chez moi, la pression retombée, nous grimpons les escaliers en rigolant comme des ados. Sur le palier, nous trouvons Dex en train de nous attendre, la mine sombre.

– Eh ! Désolé, mais Dany et Sacha ont eu un accident de voiture. Ils vont bien, rien de grave, des contusions et un poignet fracturé pour Sacha. C'est juste qu'elle est un peu en état de choc et, Marlowe, elle a essayé de te joindre tout l'après-midi. Personne ne se doute d'où tu es alors… me voilà… Je t'emmène si tu veux…

Merde !

J'ai un moment d'effroi avant de me rappeler les propos de Dex et je suis soulagé. « Ils vont bien, rien de grave, juste des contusions. »

Marlowe se précipite dans l'appartement pour se changer et récupérer ses affaires. Au moment de partir, elle dépose un baiser léger sur mes lèvres.

– On s'appelle dans la semaine…

Puis elle passe la porte. Et je reste seul et ébahi qu'elle ait disparu si vite.

Paf ! Trois secondes qui marquent la fin brutale de notre week-end et la première fissure dans notre petite bulle de bonheur.

35

Rees

À cause de l'accident, Sacha n'est pas allée travailler cette semaine. Du coup, Marlowe a enchaîné les doubles services au bar pour la remplacer. Nos emplois du temps n'ayant pas été compatibles, cela fait une semaine que nous ne nous sommes pas vus. Et j'en crève.

Elle travaille encore ce soir. Alors j'ai accepté de rejoindre les gars au loft pour une soirée poker. Seul Logan manque à l'appel. J'ai d'ailleurs cru comprendre qu'il disparaissait souvent ces derniers jours et qu'il est assez secret sur ses allées et venues. Je ne peux m'empêcher de penser au fait qu'il est proche de Marlowe.

Passe-t-il son temps avec elle ? Prétend-elle travailler pour être avec lui plutôt qu'avec moi ? Couche-t-elle avec lui aussi ?

Nous n'avons jamais parlé d'être exclusifs. Me connaissant, peut-être pense-t-elle que je vois d'autres filles et peut-être agit-elle de la même manière. Sauf que je n'ai pas vu d'autres nanas depuis que j'ai couché avec elle pour la première fois, il y a plus de trois semaines maintenant. L'aiguillon de la jalousie me perce en plein cœur. Que ferai-je si, effectivement, elle couche avec lui ? Je ne supporte pas l'idée de la partager. Je ne supporte pas l'idée qu'elle fasse avec un autre ce que nous faisons ensemble.

La partie est bien avancée et je me débrouille plutôt pas mal pour l'instant. Dex, en bon roi du bluff, me devance pourtant. C'est donc entre lui et moi que tout se joue. Mais je n'arrive plus à rester concentré sur cette foutue partie à la con, tellement mes pensées tournent en boucle autour de Marlowe. Elle va bientôt finir son service et rentrer chez elle. Je peux peut-être expédier fissa la partie en prétextant un plan cul pour me barrer et aller la retrouver après la fermeture.

Putain, fait chier !

J'ai envie de la voir…

Pire que ça, j'ai besoin de la voir.

J'en suis là de mes pensées quand Alex interroge Dany et que le nom de celle qui occupe mon esprit vient sur le tapis et attire mon attention sur la conversation.

– Alors, ta miss intègre définitivement le loft et la coloc ?

– Ouep. Elle voulait en parler à Marlowe et lui annoncer qu'elle emménageait avec moi. Mais l'occasion ne s'est pas encore présentée. Elle ne l'a quasiment pas vue de toute la semaine. Entre son boulot et un vieux pote sorti de nulle part qui a débarqué du jour au lendemain, Marlowe n'était pas super disponible. Elle a passé pas mal de temps avec son ami, apparemment. Sacha n'en avait jamais entendu parler. Leur amitié remonte visiblement à un bail, bien avant que Sacha et elle ne se connaissent.

Quoi ? C'est quoi, cette histoire ? Et c'est qui, ce mec ?

C'est la douche froide !

Elle est avec un autre type ? Et ils font quoi, au juste ?

Je m'interrogeais sur Logan et pendant ce temps, c'est avec un autre prétendu ami qu'elle passe son temps. Lui, et pas moi.

Il y en a combien comme ça, dans le paysage ?

Je regarde Dex mais, concentré sur son jeu, il ne semble pas avoir fait attention à la conversation entre Dany et Alex. Je sens un poids sur mon estomac. Alors je fais ce que j'avais envisagé tout à l'heure. Je me couche, laisse Dex gagner cette partie et mets les voiles direction le Devil's. Je dois la voir. Il le faut.

Après ma soirée écourtée, j'arrive au Devil's. Il n'est que vingt-trois heures et il y a encore foule à l'intérieur. Je pousse la porte et je la repère immédiatement. J'ai à peine fait un pas que je détecte aussi la présence du mec accoudé au comptoir juste à côté d'elle. De type latino, environ notre âge, ils ont l'air très proches. Elle rit même à ce qui semble être une blague. Je reste complètement pétrifié quand je vois la main de ce connard remonter et glisser doucement une mèche des cheveux de Marlowe derrière son oreille avant de lui caresser la joue avec tendresse. Une rage froide s'empare de moi. Mais alors que je m'apprête à les rejoindre pour lui défoncer la gueule, je vois Logan venir vers eux et prendre part à la conversation comme s'ils se connaissaient déjà depuis longtemps.

Ainsi donc, Logan connaît l'existence de Monsieur Connard. C'est même sûrement avec eux qu'il a passé ses dernières soirées. Elle lui en a parlé, le lui a présenté. Moi, pas un mot. Rien en dehors de quelques textos échangés en une semaine. Certes, elle me disait que je lui manquais et qu'elle avait hâte de me voir, mais pas tant que ça visiblement. Elle a trouvé avec qui s'occuper. Et si je me fie à ses confidences lors de la fameuse soirée « j'ai déjà », peut-être même qu'ils font ça à trois.

Je vais me sentir mal. Mille émotions contradictoires se bousculent en ce moment dans ma tête. Je ne suis pas prêt à lui parler. Je ne suis pas en état d'affronter ça pour l'instant. J'ai besoin de faire le point. Je recule jusqu'à la porte sans qu'ils me voient. J'enfonce mon casque, enfourche ma bécane et file vers le seul endroit où je serai en mesure de respirer un peu… Brighton Beach… L'océan.

36

Rees

Le jour se lève. Les yeux fixés sur la ligne d'horizon, je regarde le disque orange, incandescent qui sort lentement des eaux pour rejoindre le ciel. Je n'ai pas dormi. Depuis des heures, je me passe en boucle les images de ce type, de sa main qui touche Marlowe et des sourires qu'elle lui a donnés.

Qui est-il pour elle ? Et Logan dans tout ça ? Et moi, que suis-je à ses yeux ?

Je dois me rendre à l'évidence. Moi qui m'étais juré de ne plus jamais m'attacher à qui que ce soit, de ne plus éprouver le moindre sentiment pour ne plus jamais avoir à souffrir, je suis devenu complètement accro à cette fille. Je l'ai laissée prendre une place que je m'étais promis de ne plus donner à personne. Je pensais ne plus avoir de cœur, qu'il était mort en même temps que Kaï. J'avais tort !

Il est toujours là, bien plus vivant que jamais.

Elle n'est plus un plan cul depuis longtemps. En fait, elle ne l'a jamais été. Et je flippe à mort à l'idée d'en être seulement un pour elle. Parce que je veux plus. Je la veux contre moi toutes les nuits, sa bouche sur la mienne et ses yeux dans les miens. Je veux l'unisson de nos cœurs et sentir mon souffle se couper juste à la regarder. Je veux que plus aucun mec ne puisse plus jamais la toucher parce qu'elle serait à moi, rien qu'à moi. Je veux pouvoir lui parler de Kaï, un jour, lui confier mes rêves, et les vivre avec elle, parce qu'elle en ferait partie. Je veux l'éternité avec elle… Et peu m'importe où et comment.

Je dois avoir confiance en elle. Je VEUX avoir confiance en elle.

Bien décidé à forcer le destin, je lève mon cul du sable pour rejoindre ma bécane. Je mets les gaz et roule aussi vite que me le permet la circulation. Je me sens pousser des ailes à l'idée de la voir enfin, de l'embrasser, de me perdre de nouveau en elle. Je suis prêt à lui donner mon cœur, mon âme, même si elle est damnée, et à lui décrocher la lune si elle me la demande.

***

Arrivé devant chez elle, un énorme bouquet de roses en main – ça ne m'est jamais arrivé de toute ma putain de vie ! –, je monte quatre à quatre les marches qui me conduisent à sa porte. Je sonne et souffle un bon coup. Après la plus longue minute jamais connue, la porte s'ouvre. Enfin !

Et là, je bugge, je prends une claque en pleine gueule !

Ce n'est pas mon ange qui est venu m'ouvrir, mais un mec. Le fameux latino en question, fraîchement sorti de la douche, la peau et les cheveux encore humides, et surtout à poil avec juste une serviette autour de la taille. Serviette qui ne cache d'ailleurs pas du tout ce qui reste d'une érection post-coïtale.

Avant que le sol ne s'ouvre sous mes pieds, j'ai toutefois le temps d'entendre le bruit que fait la douche pour la personne qui s'y trouve encore. Elle, sans aucun doute !

– C'est à quel sujet ?

Le type me regarde, interrogatif, les yeux fixés sur mon bouquet à la con. Je reprends mes esprits, je me blinde, je referme définitivement mon putain de cœur et le renvoie au fin fond des abysses où il reposait depuis huit ans. À double tour, avec un cadenas si possible, pour être sûr qu'on ne m'y reprendra bel et bien plus.

– « SOS Livraison express », j'ai une livraison pour Mlle Spencer.

– Désolé, mec, il doit y avoir une erreur. Il n'y a pas de Mlle Spencer ici. Essaye l'étage en dessous.

Connard ! Je sais très bien qu'il n'y a pas de Mlle Spencer ici !

J'essaye juste de ne pas passer pour le con de service qui vient juste de se rendre compte que sa nana venait de l'enfler bien comme il faut ! J'ai ma fierté et je ne m'abaisserai certainement pas à demander des comptes au mec qui a baisé ma copine à ma place. Je ne vais assurément pas me rendre encore plus ridicule que je ne le suis déjà. Je vais faire en sorte qu'elle ne sache jamais toutes les idées débiles qui m'ont traversé l'esprit et tous les pseudo-sentiments dégoulinants de mièvrerie que j'ai cru avoir. J'aurais dû m'en tenir au Rees ancienne version. Il est temps de le ressortir du placard où Miss garce l'a mis et de lui montrer par la même occasion que je peux aussi être un salaud. Je n'aurais jamais dû sortir de ma ligne de conduite !

Je tourne les talons sans même un mot pour celui qui vient de se taper ma gonzesse et qui ne sait d'ailleurs même pas qui je suis. Certainement que lui aussi se fait bien pigeonner. Et peut-être Logan, tiens, par la même occasion ! Et qui d'autre encore ?

Miss garce a bien caché son jeu.

Je jette mon bouquet dans la première poubelle que je trouve et dégage les lieux aussi vite que si j'avais les flics au cul, direction le premier bar où je pourrai me déchirer la gueule.

37

Marlowe

Silence radio depuis trois jours. Je n'ai eu aucune réponse à mes textos. Inquiète, je suis passée chez Rees hier après le service, sans succès. La porte est restée close. Il n'était pas là. Il était pourtant plus d'une heure du matin. Ou bien il n'a pas souhaité ouvrir. J'ai essayé de l'appeler aussi, mais il n'a pas répondu et encore moins rappelé. Pire, après mon dernier coup de fil, il a mis son téléphone sur messagerie. Je prétendrais bien ne pas savoir quoi en penser, mais je crois que le message est suffisamment explicite. Nous voilà apparemment au terme de notre histoire. Sauf que je pensais, à tort, qu'il aurait la décence et le courage de me le dire en face. Il faut croire que non. Je vais devoir me faire une raison et passer à autre chose. Les gars ont prévu une soirée à Brighton. Je vais m'y rendre avec l'espoir qu'il y sera et que j'aurai quelques explications et la confirmation du mot de la fin.

Quand j'arrive sur place, la soirée est bien avancée et il y a déjà beaucoup de monde. Je repère notre petit groupe, mais surtout Rees, assis contre un tronc, une brune plantureuse à califourchon sur lui et la langue enfoncée au fond de sa gorge. Il a passé les mains sous son tee-shirt et est en train de lui peloter les seins.

Dex me voit et me regarde d'un air désolé et contrit.

C'est bon, j'ai compris. Je suis venue chercher une réponse et je l'ai eue d'un seul coup d'œil. Ma respiration se bloque, mon cœur se serre. Il se fêle, se fissure avant d'exploser en un millier de morceaux qui ne pourront jamais être recollés. Ni même ramassés. Je vais les abandonner là, sur cette plage, où ils pourront être balayés et éparpillés par le vent. Je n'en aurai plus besoin. J'ai envie de pleurer, mais je ne le ferai pas. Pas ici, pas devant eux, et surtout pas devant lui.

J'adresse un faible sourire de regret à Dex et vais pour repartir discrètement avant que les autres ne me voient. Peine perdue, Rees a déjà les yeux fixés sur moi. Un regard vide, froid. Je l'avais pourtant cru bien occupé. C'est d'une voix dédaigneuse qu'il me lance :

– Eh, tu nous quittes déjà ?

Je le fusille du regard. Comme s'il ne savait pas pourquoi il est hors de question que je reste ! Il croit quoi ? Que je vais m'asseoir tranquillement autour du feu en chantant « Kumbaya » pendant qu'il roulera des pelles à sa pétasse sous mes yeux ? Non, mais pour qui il me prend ? Sale con !

– T'as l'air en colère. Quelque chose qui te déplaît, peut-être ?

– T'es sûr de vouloir aller sur ce terrain-là ? lui demandé-je.

– Alors quoi, parce qu'on a baisé plusieurs fois, toi et moi, tu penses avoir des droits sur moi ? Tu crois que je vais devenir ton petit toutou bien sage, filer droit et renoncer à toutes les autres nanas et à mon style de vie pour toi ? On ne s'est rien promis à ce que je sache, en tout cas pas moi !

Toutes les conversations se sont tues et nos amis nous regardent, ahuris et perplexes. La bombe vient d'être lâchée. Seul Dex regarde le sol, le visage fermé et résigné.

– Non, je n'ai jamais rien cru ou prétendu de tel. J'ai juste présumé que connaissant le mot « stop », tu t'en servirais le moment venu.

– Ne te donne pas une importance que tu n'as pas, mon ange.

– Ne m'appelle pas « mon ange ».

– Ouais, t'as raison. Toi et moi, on sait très bien que tu n'as absolument rien d'un ange.

Qu'est-ce qu'il sous-entend exactement ? Son regard appuyé me laisse penser qu'il sait des choses à mon sujet. Qu'a-t-il pu apprendre et comment ?

Domingo…

Je ne vois que ça, et mon regard se porte donc sur Logan. Regard qui n'échappe pas à Rees.

– Des choses à nous faire partager, peut-être ?

– Avec toi, certainement pas !

– J'comprends, mais avec les autres, ça ne te pose pas de problème de partager visiblement. Finalement, t'es pas aussi farouche que t'en as l'air.

La voix de Dex tombe avec colère :

– Rees, ne sois pas con. Arrête de penser avec ta bite et de dire des choses que tu vas finir par regretter.

– Quoi ? Tu veux me faire une leçon de morale, mon frère ? Toi et moi, on sait tous les deux qu'on est bien au-dessus de ça et depuis longtemps ! Et regretter quoi, d'ailleurs ? On regrette quand on tient à quelque chose et je ne vois rien ici auquel je pourrais vouloir tenir.

Dex reste sans voix devant la repartie de son meilleur ami. Il n'est pas question que les choses s'enveniment entre eux à cause de moi.

– Dex, s'il te plaît, reste en dehors de tout ça.

– Ouais, Dex, reste donc « en dehors ». Ils sont déjà assez nombreux sur le rang vu qu'elle ne semble pas bien exigeante finalement.

– Que dois-je comprendre exactement ?

– Chérie, t'as apparemment pour habitude de te taper tous les gars de la Terre, moi y compris, pour mon plus grand plaisir. T'as un sacré joli p'tit cul et tu sais foutrement bien t'en servir, j'en conviens. Mais en ce qui me concerne, ça s'arrête là, t'es rien d'autre et tu ne seras jamais rien d'autre qu'une petite chatte magique avec qui j'aurai pris mon pied. Tu peux retourner à tes occupations.

Je me sens devenir livide. Wow ! Je ne suis pas la seule à avoir caché mon jeu, on dirait.

– Tu croyais quoi ? Que j'allais te jurer un amour éternel et te faire une jolie petite place dans ma vie ? Déroger à toutes mes règles pour tes beaux yeux ? T'as pas compris, chérie : je n'aimerai jamais personne, je n'en suis pas capable et je n'en ai pas l'envie. Toi, pas plus que n'importe quelle autre.

– Oh, non ! Rees, loin de moi l'idée d'avoir représenté quoi que ce soit pour toi. J'ai appris depuis longtemps quel serait mon rôle dans ce bas monde. D'autres se sont chargés bien avant toi de m'éclairer sur la question.

Avant de tourner les talons pour sortir définitivement de sa vie, j'ajoute en désignant la brune qui nous regarde comme la parfaite idiote qu'elle semble être :

– Je crois que mademoiselle s'impatiente. Tu es attendu, je ne te retiens pas plus longtemps.

Une fois partie, je ne rentre pas chez moi. Je veux que personne ne sache où me trouver pour le moment. J'ai besoin de m'effondrer, seule, sans public. Et je n'ai pas la certitude de pouvoir me relever cette fois-ci. Steven,

Mike et maintenant Rees. Ne dit-on pas « jamais deux sans trois » ? Mais cette fois, la douleur est mille fois pire que les précédentes.

Au fond de moi, j'ai la certitude que Rees n'est pas le salaud qu'il laisse paraître. J'ai vu l'homme derrière le masque. Il peut être prévenant – comme il me l'a montré dans l'intimité –, joyeux – comme il l'a été à la cascade – ou fragile – comme lorsque je suis allée le chercher dans ce bar miteux. La violence de ses mots ne peut venir que d'une chose : il est dégoûté par mon passé, du fait que je ne lui ai pas dit la vérité. Et il cherche à s'éloigner de moi pour se protéger. Car si j'ai compris une chose sur Rees, c'est que sa violence émerge quand il se sent trahi ou menacé. Et je l'aime justement pour ce mélange de fragilité et de force… Je l'aime pour tout, tout le temps, même à cet instant où je devrais le détester. J'ai cru être amoureuse de Steven et de Mike, mais au final, ça n'avait rien de comparable avec ce que je ressens aujourd'hui pour Rees. Il sera le dernier. Le plus intense et exceptionnel amour qui soit. Il sera l'inoubliable. Celui qui m'aura définitivement brisée.

J'ignore comment il a eu connaissance de mon passé. Logan ? En admettant que Domi ait confié mes secrets à Logan. Ce dont je doute. Et quand bien même cela aurait été le cas, qu'est-ce qui aurait poussé Logan à tout dévoiler à Rees puisque personne en dehors de Dex n'était au courant pour nous deux ?

Quelle idiote ! Quelle cruche ! Je ne suis qu'une pauvre conne !

Je savais pourtant que tout prendrait fin un jour ou l'autre. Pourtant, j'ai bêtement commencé à croire que, peut-être, lui et moi, on avait et on partageait autre chose que de simples parties de jambes en l'air. Notre histoire est allée bien au-delà de tout ce qu'il a pu accorder aux autres filles et ça m'a bercée d'illusions.

Mais il a aussi découvert mes secrets.

Comment ai-je pu croire un seul instant que l'on pourrait s'intéresser à moi pour autre chose que du sexe ?

J'aurais dû retenir la leçon depuis longtemps. Quel homme voudrait d'une fille qui a été baisée et abusée à maintes reprises ? Qui pourrait vouloir de moi pour autre chose ? Je ne suis pas de celles dont on fait une petite amie. Je reste la putain que Jason a faite de moi, quel que soit le nom que je porte.

À l'évidence, je ne suis plus qu'un déchet souillé et usagé qu'aucun mec ne voudra ou ne pourra jamais aimer et je suis condamnée à rester seule.

38

Logan

Je ne m'attendais pas à ce qu'il vient de se passer. Indiscutablement, Marlowe et Rees ont couché ensemble. Plusieurs fois.

Prévisible.

J'avais vu l'attirance qu'elle avait pour lui et je me sens blessé qu'elle ne m'ait pas parlé de tout ça, car je croyais être son ami. Mais, pour avoir ressenti la même chose un jour, je peux la comprendre. Rees est loin d'être quelqu'un de facile à aimer, j'en sais quelque chose.

Marlowe aurait dû se douter que Rees ne changerait jamais, elle qui semble si bien cerner les gens. Après tout, c'est elle qui m'a présenté Domi et, depuis une semaine, elle est aux premières loges pour voir notre amour éclore et grandir de jour en jour et de plus en plus fort. Lui et moi, ce fut une évidence à la seconde où nous nous sommes rencontrés. Et cette petite entremetteuse avait compris dès le départ à quel point lui et moi, ça collerait.

Qu'elle ait pu penser que Rees pourrait faire une exception me surprend. C'est évident que ce petit con préfère tout foutre en l'air plutôt que de céder à une émotion, même infime. Mais à l'idée qu'il se soit permis de jouer avec elle comme avec n'importe laquelle de ses pétasses, pour finalement la jeter en la faisant souffrir de cette façon, ça me met en rage. Je ne connais pas l'histoire de Marlowe, même si j'ai deviné à travers nos conversations qu'elle a vécu des trucs moches. Je sais aussi qu'elle a un passé commun avec Domi qui lui a été d'une grande aide à une époque sombre. Cette fille en a clairement bavé dans sa vie et ne mérite certainement pas ça. J'explose :

– Rees, t'es vraiment qu'un sale connard ! T'as vraiment pas pu t'en empêcher, hein ? Il n'y avait pas assez de chattes en chaleur autour de toi, il t'a fallu aussi celle-là. Putain, mais c'est quoi ton problème ? T'as une bite à la place du cerveau ? Comment ça se passe ?

Dex intervient à son tour :

– Bro, t'as conscience que tu viens de la traiter de pute, là ? Et de lui dire par la même occasion qu'elle t'avait juste servi de vide-burnes, comme toutes les autres ?

Rees paraît accuser le coup, avant de se reprendre et de lui répondre :

– Et alors ? Tu fais dans le chevalier blanc maintenant ?

– Pour commencer, c'est mon amie et pas n'importe quelle nana, alors, ouais, j'en ai pas rien à foutre. Ensuite, tu peux prétendre ce que tu veux, mais à moi, tu ne me la fais pas ! On sait tous les deux ce qu'il en est et c'est clairement tout sauf ça !

– Tu ne sais absolument rien du tout, Dex ! Tu crois me connaître mais tu ne vois que ce que je veux bien laisser entrevoir, autrement dit la surface. Et sur ce coup-là, votre copine est loin d'être aussi blanche que ce qu'elle montre. Mais ce n'est pas grave, je veux bien être le méchant de l'histoire, ça me va aussi. J'ai l'habitude, c'est ce que je suis, ce que je serai toujours et ce que je mérite d'être dans ce monde de merde. C'est comme ça que ma vie doit être. Appelons ça un entraînement avant de descendre en enfer ! Si tant est que je n'y suis pas déjà ! Je vais reprendre ma petite vie sans prise de tête, là où je l'ai laissée et d'où je n'aurais jamais dû sortir. J'm'arrache. Ciao et à un de ces quatre !

Il tourne les talons et commence à partir. Mais je ne compte pas en rester là.

– Et pour elle, on fait quoi ? Elle devient quoi dans l'histoire ?

Il se retourne et me fixe droit dans les yeux.

– Bah, t'as qu'à aller la consoler. Avoue-le, t'en crèves d'envie ! Mais après tout, t'as peut-être pas attendu pour ça…

OK. Je ne sais pas ce qu'il s'imagine et ce qu'il s'est mis en tête, mais je crois qu'il est temps de remettre les pendules à l'heure et de m'assumer avant qu'il n'y ait plus de dégâts. Je dois bien ça à Marlowe.

– Je suis gay, mec ! Je l'ai toujours été ! Alors tes suppositions foireuses, tu peux te les carrer où je pense ! Parce que t'es clairement à côté de la plaque !

Grand silence général. Pour un peu, on aurait dit qu'un troupeau de licornes venait de débarquer sous nos yeux.

Je l'ai enfin dit, et je me sens libéré d'un poids énorme.

39

Marlowe
Trois ans plus tôt

Je laisse l'eau ruisseler sur mon corps et détendre mes muscles encore engourdis des efforts de cette nuit. Le sourire aux lèvres, je pense à Mike, toujours endormi, et à toutes les choses que nous avons faites depuis qu'il est rentré le temps d'une escale. Son avion a atterri hier soir et quand il m'a rejointe à mon appartement, il m'a pratiquement sauté dessus tellement il était avide de sexe.

Mike et moi sommes maintenant ensemble depuis six mois et tout se passe à peu près bien. Pour autant, je n'ai toujours pas réussi à lui confier mon histoire. Je redoute le jour où je passerai aux aveux et le dégoût que je lirai sans doute dans ses yeux à ce moment-là, au risque de le perdre. Perdue dans mes pensées, je ne l'ai pas entendu entrer dans la salle de bains. Deux mains glissent doucement sur ma peau jusqu'à mes seins tandis que son corps se moule derrière le mien. Je sens son sexe gonflé, dur et déjà prêt tout contre mes fesses. Sa langue remonte le long de mon cou jusqu'à mon oreille.

– J'ai tellement envie de toi !

– Encore ! Ça fera juste la quatrième fois depuis hier soir.

– C'est de ta faute, t'es trop bonne et tu m'as tellement manqué.

Je tique un peu. Mike est plus pressant que d'ordinaire et ne m'avait pas habituée à ces mots-là.

D'un pas en avant, il me pousse pour me plaquer contre le carrelage froid. Je suis coincée entre lui et le mur, les seins écrasés contre la paroi. Il remonte mes mains au-dessus de ma tête, les siennes par-dessus, et du genou, il m'écarte légèrement les jambes. Dans un instant d'affolement, me sentant prise au piège, mon souffle devient saccadé et Mike, prenant cela pour de l'excitation, me pénètre par-derrière d'un coup de reins. En panique, je tente de me défaire de sa prise.

– Chut ! Tout va bien, laisse-toi faire…

Je ferme les yeux, tente de réguler mon souffle en me répétant en boucle qu'il s'agit de Mike, mon petit ami, et qu'il ne me veut aucun mal.

Insensiblement, le calme revient et je peux enfin apprécier un peu les sensations qu'il me procure. Dans un râle étouffé, il jouit rapidement, sans même porter attention au fait qu'il a été seul sur ce coup-là. Je m'inquiète parfois de mon manque fréquent de jouissance lors de nos ébats. Je me dis que même cela, Jason a réussi à me l'enlever. Mais Mike ne semble pas s'en formaliser et j'apprécie notre entente en dehors du sexe, alors je finis par en faire abstraction aussi et me concentre sur d'autres petites choses que l'on partage et sur mes sentiments pour lui.

Nous sommes en train de nous sécher quand son téléphone sonne. Il part s'isoler dans une autre pièce pour répondre. Quand il revient, c'est pour m'annoncer que son vol va devoir partir plus tôt que prévu et qu'il doit s'en aller dès cet après-midi. Je suis un peu triste car je n'aurai pas pu profiter beaucoup de lui, mais c'est son métier et je le respecte.

***

J'ai quelques jours de congé et je décide de saisir l'occasion pour aller faire les boutiques pour les fêtes de fin d'année.

J'espère trouver un cadeau à offrir à Mike pour Noël. À part lui, je n'ai personne d'autre. Domingo, mon seul ami, est retenu loin pour son travail et je ne le verrai probablement pas avant plusieurs semaines, voire plusieurs mois.

Mike est à Los Angeles pour les deux prochains jours, je suis donc seule à New York. Je déambule dans le centre commercial. Toutes ces boutiques m'ont donné terriblement soif. Je décide d'aller m'offrir une boisson au petit snack que je repère un peu plus loin. Au moment où je m'apprête à pousser la porte d'entrée, un couple sort et je reste paralysée en reconnaissant l'homme qui, lui aussi, me fixe, tétanisé.

Mike !

Je reprends mes esprits plus rapidement que lui en avisant la femme à ses côtés, enceinte d'environ six ou sept mois et le petit garçon d'environ 3 ans qui lui tient la main. Mon regard passe de l'un à l'autre et je comprends la situation quand je vois le regard suppliant de Mike. Il est marié, déjà père d'un enfant et sa femme est enceinte du second, dont la conception date manifestement du moment où lui et moi nous sommes connus. En d'autres termes, je suis « l'autre », la maîtresse, celle qu'il vient baiser dans le dos de sa femme pour assouvir ses pulsions et ses fantasmes.

J'ai mal. Je lui avais accordé ma confiance et, une fois de plus, me voilà trahie.

Que dois-je faire ? Lui faire une scène, là, en public, devant sa femme et son fils, ou au contraire me taire, jouer son jeu avant de m'effacer de façon nette et définitive ? D'un côté, sa femme a le droit de savoir qui est vraiment son mari et qu'il la trompe. Et de l'autre, tout avouer reviendrait à briser un mariage, briser une famille et faire souffrir deux enfants qui n'ont rien demandé à personne.

Comme la femme nous regarde tour à tour, Mike et moi, avec inquiétude et interrogation, je décide d'intervenir.

– Bonjour, je suis Jessica, une collègue de votre mari, on travaille ensemble.

Je ne mentionne ni l'aéroport, ni la compagnie, ni son prénom, n'étant finalement pas sûre que tout ce qu'il m'ait dit soit vrai. Il paraît soulagé.

Connard!

– Oh, bonjour. Je suis Kate et voici Ethan, me dit-elle avec un sourire adouci en désignant son fils.

Je lui réponds en grimaçant un rictus hypocrite:

– Ravie d'avoir fait votre connaissance. Je serais restée discuter avec plaisir, mais on m'attend et je suis déjà en retard.

Je ne m'attarde pas, sentant déjà les larmes se manifester. Je ne pense qu'à une seule chose, rentrer chez moi pour pleurer tout mon soûl sur ma relation qui vient de prendre fin et sur mon amour trompé. Je ne sais même pas ce qui était vrai et ce qui était faux dans ce que Mike et moi avons vécu.

***

Tout ça n'empêche pas Mike de se pointer chez moi comme une fleur le lendemain.

Non mais je crois rêver!

– Merci de ne pas avoir vendu la mèche.

– Tu plaisantes, j'espère? Tu trompes ta femme, tu me mens depuis six mois et tu te pointes chez moi l'air de rien en me remerciant de t'avoir sauvé le cul?

– Oh, c'est bon! D'abord, ce que je lui dis ou pas ne te regarde pas et ce n'est pas comme si ça devait changer quelque chose entre toi et moi. On s'amuse bien tous les deux, je ne vois pas pourquoi on devrait changer quoi que ce soit. On peut très bien continuer à se voir comme avant, je ne vois pas le problème.

– Non mais je rêve ! Tu ne vois pas le problème ? En gros, je suis juste là pour te faire prendre ton pied, c'est ça ?

– À cause de sa grossesse compliquée, je ne peux pas coucher avec ma femme depuis des mois, mais j'ai des besoins, alors on ne peut pas me reprocher de me tourner vers une autre nana pour ça. T'es super bandante, t'as un cul divin et, effectivement, tu me fais prendre un pied d'enfer. Comment je suis censé résister, moi ? Tu peux me dire ?

– Donc je suis juste la pute dont tu te sers pour faire passer le temps ?

Le ton monte et pas qu'un peu !

– Non, t'es pas une pute. Une pute, ça se paye et moi, je te baise gratis. Quant à passer le temps, je te l'ai dit, même après la naissance, on pourra très bien continuer à se voir, toi et moi. Je peux tout à fait vous satisfaire toutes les deux. Je suis prêt à relever le défi si ça me permet de continuer avec toi.

Ma main part sans que j'aie eu le temps de réfléchir et s'écrase sur sa joue en une gifle magistrale.

– Dégage de chez moi ! Casse-toi et arrange-toi pour ne jamais plus croiser mon chemin.

D'abord abasourdi, il ricane. Je le sens blessé dans son ego de mâle. Il est rouge et semble furieux. Lui qui jouait au mec prévenant et doux, il s'est bien foutu de moi et révèle son vrai visage.

– Qu'est-ce que tu crois, ma belle ? Que tu peux intéresser un mec pour autre chose que ton joli visage, ton joli cul et ta jolie chatte ? T'es rien qu'un bel emballage bien appétissant et on se fout royalement de ce qu'il y a dedans du moment qu'on peut te baiser. Le reste, on s'en tape, chérie !

Sur ces mots blessants mais tellement proches de la vérité, il passe la porte de chez moi pour la toute dernière fois.

40

Rees

Accoudé au comptoir du bar devant un verre de whisky, je reluque les seins de la jolie brune face à moi en lui laissant croire depuis plus d'une heure que j'écoute son bavardage sans intérêt. Je n'ai absolument aucune idée de toutes les conneries qu'elle a pu me débiter. Mais ce qui me perturbe le plus au demeurant, c'est qu'en temps normal, nous ne serions déjà plus là depuis longtemps.

En temps normal, nous serions déjà chez elle, à poil et en train de nous envoyer en l'air.

En temps normal, j'aurais eu la gaule avant même qu'on lui apporte son verre au lieu de la demi-molle, voire le quart que je me trimballe en ce moment.

En temps normal, je ne serais pas en train de tergiverser pour savoir si j'ai vraiment envie de la baiser ou non. Je ne serais pas en train de me dire qu'elle n'a pas la nuance de cheveux requise, pas la couleur des yeux appropriée, pas la taille parfaite, pas les formes adéquates, pas le parfum recherché… Bref, qu'elle n'a rien de ce que je voudrais. Rien de ce que mon cœur et mon corps réclament avidement.

Ça fait une semaine que mon histoire avec Marlowe s'est terminée avec fracas, une semaine que j'écume les bars du coin – sauf le sien –, une semaine que je drague toutes les brunes à peu près baisables. Et une semaine, au final, que je n'en ai baisé aucune. Parce qu'à chaque fois, une fois allongé sur elles, tout me révulse au point d'attraper mes affaires en hâte, tourner les talons et les planter là pour m'enfuir chez moi. Quant aux blondes, y a pas moyen, c'est encore pire !

C'est seulement dans l'intimité de ma chambre, où flottent encore les vestiges de son parfum d'agrumes, que son visage imprimé derrière mes paupières closes et les souvenirs de son corps contre le mien me font enfin réussir à bander. Je n'ai alors pour seules amies que ma main et les maigres illusions qu'elle m'apporte.

J'ai mal. À en crever. Je n'ai jamais ressenti ça. Je ne sais pas comment faire face. Je me sens perdu, désemparé, anéanti avec le cœur en lambeaux et le corps en loques.

Mais qu'a-t-elle fait de moi ?

J'ai vu Dex il y a trois jours et il n'était pas dans mes intentions de discuter d'elle. Nous avons longuement parlé de Logan et de ses révélations. Personne ne s'y attendait, personne ne se doutait de quoi que ce soit. Ça me fait bizarre ! Non pas que je porte un jugement. Non, pas du tout. Ça ne me pose aucun problème qu'il soit gay. C'est juste que je le connais depuis plusieurs années et que même si nous ne sommes pas très proches, me dire que pendant tout ce temps, il nous a caché la vérité, c'est dur à avaler. Il faut croire qu'il ne nous faisait pas assez confiance.

Et maintenant, je me sens comme une merde de lui en avoir mis plein la tronche en pensant, à tort, qu'il pouvait y avoir quelque chose entre lui et Marlowe. Je devrai un jour m'excuser. Plus tard, quand j'aurai digéré tout ce qui vient de me tomber sur la gueule.

Est-ce que Marlowe le savait ? Est-ce qu'elle était dans la confidence ? Est-ce pour cela qu'elle était si proche de lui ?

D'un côté, je me sens terriblement soulagé de me dire qu'il est impossible qu'elle ait couché avec Logan. Mais dans le fond, ça ne change rien à la situation. Ce n'est pas avec Logan qu'elle était ce jour-là quand je me suis pointé chez elle et qu'elle n'y était pas seule…

Je comptais en rester là et ne pas aborder le sujet de Marlowe avec Dex, mais c'était sans compter sur son obstination. Il m'a pourri pour mon attitude odieuse vis-à-vis d'elle. J'aurais pu lui raconter ma visite chez elle et le fait qu'elle m'ait trompé avec ce type sorti de nulle part. Il aurait pu comprendre ma réaction. Il me connaît assez pour savoir comment je réagis quand je me sens blessé et à quel point je peux être implacable.

Mais il aurait fallu aussi que je partage tout ce que je ressens pour Marlowe et qu'il en connaisse l'ampleur. J'ai préféré passer pour l'enfoiré habituel que je suis. C'est mieux comme ça, même si je ne sais pas dans quel état d'esprit elle se trouve après que je l'ai remballée. Elle n'est certainement pas tombée aussi bas que moi. Elle doit probablement se consoler et prendre du bon temps avec le connard de latino qui m'a remplacé dans son lit. Je suis sans doute le seul à souffrir le martyre, car elle n'avait à l'évidence pas les mêmes sentiments pour moi que ceux que j'avais pour elle. Non, rectification, que j'*ai*. Et c'est bien là tout le problème.

Bien fait pour moi, me direz-vous. Arroseur arrosé, je me suis laissé prendre tout seul à mon propre piège. Quelle plaisanterie ! Avoir passé toutes ces années à éviter tout sentiment, tout attachement, tout lien affectif, pour finalement me laisser enchaîner de la sorte.

Mais après tout, pourquoi fuir et me terrer chez moi ? Au contraire, je devrais m'afficher sous son nez avec mes plans cul, lui montrer que moi aussi je m'en tape de sa gueule. La narguer avec ma petite vie de débauche retrouvée et lui prouver que n'importe quelle nana peut faire l'affaire à sa place, en espérant qu'elle sera un minimum touchée dans son ego.

Je veux retrouver ma vie d'avant. Et toute ma tête, sans elle dedans. Je veux lui montrer qu'elle ne compte pas et arriver à m'en convaincre. Me connectant avec la réalité du lieu et du moment, j'adresse un sourire ravageur à la petite brune, toujours concentrée sur son monologue, pour lui demander :

– Tu serais libre demain soir ?

À son air béat, j'ai ma réponse. Une virée au Devil's s'impose. Une petite revanche avant de passer à autre chose. Je veux montrer à Marlowe qu'elle n'était rien et l'oublier.

41

Sacha

Marlowe a disparu pendant cinq jours. Elle a prévenu Jack qu'elle serait absente, prétextant qu'elle était malade. Je n'ai eu aucune nouvelle d'elle. Aucun d'entre nous n'en a eu. J'étais très inquiète. Logan et Dex aussi. Pour autant, je l'ai couverte auprès de Jack, confirmant sa version. Ce n'était pas vraiment un mensonge puisqu'elle ne devait pas être au mieux. Je n'ai absolument aucune idée de son état d'esprit actuel. Je suis triste de ne pas avoir été dans la confidence car je suis son amie, mais je sais qu'elle a ses démons, démons du passé dont j'ignore tout mais que je pressens douloureux.

Je suis une amie déplorable ! Plongée dans ma bulle d'amour avec Dany, je n'ai rien deviné de son histoire avec Rees. Je n'ai pas vu venir le désastre. Dans le cas contraire, j'aurais pu la prévenir, lui dire que Rees était le dernier homme avec qui tenter de vivre quoi que ce soit, même de frivole. Lui dire qu'il était incapable d'avoir la moindre relation ni le moindre sentiment pour une femme ou pour n'importe qui en dehors de Dex. Pas plus que de la considération.

J'en veux à Rees, sachant qui et comment il est, d'avoir imposé sa désinvolture à ma meilleure amie, de l'avoir entraînée sur cette voie, jusque dans les limbes de sa vie volage et de son purgatoire personnel.

J'ignore beaucoup de lui et j'en ignore finalement tout autant des blessures de ma meilleure amie. Mais ce n'était pas une raison pour les occulter et ne pas être vigilante. J'aurais dû veiller sur elle. Elle n'avait que moi pour le faire et j'ai failli à mon rôle.

Elle a refait surface au bout de cinq longs jours, débarquant à l'appartement comme si rien ne s'était passé, la mine impassible, aussi calme et insondable qu'avant. Du moins en apparence. Je soupçonne tout ça de n'être qu'une façade. Elle a revêtu un masque, et elle est extrêmement douée pour ça. Tellement que c'en est effrayant. Tellement que je me dis qu'elle a dû faire ça toute sa vie. Elle sait rendre ses émotions imperceptibles et impénétrables pour ceux qui ne la connaissent pas. Et finalement, je me rends compte que personne ne la connaît vraiment, pas même moi. Quant à la comprendre, c'est encore une autre histoire. Parfois, son sourire vacille, son regard se voile, mais c'est si fugace et si rapide que c'est quasi invisible. Elle sait si bien camoufler et réprimer ses sentiments qu'elle arrive à me faire douter de ce que je penserais avoir entrevu.

Marlowe a repris le boulot au Devil's, fidèle à elle-même. Et comme Rees ne s'est pas pointé depuis, elle a l'air de garder le cap. Reste à savoir comment elle réagira quand elle se retrouvera de nouveau face à lui. Elle est tellement secrète et imprévisible. Tout comme lui, en fait. Ils ont finalement beaucoup plus en commun que ce qu'on pourrait croire de prime abord. Ils sont même certainement les seuls à pouvoir se comprendre mutuellement. Encore faudrait-il que lui en ait envie. Il neigera l'été au Sahara d'ici là. Mais je suppose que je vais avoir la réponse très rapidement car je vois Rees franchir les portes du bar avec le groupe et une brune au look vulgaire et à l'œil énamouré pendue à son bras. Je jette un coup d'œil un peu paniqué vers Marlowe en train de servir une table. Elle leur tourne le dos et elle ne les a probablement pas encore vus.

Pourtant, ses épaules se crispent. Elle n'a pas vu Rees mais elle l'a senti, comme si un lien invisible la reliait directement à lui. Lui qui, sitôt le seuil franchi, la cherche des yeux. Comment ai-je fait pour ne pas percevoir ce qui était pourtant si évident ? Comment avons-nous pu passer à côté de ce courant électrique qui court de l'un à l'autre ? On ne s'est posé aucune question et, surtout, on ne s'est pas étonnés de ne pas avoir vu Rees avec une nana depuis un bon moment ! Ce n'était tellement pas lui, tellement pas dans ses habitudes de vie. Mais Rees est finalement retombé dans ses travers et dans sa débauche. Du Rees tout craché ! « Chassez le naturel, il revient au galop », un vieil adage qui prend tout son sens avec lui.

Deux minutes plus tard, le groupe est installé et Marlowe m'a rejointe. Elle n'a pas regardé une seule fois dans sa direction, mais elle sait qu'il est là et qu'il n'est pas seul.

– Sacha, j'ai un service à te demander.

Elle me dit ça sur un ton neutre, mais je me doute de ce qu'elle souhaite.

– Pas de soucis, ma belle, je prends ta section et je dis à Thalie de prendre la mienne, comme ça, tu t'occuperas de celle qui est la plus éloignée.

– Merci, Sacha. T'es la meilleure !

Je la sens soulagée et je ne relève pas ses propos. Si j'avais vraiment été la meilleure, j'aurais su lui venir en aide bien avant la débâcle. Ou peut-être pas. Car après tout, quand on y réfléchit, elle et lui, c'était inévitable tant c'est une évidence…

42

Domingo
Cinq ans plus tôt

Mon père et ma mère travaillent tous deux pour les McKinley depuis plus de quinze ans. Ma mère est leur cuisinière et mon père leur jardinier. J'ai donc grandi sur le domaine. J'y travaille aussi pendant les vacances d'été pour financer mes études à l'université. Je répare ce qui a besoin de l'être, fais des petits travaux de peinture, de bricolage. Bref, des choses diverses et variées.

Hier, leur intendant, M. Rogers, m'a informé qu'il y avait une fuite dans la salle de bains de l'une des chambres d'amis. J'ai réparé mais constaté que le problème avait son origine dans celle d'à côté. Celle d'Alicia. Quand nous étions enfants, Alicia et moi étions inséparables. Nous jouions souvent ensemble dans le parc. Nous construisions des cabanes, inventions une multitude d'histoires. Nous nous retrouvions en catimini dans les cuisines où ma mère nous avait préparé des gâteaux. Parfois, je faisais semblant de prendre le thé avec ses poupées. Elle était mon amie. Ça ne me dérangeait pas de jouer à « des trucs de filles ». Alicia était un vrai rayon de soleil. Jusqu'à la mort de sa mère. Son regard est alors devenu triste.

Puis je suis parti à l'université et elle a commencé à sortir avec le fils des Allister, Steven. Tout a changé. Nous nous sommes éloignés. Nos vies n'avaient plus rien en commun, nous n'étions pas du même monde.

Je suis rentré cet été pendant les vacances mais je l'ai croisée seulement de loin. Très peu mais suffisamment pour savoir qu'il ne s'agit plus de la Alicia que j'ai connue enfant. Elle n'est plus avec son petit ami. Tant mieux – je ne l'ai jamais apprécié celui-là – mais il y a autre chose. Quelque chose qui cloche dans sa vie. Quelque chose qui la fait souffrir et la rend triste. Je l'ai trouvée éteinte. M. McKinley n'est plus du tout le même non plus et tous deux ne s'adressent plus la parole. Je n'ai pas eu d'informations sur ce qu'il s'est passé mais ça a l'air sérieux.

Et puis il y a ce type, Jason Ward. Puant, arrogant et prétentieux au possible. Il est souvent dans les parages, rôdant autour d'elle. Je suis presque certain qu'elle ne l'apprécie pas du tout et pourtant il y a quelque chose entre eux pour qu'il soit là aussi souvent, aussi longtemps et à des heures aussi indues. J'ai ma petite idée sur ce qu'il se passe. Ce type n'est pas net. Je ne sais pas à quoi il joue ni quel moyen de pression il utilise exactement, mais quelque chose me dit qu'il obtient des faveurs qu'il n'aurait jamais dû avoir. Leur monde est vraiment une belle saloperie, entre hypocrisie, relations arrangées et jeux de pouvoir. Mais tout ça ne me regarde pas. Je fais en sorte de rester à ma place même si je suis triste pour Alicia. Si c'est ça avoir du fric et de l'influence, alors je préfère ma situation à la leur, et de loin.

Ce matin, elle doit être en cours, alors sa salle de bains devrait être accessible pour que je finisse les réparations commencées hier. Je toque quand même à la porte pour m'assurer qu'il n'y a personne.

– Alicia ?

Pas de réponse, le champ est libre. J'ouvre la porte et me retrouve face à une vision d'horreur. Son corps inanimé, l'eau dans la baignoire entièrement rouge de son sang. Elle s'est ouvert les veines ! Son visage et ses lèvres sont d'une pâleur extrême. La vie semble avoir quitté son corps. J'avance doucement jusqu'à elle et pose mes doigts sur son cou. Un pouls ! Très faible, mais il est là quand même !

Mon Dieu ! Vite, les secours ! Je crie à l'aide aussi fort que je peux, réveillant ainsi la maisonnée et priant pour qu'il ne soit pas trop tard.

À partir de là, tout s'accélère. Les secours arrivent et elle est prise en charge rapidement. C'est seulement une fois qu'elle est allongée sur la civière et placée dans l'ambulance toutes sirènes hurlantes que mon souffle commence à se relâcher.

Elle n'est pas encore sortie d'affaire pour autant mais pour l'instant elle est encore en vie et entre de bonnes mains. C'est tout ce qui compte.

43

Marlowe

Quand tout m'a explosé à la figure, je me suis trouvé une chambre de motel pour panser mes blessures loin des regards. Là, le téléphone coupé et isolée de toutes interférences extérieures, j'ai longtemps pleuré. Pleuré sur l'homme qui ne m'aimera jamais et que pourtant j'aime à la folie, sur la vie avec lui que je n'aurai jamais. Sur l'avenir que je n'ai pas. J'ai pleuré jusqu'à ce que, le corps entièrement épuisé, je m'endorme. Brisée, une fois de plus.

Mais je suis une survivante. Je suis une guerrière et une guerrière, ça se bat, coûte que coûte. Alors, au bout de cinq jours, j'ai rendu les clés de ma chambre et je suis rentrée chez moi. J'ai revêtu mon armure et mon masque d'indifférence. J'ai rebâti les remparts autour de mon cœur, pierre après pierre, et j'ai affûté mes armes qui me permettront de combattre. Combattre mes sentiments, combattre mes regrets, combattre mon attirance. Combattre Rees, tout simplement !

Je vais m'en sortir.

C'est en tout cas ce dont j'étais arrivée à me persuader jusqu'à ce que je le revoie pour la première fois. Accompagné d'une pétasse, comme on aurait pu s'en douter. Je pensais avoir réussi à me blinder, c'était faux. Et depuis ce jour, il n'a eu de cesse de débarquer à chaque fois avec une fille différente. Voire deux. La vie a repris son cours pour lui, à mille lieues de se douter du fait que je meurs un peu plus à chaque fois. Pourquoi s'en inquiéterait-il d'ailleurs ? Il faudrait pour ça qu'il n'en ait pas rien à foutre. Il faudrait pour ça qu'il m'ait un peu aimée. Mais Rees n'est pas capable d'amour et je ne suis pas de celles qui l'inspirent.

Je suis vraiment pitoyable !

Je croyais avoir touché le fond jusqu'à ce que, par un malencontreux hasard, je me rende dans l'arrière-cour, pensant respirer un peu, et que je tombe sur lui en train de se faire sucer par son plan cul du soir.

Hébétée, j'ai lâché un affligeant « désolée » avant de tourner les talons et d'aller m'enfermer dans la réserve. Cette fois, je n'ai pas versé la moindre larme, je n'en ai plus. Je suis devenue complètement sèche de l'intérieur. J'ignore combien de temps je suis restée prostrée, là, sur le sol en béton, amorphe, le regard vague et l'esprit cotonneux avant de me reprendre.

Depuis, les jours passent et je me sens comme une coquille vide, encore davantage qu'avant ma rencontre avec Rees. J'ai l'impression de n'être que la spectatrice de ma vie. Je n'ai envie de rien, je ne ressens plus rien. Mes gestes sont mécaniques, mes journées sont juste une routine huilée. Je survis tel un robot. Mais je ne laisse rien paraître, je suis douée pour ça. J'ai appris dans les larmes et la douleur. Donc, aux yeux de tous, tout va bien !

Je leur mens tout comme je me mens à moi-même.

Je pousse un soupir de lassitude et je regarde cette fille qui me fixe dans le miroir. Je ne la reconnais pas. Mes yeux se posent sur le dessus de l'étagère. Des lames de rasoir. Depuis plusieurs jours, la boîte m'attire inexorablement, chaque matin, chaque soir. Et je dois lutter contre moi-même. Parfois je me dis que ce serait si facile. Je suis déjà passée par là. J'ai déjà franchi le pas une fois, je pourrais recommencer. Ce n'est pas le courage qui me manquerait et tout s'arrêterait alors. Fini de souffrir, fini de lutter en vain pour une vie qui ne m'apporte rien. Je ne laisserai rien ni personne derrière moi. Personne pour me pleurer, personne à qui manquer.

D'autres fois, je me dis que si la vie m'a donné une autre chance, c'est justement parce qu'elle mérite d'être vécue. Qu'il y a sûrement quelque chose, quelqu'un pour moi quelque part. Que je n'ai que 23 ans et qu'il faut juste que je sois patiente. J'ai été sauvée une fois, il doit bien y avoir une raison à cela. Dieu a certainement un plan pour moi pour avoir refusé de me rappeler à lui ce jour-là. Mais peut-être est-ce le diable qui n'a pas voulu de moi. Alors, à quoi bon ! Je pourrais le faire et juste… voir. Comme ça. Une simple entaille, juste par-dessus celles que j'ai déjà, et le destin déciderait pour moi.

On frappe à la porte de la salle de bains et je sursaute. Sacha passe la tête. Je n'avais pas verrouillé, pensant être seule. Je ne l'ai pas entendue rentrer. Elle me regarde avec suspicion.

– Marlowe ? Tout va bien ?

– Oui, bien sûr !

– Qu'est-ce que tu fais ?

Je baisse alors les yeux sur la boîte que je tiens dans ma main droite. Je ne m'étais même pas rendu compte que je l'avais inconsciemment prise sur l'étagère.

– Oh ! Je voulais me raser les jambes.

Sacha a l'air sceptique, et pour cause, ce n'est que pur mensonge ! Elle ouvre la petite armoire au-dessus du lavabo, attrape et me tend un tube de crème dépilatoire.

– Tiens, utilise plutôt ça, c'est mieux.
– Merci.
Je repose la boîte sur l'étagère en sentant son regard confus sur moi.

***

Deux heures plus tard, je suis assise sur le canapé, un livre à la main et une série Netflix qui passe en sourdine sur le poste télé. Je ne vois ni les mots ni les images. Je donne juste le change.

La sonnette retentit et Sacha ouvre la porte sur un Dany tout sourires quand il voit sa dulcinée. Ils s'embrassent amoureusement et je détourne les yeux. Je suis contente pour elle, mais voir le bonheur des autres me donne pleinement conscience d'à quel point celui-ci est absent de ma vie. Je salue Dany et retourne à mon néant sans plus leur porter attention. C'est sans compter sur la détermination de Sacha.

– Marlowe ?

– …

– On passe tous la soirée au loft et j'aimerais que tu viennes. Tu as besoin de sortir de cet appartement et de t'amuser un peu. Rees ne sera pas là, si c'est ça qui t'inquiète. Ne te coupe pas du monde à cause de lui.

– Merci Sacha, mais je vais quand même passer mon tour. Je n'ai pas envie de sortir, désolée.

– Ce sont tous tes amis et ils ne t'ont pas vue depuis plus d'un mois. Il ne s'agit pas de sortir, ce sera juste entre nous. Ne t'éloigne pas d'eux !

Je garde le silence un moment. Certes, ils me manquent, mais ça reste au-dessus de mes forces.

– Sacha, c'étaient ses amis à lui bien avant d'être les

miens. Je n'ai rien à faire là-bas. Ma vie doit redevenir telle qu'elle était avant lui.

Elle pousse un profond soupir.

– Tu as tort !

– Peut-être, mais c'est comme ça.

Sur ces mots, je fais semblant de plonger le nez dans mon livre pour lui signifier que le sujet est clos. Une fois qu'ils sont partis, je coupe la télé et repose mon bouquin. Je me roule en boule sur le canapé et laisse le silence et l'obscurité s'installer autour de moi. Pas longtemps cependant, car la sonnette retentit de nouveau. Je me redresse, indécise. Vais-je ouvrir ou l'ignorer ?

Une nouvelle sonnerie. À contrecœur, je me décide à ouvrir la porte. Domingo se tient sur mon palier.

– Salut, ma belle.

– Laisse-moi deviner ? Logan ?

– Il m'a appelé, oui. Il m'a dit que tu refusais d'aller les voir. Il s'inquiète, tu sais. Et moi aussi, pour les raisons que tu connais. Et je ne veux pas avoir à en repasser par là. Tu veux bien accepter ma compagnie ?

Je me sens coupable et honteuse. Domingo a été mon pilier et mon sauveur à un tournant de ma vie. Je lui dois beaucoup. Il est le frère que je n'ai jamais eu.

– D'accord, je te laisse entrer, mais seulement si on commande des sushis.

– Des sushis ? Je croyais que tu détestais ça ?

– Hum… oui, mais là, j'en ai envie… Prends ça pour un vent de rébellion.

– OK, va pour les sushis alors !

On en a commandé et on a beaucoup parlé. De lui et de Logan essentiellement. Logan a fini par faire son coming out, mais il y va pas à pas. Il a prévu de présenter Domingo au reste du groupe bientôt. Je suis fière de lui et heureuse pour eux. Domi connaît les plus sombres de mes secrets, pour autant, je ne lui parle pas de Rees. Rees et moi, ça a toujours été nous deux, juste nous deux. Ça n'appartiendra jamais qu'à nous et à personne d'autre. Enfin, à moi, puisque ça n'avait de sens que pour moi. Quand ce sera le moment, j'emporterai la magie de nos instants vécus dans ma tombe, où qu'elle soit.

Bercés par nos voix, nous avons fini par nous endormir chacun à un bout du canapé. C'est la nausée qui m'a réveillée à l'aube. Foutu chagrin d'amour ! Même mon estomac s'accorde aux tourments de mon cœur.

44

Rees

Je glisse la clé dans la serrure et je pousse la porte. Seuls le silence et l'obscurité m'accueillent. Je ne prends pas la peine d'allumer la lumière. Je me sers de la lueur de la lune pour avancer en titubant dans l'appartement jusqu'au canapé du salon où je me laisse lamentablement tomber. Las, je pousse un profond soupir et me frotte le visage.

Je suis complètement bourré ! Une fois de plus ! Comme tous les soirs ces derniers temps…

Je voulais ma vengeance. Alors, depuis un mois, je me rends au Devil's le plus souvent possible, en compagnie de n'importe quelle bimbo, n'importe quelle roulure qui se trouve sur mon chemin. L'objectif ? M'afficher avec elles le plus possible devant Marlowe. Pour lui faire mal, comme elle m'a fait mal. Lui montrer qu'elle est sans importance et que ma petite vie est parfaite sans elle. La vérité ? Lui cacher qu'elle est la seule à avoir jamais compté, la seule dont j'aie jamais été amoureux – n'ayons plus peur des mots ! – et qu'au final, ma vie est merdique au possible.

Donner l'illusion et dissimuler à tous que je suis le plus malheureux qui soit.

Car en définitive, tout s'est retourné contre moi. Quand moi, je n'arrive pas à la quitter des yeux, elle ne m'adresse aucun coup d'œil ni ne se tourne dans ma direction. Elle s'arrange toujours pour ne pas croiser mon regard et rester le plus éloignée possible de notre table. À chaque fois.

Pas un seul mot non plus. Je suis devenu invisible.

Pitoyable, je paye des filles pour qu'elles viennent parader avec moi, ce dont elles ne se plaignent pas. Mais surtout pour qu'elles ne me posent aucune question et qu'elles rentrent chez elles une fois la porte de sortie du bar franchie, sans rien attendre de moi. Je n'en suis pas capable. Toucher, embrasser et baiser une autre fille que Marlowe est devenu bien au-dessus de mes forces. Je suis lamentable. Un vrai minable.

Alors je bois. Davantage de jour en jour. L'autre soir, je me suis torché bien plus que d'habitude, au point que, finalement, je me suis laissé entraîner dans l'arrière-cour par une brune dégotée je ne sais même plus où ni comment. Complètement à l'ouest, je n'ai pas réagi tout de suite lorsqu'elle s'est mise à genoux devant moi, a ouvert la braguette de mon jean pour y plonger la main et en sortir ma queue. Quand la porte s'est brutalement ouverte, laissant apparaître Marlowe face à moi, je suis resté figé, les yeux écarquillés, sans me rendre compte que la fille avait commencé à me sucer.

Puis j'ai compris et j'ai brutalement repoussé la brune pour me rhabiller, mais Marlowe avait déjà disparu. J'aurais dû me réjouir d'avoir atteint mon but, car pour une fois, j'ai bien cru discerner une lueur de tristesse dans ses yeux.

Mais c'est tout le contraire. Je me sens minable.

Et me voilà chez moi, seul, dans le noir, ne pensant qu'à elle, ne voyant qu'elle, ne ressentant qu'elle.

Elle me manque tellement, putain !

Tout dans cet appartement me la rappelle. La console

de l'entrée pour notre première fois, ce moment passionné sur le plan de travail de la cuisine, nos jeux mousseux dans la cabine de douche. Et même ce foutu canapé lors de cette soirée ciné improvisée où je l'ai tenue blottie dans mes bras ! Que dire aussi de la chambre dont j'arrive à peine à franchir le seuil…

Une larme s'échappe d'entre mes cils et glisse le long de ma joue. Je ferme les yeux mais rien n'y fait, d'autres suivent. Je fonds en larmes. Je n'en ai pas versé une seule le jour où notre mère nous a abandonnés, Kaï et moi. Encore moins sous les coups de notre connard de père et toutes les fois où j'ai fini à l'hôpital en prétextant des chutes ou des portes. Aucune non plus lors de notre placement à l'orphelinat et le jour où l'on m'a séparé de Kaï. Au contraire, chaque épreuve m'a rendu plus fort, plus enragé et plus combatif. La seule exception fut la mort de Kaï. Et aujourd'hui.

Seul dans mon appartement vide, je pleure comme un bébé et j'ai honte de moi. Cette femme m'a mis à terre et elle est la seule à y être parvenue. Ai-je seulement envie de me relever ? Pour qui ? Pour quoi ?

***

Logan organise une petite fête au loft pour nous présenter son nouveau mec.

Il n'était pas dans mes intentions de me rendre à cette sauterie, même si je sais que Marlowe ne sera pas présente. Elle travaille ce soir. Eh oui, je suis pathétique, à tout connaître de son emploi du temps. Mais Dex est venu tambouriner chez moi et vient de m'infliger plus d'une demi-heure de speech, argumentant que si Logan a caché son homosexualité pendant toutes ces années, c'est pour une bonne raison. Et qu'il est donc important, aujourd'hui qu'il s'est enfin décidé à l'assumer, de montrer qu'on est avec lui et qu'on l'appuie dans ce choix.

Et bla-bla-bla… J'ai fini par arrêter de l'écouter. Je ferai acte de présence en guise de soutien mais pour être honnête, j'ai l'esprit accaparé par bien autre chose.

Résultat, Dex fait le pied de grue dans mon salon en attendant que je sois à peu près présentable pour m'embarquer avec lui et ainsi s'assurer de ma présence. Mon allure à son arrivée étant loin d'être avenante, je me suis donc résigné à prendre une douche et à enfiler des fringues propres et pas chiffonnées.

– Rees, qu'est-ce que tu fous ? Magne-toi un peu !

J'entends ses pas se rapprocher de ma chambre et au moment où je vois la poignée s'abaisser et la porte s'entrebâiller, je me précipite dessus pour la bloquer.

– Non !

– Hein ? Mais c'est quoi, ce bordel ? Qu'est-ce que tu fous là-dedans ?

Je le sens pousser sur le battant.

– Je suis presque prêt, j'arrive. Pas besoin d'entrer.

– Bah ça ne te gêne pas, d'habitude. C'est quoi le problème ?

– Y en a pas ! Je ne veux pas que tu rentres, c'est tout ! Je ne suis pas encore présentable, je suis à poil, je sors juste de la douche.

Ce qui est entièrement faux, étant habillé depuis longtemps.

– Tu te fous de moi, là ? Rees, je te rappelle que je t'ai déjà vu à poil des centaines de fois, mec. La taule, ça rapproche, sans compter que t'es loin d'être du genre pudique en général, ce qu'on peut aisément comprendre vu comment t'es gaulé.

Ça n'a effectivement rien à voir avec une question de pudeur. Mais tout à voir avec certaines choses dans ma chambre sur lesquelles il ne doit pas tomber. Surtout pas lui, il comprendrait tout de suite. Adossé contre la porte, je fixe le mur en face de moi et les « petits changements » apportés. Tout comme aux trois autres. Je déglutis quand je sens l'étau désormais familier qui me serre le cœur. Ce traître de cœur qui n'appartiendra jamais qu'à elle avec sa plaie béante qui refuse de se refermer. Je pousse un soupir et me résigne à sortir pour rejoindre Dex.

***

Quand nous arrivons au loft, tout le monde est déjà là. Logan et sa moitié, occupés à discuter avec Sacha et Sandy, tournent tous deux le dos à la porte et ne nous voient pas arriver. Dex va les saluer mais je reste en retrait.

Logan me voit et fait un signe à son mec pour nous présenter. Mais quand ce dernier se retourne, je n'en crois pas mes yeux.

C'est une blague ! C'est pas possible ! Ma parole, l'univers entier s'est ligué contre moi et est en train de se foutre de ma gueule ! La rage m'envahit, je peine à respirer, mes poings se serrent et ma mâchoire se contracte.

– Rees, je te présente Domi. Domi, voici Rees.

– Eh, mais t'es le livreur de fl…

Je ne lui laisse pas le temps de finir sa phrase. Mon poing part et l'uppercut l'atteint en pleine mâchoire, le propulsant deux mètres plus loin, où il s'affale de tout son long sur le parquet.

Putain, ce que ça fait du bien !

On pourrait entendre une mouche voler tellement ils sont tous bouche bée et muets de stupeur. Sauf que moi, j'entends la fureur qui gronde en moi. J'entends les démons qui hurlent, lacérant ma peau de l'intérieur, ne demandant qu'à sortir pour déverser toute leur haine, leur hargne et leur noirceur pour finir ce mec. Pour l'achever, même à terre, et lui faire regretter de mille manières de m'avoir pris Marlowe.

Je le revois sur le pas de sa porte, avec sa serviette et son sourire de connard comblé. Je vais le tuer. Je vais lui arracher le cœur à mains nues comme cet homme a lacéré le mien.

Comment peut-il oser ramener sa gueule d'enfoiré comme ça ?

Alors que je fais un pas dans sa direction, plus déterminé que jamais à répandre ma rage, je sens les bras de Dex m'enserrer avec force. Alex et Dany se placent devant moi pour m'empêcher d'avancer. Logan hurle comme un hystérique :

– Non mais t'es malade ou quoi ? C'est quoi, ton putain de problème ?

Le type se relève, se frotte la joue et me scrute, les sourcils froncés, l'air interrogatif et semblant réfléchir.

– Il se trouve que ton mec baise aussi ma nana, voilà mon putain de problème !

Logan hurle de plus belle :

– Quoi ? Mais tu délires complètement, espèce de taré. Crois-moi, t'as viré de la cafetière ! Pour commencer, t'as pas de nana, du moins t'en as plus depuis que t'as merdé dans les grandes largeurs. Et pour finir, Domi est gay et en couple avec moi !

– Ouais, bah l'un n'empêche pas l'autre.

Le type, Domi me semble-t-il, prend enfin la parole.

– T'es le mec de Marlowe, c'est ça ?
– J'étais, avant que tu la sautes et que je te trouve sortant de sa douche quasi à poil sur le pas de sa porte. Mais elle n'a pas dû te parler de moi, j'imagine.
– Ouais, je savais bien que je t'avais déjà vu. T'es pas le genre qu'on oublie. T'es le mec au bouquet de fleurs, c'est bien ça ?
Dex pouffe de rire dans mon dos.
– Le bouquet de fleurs ? Non, là, y a erreur. Jamais de la vie Rees irait offrir des fleurs à une nana. C'est génétiquement impossible pour lui, pas inscrit dans son ADN. Même si sa vie en dépendait, il ne saurait pas faire ça…
Face à mon silence et à mon regard fuyant, son sourire moqueur s'estompe et je devine à la seconde près le moment où son esprit percute.
– Oh, merde ! Rees, je suis désolé. Je… je n'avais pas compris que c'était à ce point-là.
– Ouais, bah, peu importe. Y a plus rien à en dire. Je vais juste rentrer chez moi, ça vaudra mieux.
– Non, non, non, non, non ! s'exclame Logan. Personne n'ira nulle part tant que je n'aurai pas le fin mot de l'histoire. Domi, c'est quoi ce bordel ? Parce que là, je suis en train de flipper à mort. Alors si t'as des choses à me dire, c'est maintenant.
– T'inquiète pas, mon cœur. Je suis cent pour cent gay, cent pour cent en couple avec toi et je n'ai jamais couché avec une nana de ma vie, et certainement pas avec Marlowe. Elle est comme ma petite sœur. Rees, ce jour-là, c'est Logan qui était sous la douche avec moi. Marlowe nous avait prêté son appart vu que vous n'étiez pas au courant pour Logan et moi. Viens avec moi sur la terrasse, il faut qu'on se parle, tous les deux.
Pourquoi je sens que ce que je m'apprête à entendre

va encore plus me démolir ? Parce que, là, je suis subitement pris d'un gros doute et je suis en train de prendre conscience que c'est moi qui ai tout foutu en l'air. Fidèle à moi-même et tellement ancré dans mes certitudes, j'ai vu ce que je voulais voir, ce que mon cœur et mon esprit étaient conditionnés à voir. Alors, ouais, j'ai super mal géré le truc, je n'ai même rien géré du tout. J'ai fait la seule chose que je sais faire, la seule que j'ai toujours faite : me protéger, attaquer puis frapper.

J'ai perdu Marlowe par ma seule et unique faute. Pas la sienne, pas celle de ce mec. C'est moi et uniquement moi. Parce que, avec ce que j'ai fait ensuite, ce que je lui ai dit et laissé croire depuis maintenant deux mois, jamais elle ne me pardonnera. Jamais plus elle ne voudra de moi après les atrocités que je lui ai dites et les nanas qu'elle a vues défiler. Et elle aura raison.

Si j'avais le moindre doute quant au fait que je suis une abomination en ce monde, je n'en ai plus. Je corromps et dénature tout ce que j'approche. J'apporte la mort, la tristesse et la souffrance autour de moi. Je ne suis pas un ange déchu, je suis le pire suppôt que Satan puisse avoir. Et toute la culpabilité du monde ne pourra jamais rien y changer. J'ai tout bousillé, comme toujours.

Je ne mérite pas le bonheur et je ne la méritais pas, elle.

45

Marlowe

Assise sur le rebord de la baignoire, je fixe depuis plusieurs minutes l'objet dans ma main.

J'ai longtemps hésité mais j'ai fini par m'y résoudre. De toute façon, il fallait bien prendre une décision. Le compte à rebours a commencé et le temps joue désormais contre moi. Il est de ces moments dans la vie où le destin vous fait prendre un virage à cent quatre-vingts degrés. Aujourd'hui est un de ces moments. Il est temps de faire de nouveaux adieux.

Munie d'un bloc-notes et d'un stylo, je m'assois sur le rebord de la fenêtre et contemple un moment les lumières de la ville. J'adore cette ville. New York aura tenu une place particulière dans mon cœur. Lui dire au revoir m'attriste autant que mes adieux à Sacha ou Domi. Je pousse un soupir et me concentre sur ma page blanche.

Ma chère Sacha,

Il y a des décisions difficiles à prendre. Celle d'aujourd'hui est peut-être la plus dure de ma courte vie. Je pensais ne rien avoir à perdre, ne rien avoir à regretter, personne à qui manquer. J'avais tort. Je ne te remercierai jamais assez d'avoir été là pour moi durant ces deux dernières années. Sans le savoir, tu as été mon soutien le plus solide pour me permettre de me relever, de me reconstruire et, au final, de m'aimer un peu à défaut d'être aimée. Je t'aime comme une sœur. Celle que je n'ai jamais eue.

Mais aujourd'hui, nos routes vont devoir se séparer. Il ne m'est plus possible de rester. Parfois, tourner la page ne suffit pas. Pour changer l'histoire, il faut accepter de fermer le livre.

Je pars le cœur un peu allégé de te savoir en bonnes mains. Celles larges et solides de ton amour naissant mais sincère et durable.

J'espère que tu me pardonneras mon geste. J'espère que tu me pardonneras ce que je m'apprête à faire une nouvelle fois.

Mais je n'ai pas le choix. Il ne s'agit pas de lâcheté, il ne s'agit pas d'abandon. Il s'agit d'un acte d'amour. Le plus grand qui soit, celui pour lequel on serait prêt à tout. Un jour, j'en suis certaine, tu comprendras.

Aujourd'hui, je n'ai plus qu'une seule priorité et elle vaut tous les sacrifices.

Pardon.

Marlowe

P.-S. Fais mes adieux à tous pour moi. Et à lui, dis-lui que je l'aurai aimé plus qu'il ne sera jamais possible d'aimer.

Je mets la lettre dans une enveloppe au nom de Sacha, sur la table à côté d'une autre portant le nom de Domi. Dans celle-ci, un mot court et concis. Il lira entre les lignes.

Mon ami, mon frère,

Aujourd'hui, j'entame seule le reste du chemin. Mon pas est désormais sûr, grâce à toi. Merci d'avoir fait un morceau de la route avec moi. Aie une belle vie, sois heureux, ce sera ma plus belle consolation.

À jamais.

Marlowe

J'embrasse des yeux une dernière fois cet appartement qui aura été mon refuge pendant cinq ans. Je referme doucement la porte derrière moi avec un léger clic qui résonne dans le silence.

On y est, il est temps…

***

La tête appuyée contre la vitre, j'ai fermé les yeux mais je ne dors pas. Je pense à lui. Encore et toujours.

L'autocar roule sur l'Interstate 95 depuis maintenant deux heures. Mille trois cent quatre-vingt-quinze kilomètres de New York à Atlanta avec une correspondance à Petersburg. Je descendrai peut-être avant ou alors je poursuivrai comme prévu jusqu'à Atlanta. Ou je bifurquerai peut-être aussi en cours de route, allez savoir. Pourquoi pas pour aller en Louisiane ? Je ne suis pas encore décidée. Il n'y a rien ni personne qui m'attende nulle part.

Je n'ai pas dit au revoir. Je n'en avais ni la force ni le courage. J'ai laissé ma lettre à Sacha pour m'en excuser et la charger de le faire à ma place. J'ai donné ma démission à Jack, laissé les clés de l'appart dans la boîte aux lettres et deux mois de loyer d'avance sur la table de la cuisine.

Un sac à dos, quelques fringues et je suis partie. Je n'ai besoin de rien d'autre, j'ai abandonné tout le reste. Je n'emporte avec moi qu'un merveilleux secret, blotti bien au chaud au creux de moi. Un minuscule secret qui occupe déjà une si grande place dans mon cœur. Ma plus belle raison de vivre, ma priorité pour l'avenir. Celle qui vaut tous les sacrifices. La cause pour laquelle il m'était impossible de rester à New York plus longtemps avant que tout ne soit découvert. Un petit être pour qui j'aurai un amour indéfectible. Son enfant.

Je n'ai pas menti à Rees, ce jour-là, à la cascade. Je prenais bel et bien la pilule. Mais pas depuis assez longtemps. Cela faisait trois ans qu'elle ne m'était d'aucune utilité, alors je l'avais arrêtée et ne l'avais reprise qu'au début de notre relation.

Rees. À lui, je n'ai pas dit adieu. Je l'emporte avec moi. Il s'est insinué sur et sous ma peau, coule en partie dans mes veines, son ADN désormais et à jamais fusionné au mien.

Le destin vient enfin de dévoiler ses projets pour moi.

46

Rees

Putain, je me sens tellement bien !

Allongé sur mon lit, les yeux fixés sur le mur face à moi, je souris. Je souris pour la première fois depuis ce qui me semble une éternité. Je me sens comme apaisé.

J'ai pris mes distances avec le groupe, j'en avais besoin. Trop de souvenirs communs, trop de sa présence à elle, même subjective. À la place, j'ai renoué avec d'anciens potes. Des potes « d'avant ». Ceux de mon ancienne vie dont Marlowe n'a jamais fait partie. Il n'y a que Dex avec qui j'ai gardé quelques contacts. On s'appelle, on se boit un verre de temps en temps. Juste lui et moi. Je fais semblant que tout va bien et il fait semblant de le croire. Je n'ai pas de mal à donner le change puisque, effectivement, je vais de mieux en mieux.

Enfin, quelques fois ! Comme maintenant ! En apparence.

Des moments où, grâce à « mes potes », je peux avoir un petit coup de pouce pour quelques heures d'extase. Des épisodes d'euphorie tranquille. Des interludes où je peux penser à elle avec bonheur, sans souffrance. Où je peux contempler mes murs sans avoir envie de m'arracher les yeux et me déchirer la peau. Un temps où j'ai la sensation de planer.

Et là, clairement, je plane grave ! Et c'est un putain de kiff d'enfer !

Certainement grâce à ce que je viens de m'injecter dans les veines.

Ce ne sont pas mes vieux démons qui reviennent. C'étaient ceux de Kaï. Et il en est mort. Moi, je n'y avais jamais touché. Jusqu'à aujourd'hui. Mais mourir ne me fait pas peur. Il n'est plus là et elle non plus. Je les ai perdus tous les deux, alors, advienne que pourra. J'en ai vendu suffisamment pour en connaître les effets. Cannabis, crack, méth', amphèt', LSD, MDMA, coke, héroïne… j'ai dealé de tout. Sans états d'âme. Je sais où m'en procurer. Et quand on a vraiment besoin de se défoncer jusqu'à l'oubli, on ne fait pas dans la demi-mesure. Alors j'ai tapé direct dans le dur, sans transition. Héroïne, c'est ma nouvelle amie.

No stress, je gère !

La journée, je m'occupe l'esprit au salon, tranquille. C'est cool. Et le soir, si ça devient trop dur, si je sens mon cœur déborder et mes pensées me submerger, je m'injecte ma dose. Un coup de « flash », je plane en pleine euphorie, puis la somnolence. Mon rythme cardiaque ralentit et je peux enfin me laisser glisser dans la sérénité et le sommeil. Sans rêve, sans elle…

***

J'ai rendez-vous avec Dex au Lairy pour boire un verre. Je suis en retard. Rien de surprenant en soi. Dex me connaît, il a l'habitude. En revanche, ce qui me contrarie, c'est le motif de mon retard. J'avais rendez-vous juste avant avec Dillon, mon pote et fournisseur. Mais il ne s'est pas pointé. Et je n'ai pas de nouvelles. Et là, je suis à sec et c'est la merde ! Parce que je sens que je vais en avoir besoin et que je vais avoir du mal à gérer. Sans compter Dex et son œil inquisiteur qu'il va falloir leurrer si je ne veux pas l'avoir sur le dos, lui et sa morale à la con. C'est surtout sa colère qu'il va falloir gérer s'il vient à découvrir mon nouveau petit passe-temps. Et quand on connaît de quoi Dex est capable quand il est en rogne, croyez-moi ou non, on n'a pas envie de s'y frotter. Même moi et mon je-m'en-foutisme autodestructeur du moment. Je n'en ai ni l'envie, ni le mental, ni la capacité physique en l'instant.

Quand j'arrive au bar, je suis déjà dans un état d'agitation sans nom. Dex est installé, il m'attend. Je me laisse tomber sur la chaise face à lui, esquisse un rictus qui se veut enjoué tout en lâchant un « Salut, mon pote » sur un ton que j'espère suffisamment guilleret pour tromper son monde.

Aïe !

À voir ses sourcils froncés et son regard perçant, pas sûr que ce soit convaincant finalement !

– Salut, comment tu vas ?

– Bien, ça roule. Et toi ? Le garage ?

– Ça va. Et toi, le salon ?

J'y crois pas. Après tout ce qu'on a vécu ensemble, on est là comme deux cons à échanger des banalités affligeantes. On continue sur cette lancée. Ça m'agace de plus en plus, c'est du grand n'importe quoi. Et plus je m'agace, plus ça m'énerve ! Et ce putain de téléphone qui reste muet. Dillon ne me rappelle pas. Fait chier !

Impatient, je commence à agiter nerveusement la jambe. Puis mes doigts tambourinent involontairement la table. Il fait chaud dans ce bar, je suis en train de transpirer à grosses gouttes. Mes yeux font des allers-retours de plus en plus fréquents sur mon téléphone et Dex le remarque, je le vois bien.

– Tu attends un coup de fil important ?

– Non, non.

– T'es sûr que tout va bien ?

Je soupire, irrité.

– Mais oui, tout va bien.

Il plaque d'un coup sec sa main sur la mienne pour faire stopper mes agitations, me faisant sursauter, ce con.

– OK, je vais arrêter de faire celui qui ne se rend compte de rien et toi, tu vas cesser de me prendre pour un con que tu peux berner sans retenue. C'est moi, là. Dex ! Tu sais que tu ne me la feras pas à l'envers. Alors, crache le morceau et vite ! Quel est le problème ?

– Y a pas de problème ! Je t'ai dit que tout allait bien, mais si tu continues à m'emmerder, il va finir par y en avoir un, c'est certain.

– C'est elle… T'arrives toujours pas à tourner la page ?

En l'état, c'est la phrase de trop, le seul sujet qu'il ne fallait pas aborder, surtout pas là, maintenant. Je ne suis pas en état d'encaisser.

– Tu vas continuer à me faire chier longtemps ? Je ne veux pas parler d'elle, je ne veux pas penser à elle, je ne veux pas me souvenir d'elle. C'est si dur à comprendre ? Et toi, tu ne trouves rien de mieux à faire que de la coller sur le tapis ? On est là depuis une heure à se raconter de la merde pour en arriver là ? Je vais bien et je continuerai à aller bien tant que tu fermeras ta gueule à son sujet. Je suis passé à autre chose, alors sujet clos. Si t'as rien d'autre à me dire, on en reste là.

– T'es passé à autre chose ? Vraiment ? Ce n'est pas l'impression que ça donne.

– Va te faire foutre, Dex !

Je me lève dans un mouvement rageur et je quitte le bar sans un regard en arrière. Dans le fond, j'en ai rien à foutre de sa gueule, je n'ai pas besoin de lui dans ma vie. Je ne sais même pas pourquoi je suis venu, en fait. Pour l'heure, la seule chose dont j'ai besoin, c'est d'avoir des nouvelles de Dillon et de ma putain de dose ! J'aurais dû lui en acheter plus la dernière fois qu'on s'est vus mais je ne pensais pas que j'utiliserais tout si vite. Et ça ne me fait plus autant d'effet quand j'en prends. Je vais sûrement devoir augmenter le dosage.

***

Deux heures plus tard, je suis chez moi à faire les cent pas dans mon salon comme un lion en cage. J'ai des spasmes à l'estomac, envie de vomir. Mes mains tremblent et j'ai envie de tout casser.

Je sais ce que cela signifie, je suis en manque, tout simplement.

Je pensais gérer l'affaire, mais je ne gère plus rien du tout. Je suis devenu un putain de camé. Je regarde autour de moi. L'appart n'a jamais été dans un état aussi lamentable, mais la seule chose que je vois, ce sont les seringues qui traînent partout çà et là. Dure prise de conscience de la réalité qui est devenue la mienne. Dans un accès de rage, je craque. Je ne me contrôle plus et me déchaîne sur tout ce qui se présente devant moi.

47

Dex

Je m'en veux.

Comme un con, je me suis dit que c'était Rees, un mental d'acier et une résistance à toute épreuve aux coups de pute du destin, et que, du coup, il allait forcément s'en sortir et tracer sa route comme il l'a toujours fait. J'ai pensé qu'il fallait juste que le temps fasse son œuvre, alors je lui en ai laissé. Mais ce que j'ai vu dans ce bar, l'autre jour, ce n'était clairement pas ça. J'ai vu un mec qui avait perdu pied, en train de se noyer, sans espoir de remonter à la surface. Son regard était hanté par un fantôme qui refuse de s'éloigner, son cœur saignait et son âme se consumait. Il s'imagine déjà brûler dans toutes les flammes de l'enfer. Et je n'ai pas su l'aider. Je me sens impuissant et j'ai mal de voir mon ami, mon frère, sombrer comme ça. J'ai un mauvais pressentiment. Il y a quelque chose qui me chiffonne.

Au-delà de ses blessures, de son mal d'amour, je sais qu'il y a autre chose et je n'arrive pas à mettre le doigt dessus. J'ai ressassé maintes et maintes fois notre entrevue de ce jour-là, son attitude, ses mots, et je ne trouve pas. Et ça m'énerve parce que je sais qu'il y a quelque chose et que je suis passé à côté.

Je ne peux plus rester en retrait. Maintenant, il est temps d'agir.

Son téléphone ne répond pas, mais rien de surprenant à cette heure-ci de l'après-midi. Il est très certainement au salon avec un client. Alors je vais me rendre là-bas. Mais quand j'arrive, le salon est vide. Pas de Rees, seule Nora est présente.

– Salut, Nora !

– Eh ! Dex, ça fait un bail. Comment tu vas ?

– Bien. Je cherche Rees, je pensais qu'il serait là.

Nora semble mal à l'aise.

– Euh… En fait, il n'a pris aucun rendez-vous depuis plus de trois semaines et ça fait même une semaine qu'il n'a pas mis les pieds au salon. Je n'ouvre que pour mes rendez-vous.

Bouche bée, je reste con et sans voix. Rees n'a jamais manqué une seule journée depuis qu'il a ouvert ce salon il y a plus de cinq ans. C'est son bébé, sa raison de vivre. Ses dessins, le tatouage, c'est son oxygène.

C'est donc mille fois pire que ce que je m'imaginais.

Pris d'un sentiment d'urgence instinctif, je sors du salon en trombe et me mets à courir dans les rues de New York jusqu'au domicile de Rees, comme si ma vie en dépendait. Je viens de comprendre ce que j'avais loupé : ma vie n'en dépend pas mais celle de Rees, oui.

Putain, Rees, pourquoi as-tu fait ça ? Kaï ne t'a-t-il appris aucune leçon ? J'étais là, moi. Pourquoi tu ne m'as pas appelé à l'aide ?

Arrivé devant sa porte, essoufflé, je cogne comme un demeuré. Je sonne, tambourine, hurle. Rien n'y fait, la porte reste close. Je sors ma clé et ouvre avec fébrilité, étreint par l'angoisse de ce que je vais découvrir.

Je reste pétrifié face à ce que je vois. C'est un immense bordel ! Un chaos sans nom ! On dirait qu'un cataclysme a eu lieu. Tout est saccagé. Au milieu des cartons de pizzas, canettes de bière et cadavres de bouteilles en tout genre, les meubles sont retournés et brisés, l'écran télé explosé, le canapé éventré. La cuisine n'est pas mieux. La vaisselle est entièrement brisée au sol. Même le frigo est renversé !

Et au milieu de tout ça, passé le choc, je les vois. Les seringues.

Mon regard se décale vers le couloir qui mène à la chambre. La porte est entrebâillée et la pièce plongée dans l'obscurité totale.

Ma gorge se serre, les larmes viennent me brûler les yeux.

Non ! Pas ça ! Pitié, tout mais pas ça !

Arrivé à la porte, je prends une grande inspiration et allume la lumière. Il est là, allongé sur son lit, les yeux clos et la seringue de sa dernière dose encore piquée dans une veine de son bras.

Il respire, il est vivant. Mais il est inconscient et sa respiration est bien trop lente. Sans perdre une seconde, je sors mon téléphone et compose le 911. Puis j'appelle Logan pour qu'il me rejoigne aux urgences. Je veux que Rees soit en bonnes mains.

En attendant les secours, je le prends contre moi, m'assurant qu'il continue à respirer.

– Ça va aller, mon frère ! Tu vas t'en sortir ! T'as pas le choix ! Je t'interdis de mourir ! Tu vas t'en sortir et je vais être là pour t'aider. Tu vas vivre, je vais trouver Marlowe et je vais tout faire pour que vous ayez la vie que vous méritez tous les deux.

Concentré sur lui, je n'avais pas encore vu ce qu'il y avait tout autour de moi. Je repense au jour où il m'a empêché de pénétrer dans sa chambre. C'était donc ça qu'il voulait cacher ! Déjà là, recouvrant tous les murs !

Si j'avais su, je n'aurais jamais permis qu'il se laisse sombrer comme ça. Si j'avais pu voir ça avant, j'aurais compris et j'aurais agi différemment. Car je sais maintenant que le temps ne pourra jamais rien changer à ce qu'il ressent pour elle.

48

Dex

Cela fait maintenant plus de deux heures que je suis assis sur une chaise en plastique dans la salle d'attente des urgences de l'hôpital. Logan était déjà là quand l'ambulance est arrivée. Rees a été pris en charge et Logan est resté un moment avec moi, le temps que je lui explique la situation. Puis il a rejoint le bloc pour s'occuper de Rees. Et depuis, j'attends.

Je relève les yeux, ils sont tous là. Dany, Alex, Sacha, Sandy, Lisa et même Domi.

Ils me rejoignent et nous nous étreignons tous, en silence. Ils ne sont pas aussi proches de lui que je le suis, mais tout de même, il est leur pote malgré la distance qu'il avait prise ces derniers temps. Ils ne lui en ont pas voulu, d'ailleurs. Eux aussi ont pensé à tort qu'il lui fallait juste du temps.

Je regarde la pendule qui trône au-dessus de la porte. Les secondes deviennent des minutes, les minutes deviennent des heures. Le temps file et toujours pas de nouvelles. Je me dis que c'est bon signe, que si Rees était parti, Logan serait déjà venu nous le dire. Ou peut-être ne sait-il pas comment nous l'annoncer ? Peut-être qu'il ne se sent pas encore en état de le faire ? Comment se prépare-t-on à annoncer ce genre de chose ?

Puis je le vois qui passe la porte, le visage fatigué et

fermé. Il nous observe tous et nous fait signe de le suivre dans une petite salle isolée. Pas sûr que ce soit de bon augure.

Une fois la porte fermée derrière lui, il pousse un soupir.

– Rees était inconscient à son arrivée suite à une overdose d'héroïne. Ensuite, il a fait deux arrêts cardiaques. On a dû le choquer et on l'a récupéré, mais il était très instable et on vient seulement d'arriver à le stabiliser. Son état est grave, je ne vous le cache pas et les prochaines quarante-huit heures vont être déterminantes. Il n'en reste pas moins qu'il est actuellement dans le coma et nous n'avons aucun moyen de savoir s'il sera en mesure de se réveiller un jour ni dans combien de temps, ni même dans quel état.

Je suis effondré. En dehors de la mort, c'est le pire scénario.

Je me laisse glisser le long du mur et pour la première fois depuis le drame qui a bouleversé ma vie, je pleure. Pour la première fois depuis ce jour, j'ai vraiment une raison de pleurer. Rees, c'est mon frère d'âme et de cœur, et je n'ai pas été là pour lui quand il en a eu le plus besoin. Je lui ai fait une promesse. Alors tant qu'il s'accrochera à la vie, je vais tout mettre en œuvre pour la tenir.

– Elle a quitté New York depuis deux mois. Mais est-ce que l'un de vous a eu de ses nouvelles ou peut la joindre ?

Tous savent très bien de qui je parle. Je regarde Domi, puis Sacha, mais les deux me font signe que non. Sacha a pourtant baissé les yeux. Il y a quelque chose qu'elle ne me dit pas. Quoi ? J'ai bien l'intention de le découvrir. Mais plus tard, quand j'aurai pu voir Rees et constaté de mes yeux qu'il est en vie. Et m'assurer qu'il va se battre !

***

Quarante-huit heures se sont écoulées et Rees n'a pas lâché. Mais il ne s'est pas réveillé pour autant.

De quarante-huit heures, nous sommes passés à une semaine. Puis deux. Deux semaines qu'il est maintenant dans le coma. Deux semaines durant lesquelles j'ai passé tout mon temps libre à l'hôpital. Logan nous a dit de lui parler le plus possible. Qu'il est tout à fait possible qu'il nous entende de là où son esprit se trouve et que quelque chose pourrait lui donner envie de revenir.

Je sais bien que ce n'est pas quelque chose mais quelqu'un.

Il faut juste que je la trouve et, pour l'instant, je fais chou blanc. Domi m'épaule sur ce coup-là. Il a déjà permis à Marlowe de disparaître une fois, alors peut-être que cette fois, il arrivera à la retrouver. Et comme il refuse de nous dire pourquoi, il a des cartes en main que je n'ai pas. Mais il l'avait tellement bien aidée la première fois qu'elle connaît justement les ficelles pour ne pas laisser de traces et ça ne nous rend pas la tâche facile. Surtout si elle a de nouveau changé d'identité. Mais quel intérêt aurait-elle eu, cette fois ? Et la fois d'avant ? Quels secrets cache-t-elle ?

En attendant, je parle à Rees. De tout, de rien. D'elle. Parce que je sais que prononcer son nom et lui donner espoir de la revoir peut le faire réagir. Mais depuis deux semaines, rien. *Nada* ! Pas l'ombre d'un frémissement. Il reste continuellement figé. Et parfois, je perds espoir.

***

Il est tard. Je suis rentré au loft prendre une douche et manger un morceau. Je suis au salon avec Sacha et Domi. Je regarde ce dernier pianoter sur les touches de son ordinateur. Je sais qu'il la cherche.

Ce soir, je n'ai pas le moral. C'est un de ces jours sans, où on a du mal à y croire.

Et si Rees ne se réveillait jamais ?

Sacha essaye de nous réconforter du mieux qu'elle peut. À elle aussi, son amie lui manque. Elle nous aide à ne pas baisser les bras.

– Ça va aller, Dex ! Il faut que tu continues à y croire. Il est solide. La vie ne lui a pas fait de cadeau et il s'est toujours battu. Il va se réveiller, j'en suis certaine.

– Mouais… Pour ça, il faudrait qu'il ait une raison de se battre. J'en vois qu'une et elle n'est pas là ! Elle est la seule raison qui pourrait le faire revenir. Mais là où il est, eh bien, il y a Kaï, pour qui Rees continue de se punir. Là-bas, il a un motif de rester.

Personne ne sait qui est Kaï puisque Rees n'en a jamais parlé aux autres. Sacha pose donc la question :

– Qui est Kaï ?

– Kaï est son frère jumeau. Du moins, était. Rees a passé toute son enfance, une enfance pourrie soit dit en passant, à le protéger. Ils ont été abandonnés par leur mère à l'âge de 3 ans. Leur père était violent. Rees faisait en sorte de prendre tous les coups. Teigneux, rebelle, provocateur et insoumis, il a développé la parfaite combinaison pour attirer toutes les foudres de son père sur lui et l'éloigner de Kaï, psychologiquement plus faible et plus fragile. Jusqu'au drame, quand ils ont eu 10 ans. Ce soir-là, leur père avait bu bien plus que d'habitude. Il s'en est pris à Kaï et une fois de plus, Rees s'est mis en première ligne. Il a souvent fini à l'hôpital pour des fractures ou des luxations. Il trouvait toujours des prétextes pour endormir les médecins. Mais ce jour-là, c'est avec un couteau que son père a frappé. C'est de là que vient sa cicatrice. Leur père a été incarcéré et ils ont été placés dans un orphelinat. Ils ont été séparés trois mois plus tard. Kaï a été adopté, pas Rees. Trop ingérable. Il a vécu l'enfer et a fait les pires choses qui soient pour pouvoir retrouver son frère : mendier, voler, arnaquer, tabasser, jusqu'à dealer de la drogue dès l'âge de 14 ans. Tuer ? Ça, je n'ai jamais vraiment su. Et quand, enfin, il est parvenu à retrouver son frère, Kaï est mort d'une overdose à l'âge de 17 ans. Une putain d'overdose ! Si ce n'est pas une mauvaise plaisanterie du destin, ça ?! Kaï s'est shooté une fois de trop avec la came que Rees stockait et vendait pour essayer de sortir de sa vie de merde. Rees ignorait que son frère se droguait et il ne se l'est jamais pardonné. Il se punit pour ça tous les jours depuis. Pour ne pas avoir vu, pour ne pas avoir compris et pour avoir entraîné son frère dans ce monde-là. Il se dit qu'il lui a ouvert les portes de cet enfer. Alors, aujourd'hui, ce serait bien une idée à lui de se dire que mourir de cette façon ne serait que justice. Un *fuck* au destin ! Du Rees tout craché. Quand les secours sont arrivés, Kaï était déjà mort dans ses bras. Mais ils ont découvert toute la came stockée chez Rees. Toute la panoplie du parfait dealer. Rees est tombé pour trafic de stupéfiants. Alors, d'après vous, qu'est-ce qui pourrait vraiment lui donner envie de revenir à part elle ? C'est pour ça que je dois la retrouver. Je le lui ai promis. Il mérite d'avoir une belle vie. J'ai trahi son secret aujourd'hui pour vous le faire comprendre et pour que vous m'aidiez à la retrouver. Et même si Domi refuse de dire quoi que ce soit sur elle, je suis persuadé qu'elle aussi a vécu des choses difficiles, alors elle mérite aussi ce bonheur.

Domi pousse un soupir, résigné.

– OK, on va faire un pacte tous les trois, là, maintenant. Rien de ce que Dex vient de dire et rien de ce que je vais vous raconter ne doit jamais sortir d'ici et de ce cercle restreint. Jurez-le tous les deux. Je le fais pour elle. On le fait tous les trois pour eux.

On a juré et Domi nous a raconté. Et c'était encore plus moche que ce que je pensais. J'en suis resté sans voix, chose invraisemblable me concernant, et j'ai dû consoler Sacha, en pleurs, quand elle a compris l'horreur de ce que son amie avait subi. On était tellement loin de se douter de ça. Mais on était alors plus déterminés que jamais. Mais pour ça, Rees allait devoir se réveiller.

Je m'apprêtais à repartir à l'hôpital quand Sacha m'a retenu.

– Dex, avant que tu n'y ailles, tu as deux minutes pour qu'on discute seul à seul ?

J'ai repensé à ce jour à l'hôpital où je m'étais dit qu'il y avait quelque chose qu'elle ne me disait pas.

– Vas-y, je t'écoute.

– Après le départ de Marlowe, j'ai fouillé tout l'appart pour essayer de trouver des indices.

– Et ?

– Je n'ai rien trouvé. Mais je suis allée jusqu'à faire les poubelles, au cas où. Je ne sais pas où elle est partie, mais je sais pourquoi.

– Qu'est-ce que tu as trouvé ?

– Un test de grossesse. Positif.

Voilà qui va changer la donne. Une raison de plus de la retrouver à tout prix. Une raison pour Rees de devoir absolument se réveiller.

49

Alicia
Cinq ans plus tôt

Quand je reprends conscience, je suis allongée dans un lit d'hôpital. Je suis seule. Longtemps, je me contente d'écouter le bip régulier de la machine cardiaque avant que mon regard ne fixe les bandages à mes poignets.

J'entends, je vois. Mais mon esprit n'est pas vraiment là. Je me sens faible, cotonneuse, désorientée.

Je n'avais pas voulu être sauvée. Et pourtant, je suis là.

Je ne sais pas à qui je le dois. J'en veux à cette personne. Je voulais mourir et il ou elle n'avait pas le droit de m'en empêcher.

Je ferme les yeux, fatiguée, et je replonge dans le sommeil. Loin de la réalité. Loin de MA réalité.

* * *

Un regard noir d'encre est en train de me fixer. Un homme est assis dans le fauteuil à côté de mon lit. Je l'observe. Un visage aux traits fins mais sans conteste masculins. Une peau mate et métissée, des yeux légèrement en amande bordés de longs cils noirs, une bouche charnue. Beau, indiscutablement. Sud-américain, environ mon âge, un léger sourire aux lèvres quand il prend conscience que je suis éveillée. Je connais cet homme. Je ne m'attendais pas à ce que ce soit lui qui soit à mon chevet à mon réveil. Pourtant, à cet instant, malgré la vie et les années qui nous ont éloignés l'un de l'autre, il est le seul que je suis heureuse de voir.

– Eh ! Salut, ma belle !

Je ne réponds pas. Au lieu de ça, les larmes coulent sur mes joues et je pleure en silence. Il me serre dans ses bras et me chuchote doucement à l'oreille :

– Je suis là.

Des mots lourds de promesses ! Des mots que pourrait avoir un frère pour sa sœur. Des mots qui ont scellé à jamais une amitié indéfectible et tissé des liens bien plus solides que le sang.

– Domi, aide-moi, je t'en prie !

***

Mon père n'est pas venu me rendre visite à l'hôpital. Mais il a envoyé son chef de cabinet prendre de mes nouvelles et chargé sa secrétaire de me faire livrer des fleurs. Une tentative de suicide, ça fait mauvaise presse et écorne l'image du beau tableau familial. Au moins, les journalistes me laissent tranquille puisqu'il fait en sorte d'éloigner vautours et requins assoiffés de sang. Sans mauvais jeu de mots, bien sûr ! Jason non plus n'est jamais venu. Son jouet est cassé, je ne lui suis plus d'aucune utilité. La tranquillité d'esprit, c'est absolument ce qu'il me faut pour guérir et me reconstruire assez pour la suite du programme.

Avec Domi, nous avons élaboré un plan. Un plan pour disparaître. Alicia McKinley est désormais morte. Un plan pour renaître. Marlowe Andrews va pouvoir prendre vie.

Domi est étudiant au MIT section génie informatique. Geek dans l'âme, donnez-lui un ordinateur et il sera capable de vous accomplir des miracles. Pour l'heure, c'est sur mon miracle qu'il est en train de travailler : effacer les traces d'Alicia et créer une identité à Marlowe. Sans que rien, jamais, ne puisse relier les deux. Reste un dernier détail pour réaliser tout ça : l'argent. Il en faut suffisamment pour payer des faux papiers au marché noir et graisser quelques pattes par-ci, par-là afin d'avoir tout de même un semblant d'existence officielle. Et être en mesure de démarrer une nouvelle vie ailleurs. C'est là que j'interviens. Mais je ne peux pas toucher à l'argent laissé par ma mère avant mon vingt et unième anniversaire. Et ce jour-là, Alicia McKinley aura disparu depuis longtemps. Je dois donc y renoncer. Reste ma voiture, quelques bijoux et effets personnels que je vais pouvoir revendre pour en tirer du cash. Cadeaux de mon père, ce ne sera donc que justice qu'ils me servent à le rayer de ma vie.

Domi ayant réussi à pirater l'agenda de mon géniteur, je n'ai qu'une fenêtre de tir de quatre jours, la semaine prochaine, pour agir et disparaître en son absence. J'organise donc ma sortie d'hôpital dans ces délais sans qu'il en soit informé. Ni vu ni connu, je me glisse dans le domaine familial par les petites portes escamotées dont j'ai connaissance. Je monte à l'étage le plus silencieusement possible, fais une razzia sur tous les bijoux et objets monnayables que je peux trouver, y compris dans la jolie collection de montres et boutons de manchette de mon paternel adoré. Je n'oublie pas non plus le petit coffre dissimulé derrière le portrait de ma mère et dont je connais la combinaison par cœur. Je prends tout l'argent qui y repose, une coquette somme, en compensation de mes « services » rendus. Puis, les clés de ma BMW Z4 Sport en main, je fais un détour par le garage, toujours en me faufilant, et quitte enfin cette maison maudite en laissant derrière moi les souvenirs les plus noirs de ma vie. Jamais plus je ne remettrai les pieds ici et je n'ai pas un seul regret ni regard en arrière.

50

Domingo

Cela fait maintenant un mois que Rees est dans le coma. Un mois que nous recherchons Marlowe. J'ai compris les motivations de Dex pour la trouver et, si j'ai enfreint ma promesse faite à Marlowe de ne jamais révéler son histoire, c'est parce que les circonstances aujourd'hui l'imposent.

Rees gît dans un lit d'hôpital et ne se réveillera peut-être jamais. Il s'est laissé sombrer par amour pour une femme qu'il croyait avoir perdue. Une femme qui s'est évaporée dans la nature en portant l'enfant d'un homme éperdument aimé et dont elle ne croyait pas être aimée en retour. Très shakespearien. Il n'empêche que tout est ma faute. Si je n'avais pas ouvert cette putain de porte, tout ça ne serait pas arrivé. Je me rends compte aujourd'hui en quoi la situation a pu effectivement prêter à confusion. Et j'en suis involontairement responsable.

N'importe quels individus normaux auraient trouvé un moyen de se parler, de s'expliquer et de se réconcilier après avoir compris le quiproquo. Seulement voilà, l'un comme l'autre ne sont pas des individus normaux ! La vie ne leur a jamais offert que le pire. Ils se sont construits dans les drames, les larmes et la douleur. Leur bonne étoile se cache dans le cœur de l'autre, mais rien ni personne ne leur a jamais appris comment la reconnaître et s'y accrocher.

Marlowe est comme ma petite sœur et je l'aime de cet amour fraternel qui me donne envie de tout lui donner. Et si son bonheur doit passer par la rupture de ma promesse, alors qu'à cela ne tienne. Elle pourra me détester si elle le souhaite, mais si elle finit heureuse, alors je m'en accommoderai.

Depuis des semaines, j'explore le Net et le Dark Web. Pour un ancien du MIT qui abrite chaque année sa communauté de petits génies de l'informatique et de hackers en tout genre, en théorie, ça ne devrait pas être compliqué pour moi de retrouver la trace de Marlowe. Carte bancaire, ligne téléphonique, serveurs des aéroports, gares routières et ferroviaires, rien n'a de limite pour moi. C'est d'ailleurs mon job. Mais elle a trop bien profité de mes conseils et de mes compétences il y a cinq ans car, aujourd'hui, je dois me rendre à l'évidence, elle a réussi une nouvelle fois à changer d'identité et à disparaître. Elle savait que je la chercherais…

Je pousse un profond soupir. Je n'ai pas dormi depuis trente-six heures et la fatigue commence à se faire sentir, mais je ne lâche rien. J'en suis à passer en revue toutes les bandes vidéo des aéroports et gares du jour de son départ que j'ai réussi à me procurer (mieux vaut ne pas savoir comment) quand mon œil bloque soudain sur une silhouette familière. Je zoome l'image sur son visage.

Bingo, c'est elle ! Yessssss !

Je fais un bond sur ma chaise, réveillant Dex par la même occasion, qui a un sursaut désorienté. Le pauvre, entre son job et ses visites à l'hôpital, il n'a pas souvent l'occasion de dormir non plus. Il s'était assoupi la tête sur le bureau, à mes côtés.

Nous reprenons tous deux espoir quand je lui fais

part de ma découverte. En quelques clics, j'ai trouvé ce que je cherchais, une ligne de car sur l'Interstate 95. Mais je déchante vite. L'I-95 est une des autoroutes les plus importantes et les plus utilisées du réseau routier du pays. Elle traverse pas moins de quinze États différents. Trenton, Philie, Baltimore, Washington, Richmond ou Miami, autant de villes suffisamment vastes pour engloutir dans leurs tentacules un individu souhaitant se dissimuler dans la masse. Sans compter que Marlowe a pu prendre une correspondance pour une autre destination à n'importe quel moment. Et comme nous ne connaissons pas sa nouvelle identité, cela revient à chercher une aiguille dans une meule de foin.

Aucune chance que je m'avoue vaincu pour autant.

Dex m'a récemment fourni une nouvelle information de taille. L'existence de ce bébé va pouvoir m'aider. Marlowe va avoir besoin d'un suivi médical et le médecin qu'elle ira consulter pour cela aura besoin d'accéder à ses antécédents. Les dossiers médicaux sont confidentiels mais, là encore, pour un gars comme moi, ça ne posera aucune difficulté de poser un *tracker* m'informant de l'actualisation du dossier de Marlowe Andrews. Je compte sur le fait qu'elle n'a pas les connaissances informatiques nécessaires pour transférer les informations vers une autre identité.

Une fois que le médecin aura accédé à son dossier, je saurai où elle se trouve et il me sera facile de remonter la piste de son nouveau nom. Il faudra juste être encore un peu patient, le temps pour Marlowe de se poser quelque part et de faire les démarches.

Je la trouverai et Dex la ramènera. Il en a fait la promesse à Rees sur son lit d'hôpital. Il a besoin de le faire. Je sais qu'il se sent coupable d'avoir mal évalué l'état émotionnel de Rees et de ne pas avoir pu l'empêcher de sombrer dans la drogue. Je vais m'effacer et lui permettre de gérer le retour de Marlowe. Dex a besoin de tenir sa promesse et je vais le laisser faire.

51

Marlowe

– Souhaitez-vous connaître le sexe de votre bébé ?

Est-ce que je veux savoir ? À vrai dire, je ne m'étais pas posé la question en venant pour mon tout premier rendez-vous dans ce cabinet. Garçon ou fille, peu m'importe. Je veux juste qu'il soit en bonne santé et qu'il puisse être heureux dans la vie. Alors, non, je n'ai pas de préférence. Cet enfant est une partie de *lui* donc, quel que soit son sexe, cela me suffit pour l'aimer déjà sans condition, comme j'aimerai toujours son père.

Si c'est un petit garçon, lui ressemblera-t-il ? Ai-je envie qu'il lui ressemble ? Aurai-je envie de revoir son visage jour après jour dans les traits de son fils ?

Oh, oui ! Tellement !

Une fille aura-t-elle son tempérament impétueux ? Son petit côté renfrogné et ce même petit pli sur le front quand elle froncera les sourcils ?

Je l'espère !

L'un ou l'autre héritera-t-il de la couleur si particulière de ses yeux ?

De ce somptueux turquoise qui m'a fait chavirer ?

Je regarde l'écran de l'appareil à échographie, mais je n'ai pas l'œil aguerri de mon médecin pour répondre moi-même à la question qu'elle m'a posée.

J'esquisse un léger sourire tout en murmurant un

« non ». Je veux garder la surprise. J'ai la gorge nouée par l'émotion et je me sens triste car c'est un choix qui se fait normalement à deux. Et je suis seule. J'étais seule dans la salle d'attente du cabinet médical quand toutes les autres futures mamans étaient accompagnées des heureux papas. J'étais également seule quand j'ai entendu battre le cœur de mon bébé pour la première fois et que j'ai enfin pu le voir en images, ses petits doigts et orteils si mignons.

J'ai été submergée par mes émotions, mais je n'avais personne avec qui les partager. Pas de futur papa extatique, pas de mère attendrie ni de meilleure amie complice à mes côtés.

– Votre bébé se porte très bien, tout est normal.

Je pousse un soupir de soulagement.

– Je vais vous prescrire une ordonnance de vitamines et on se revoit le mois prochain. D'ici là, si vous avez la moindre question, n'hésitez pas à contacter mon cabinet. Je vous donne également le formulaire d'autorisation d'accès à votre dossier médical à me rapporter pour la prochaine fois.

Pendant qu'elle rédige l'ordonnance, j'essuie le gel sur mon ventre légèrement rebondi et me rhabille. Quand je relève la tête, elle me tend plusieurs clichés de l'échographie ainsi qu'une carte de visite.

– Ce sont les coordonnées d'une amie psychologue. J'ai conscience que ce n'est pas toujours facile de vivre une grossesse et une naissance quand on est seule, donc si vous ressentez le besoin de parler, contactez-la.

Je la remercie d'un signe de tête avant de franchir la porte de sortie. Une fois dehors, je n'ai pas envie de rentrer tout de suite. J'ai besoin de prendre un peu l'air et de réfléchir aux choix qui s'offrent à moi maintenant que tout est devenu aussi concret.

J'ai finalement posé mes valises à Savannah, ville

typique du *Deep South*, dans l'État de Géorgie. Elle est connue pour être l'une des plus belles villes d'Amérique du Nord, et je suis d'emblée tombée sous le charme de ses maisons coloniales d'avant-guerre et de ses magnifiques squares aux fontaines et statues diverses. Proche de l'océan et de la rivière du même nom, un climat quasi tropical, la ville m'est apparue comme le cadre idéal pour élever et voir grandir mon enfant. Même si rien ne remplacera jamais New York dans mon cœur, pourtant aux antipodes de ma nouvelle ville d'adoption.

Je suis arrivée il y a trois semaines et, pour l'instant, je loge dans un motel. La ville étant très touristique, je ne devrais pas avoir trop de mal à trouver du travail dans un bar ou un restaurant quelconque. Je n'ai que ça comme expérience professionnelle, alors je peux difficilement prétendre à autre chose. L'idéal serait de trouver un emploi en journée même si ça rapporte moins car, après la naissance, je ne pourrai plus travailler de nuit.

Il me reste encore quelques économies sur l'argent des « larcins » opérés il y a cinq ans chez mon père. C'est d'ailleurs grâce à ça que j'ai pu de nouveau changer d'identité, quitter New York et que je pourrai préparer l'arrivée du bébé.

Je pénètre dans l'un des nombreux squares de la ville et m'assois sur un petit banc de pierre. Je sors de mon sac les clichés que mon médecin m'a donnés. Émerveillée, j'admire une nouvelle fois mon petit miracle. Pensive, je songe aux questions que mon enfant me posera certainement plus tard sur son père.

Lui parlerai-je de lui ? Lui dirai-je qui il était, son nom, ce qu'il faisait dans la vie ? Lui ferai-je courir le risque d'être rejeté comme moi je l'ai été s'il souhaite un jour le retrouver pour le rencontrer ?

Autant de questions auxquelles je n'ai pas encore de réponse. J'aviserai en temps voulu.

Puis je me demande si je n'ai pas été égoïste d'avoir quitté New York sans avouer à Rees qu'il allait devenir père. Mais qu'aurait-il bien pu faire de cette information ? Ça n'aurait fait que compliquer une situation dont il ne voulait pas. Je n'ai pas souhaité lui imposer cela ni prendre le risque qu'il me demande d'avorter. Il n'a jamais été dans ses projets de vie d'avoir un enfant, encore moins avec moi. Il a été clair sur ce que je représentais pour lui. Absolument rien ! Un plan cul parmi tant d'autres, un nom sur une liste. Un nom qu'il a certainement déjà dû oublier dans les bras d'une autre. Pour le bien de mon enfant, je devais quitter New York et m'éloigner de Rees.

Au fond de moi, je sais que Rees est bien plus que l'image qu'il donne de lui. Il parle peu de son passé et j'ignore tout de son enfance et de sa famille. Je sais juste qu'il n'en a plus et qu'avant la prison et sa rencontre avec Gus, il était devenu un enfant de la rue. Le quand, le comment et le pourquoi restent une énigme. Je reste persuadée qu'au fond de lui se cache encore ce petit garçon blessé, ce mal-aimé et qui, de ce fait, n'a jamais appris à aimer en retour. Quelles que soient les raisons, il porte ses cicatrices à l'âme comme je porte les miennes à mes poignets. J'espère juste qu'elles ne sont pas irréversibles et qu'un jour il réussira à les oublier.

Aujourd'hui, il trouve un réconfort et une sécurité émotionnelle dans une vie de queutard sans attache et sans risque. C'est sa façon de se préserver et je le comprends pour avoir moi aussi fermé mon cœur pendant des années. Grâce à Gus, il a commencé à changer de vie par le passé. Il saura continuer dans cette voie le jour où il y sera prêt.

J'aurais aimé que tout puisse être différent. J'aurais aimé être celle qui lui aurait fait découvrir tous ces sentiments qu'il n'a jamais connus. Celle pour qui tout aurait changé. J'y ai cru pendant un bref moment mais, au final, je ne suis pas celle qui fera une différence dans sa vie. Je lui souhaite de trouver cette femme-là parce que, en dépit de tout, je l'aime et parce que, à sa façon, il m'a sauvée, en m'offrant le plus beau des cadeaux.

***

– Lizzie, rentre chez toi. Tu es debout depuis plusieurs heures et tu t'agites dans tous les sens, ce n'est pas bon pour le bébé. Il n'y a plus de clients, tu n'as pas besoin de rester inutilement.

Lizzie, c'est mon nouveau prénom, c'était aussi celui de ma mère. Elizabeth.

Depuis deux mois, je travaille de jour dans un petit restaurant du centre-ville dont Rose est la patronne. Et depuis deux mois, elle me chouchoute comme si j'étais sa fille. Quand j'y pense, j'ai eu énormément de chance de trouver cet emploi. Le salaire est plus que correct, les pourboires acceptables et les horaires idéaux pour ma nouvelle situation. Et, cerise sur le gâteau, Rose est un amour !

J'accueille sa proposition avec plaisir. Je me sens épuisée. J'ai terriblement mal aux pieds à force de piétiner, mais j'ai surtout très mal au dos et le bébé n'a pas cessé de remuer aujourd'hui. Je pense à mon rendez-vous après-demain, ce qui me rappelle que je dois toujours rapporter mon formulaire d'accès à mon dossier médical. Je sais ce que ce dossier représente comme risque. Celui d'être retrouvée si le lien est fait avec

Marlowe Andrews. Et je connais trop bien Domi pour savoir qu'il ne lui faudra pas longtemps pour le faire.

C'est pour ça que je trouve des excuses à chaque rendez-vous pour ne pas l'avoir rapporté. Sauf que cela fait trois mois que je suis là, je ne peux plus reculer. Il n'y a plus qu'à espérer qu'ils m'aient déjà tous oubliée.

52

Dex

À bout de souffle, je trouve quand même un regain d'énergie pour accélérer encore ma foulée. Je n'ai pas une seule minute à perdre. Chaque seconde compte. L'hôpital m'a laissé un message me demandant de venir d'urgence. J'aurais pu prendre le temps de rappeler les médecins pour savoir ce qu'il en était. Ou bien contacter Logan. Mais dans la panique, je n'ai pas réfléchi. J'ai prêté ma voiture à Sacha ce matin, je ne pensais pas en avoir besoin avant ce soir. Le taxi ? Trop long d'attendre, sans compter les embouteillages en cette heure de pointe. Le métro ? Là encore, j'aurais perdu trop de temps dans les correspondances. Au lieu de quoi, je me retrouve à courir comme un marathonien en slalomant parmi la multitude de piétons new-yorkais grouillant sur les trottoirs. Je franchis les derniers mètres puis la porte de l'hôpital. Sans m'arrêter, je fonce directement en direction des escaliers. Là encore, attendre l'ascenseur prendrait beaucoup trop de temps.

Troisième étage, celui des soins intensifs. Je prends le couloir de gauche, puis à droite et encore à droite une dernière fois. Je connais le chemin par cœur. Je le prends tous les jours depuis maintenant un mois.

Arrivé devant le bureau des infirmières, je m'arrête devant le comptoir. Je transpire, j'ai les joues rouges et les cheveux en bataille à cause de l'effort, mais je m'en moque. Seul l'état de Rees m'importe. C'est Tamsyn qui est de garde. Lorsqu'elle me voit, elle m'adresse un large sourire et je sens toute mon angoisse me quitter subitement.

– Il s'est réveillé, il y a une heure. Le médecin l'a examiné. Il est un peu désorienté, ce qui est compréhensible, mais il semble aller bien. Il s'est rendormi mais vous pouvez aller le voir.

Je n'ai même pas attendu la fin de la phrase que je suis déjà devant la porte de la chambre. Enfin, Rees est revenu. Je sens un poids énorme quitter ma poitrine. J'attends ce moment depuis tellement longtemps !

Je pousse la porte et entre.

53

Rees

J'ouvre les yeux. Tout est blanc et lumineux.

Je prends peu à peu conscience de mon environnement, mais j'ignore où je suis.

Une chambre d'hôpital!

Je ne comprends pas ce que je fais là.

Ai-je eu un accident? Que s'est-il passé? Depuis combien de temps suis-je ici?

Je ne ressens aucune douleur mais j'ai un moment de panique quand je me rends compte qu'un tube est enfoncé dans ma gorge et que je suis sous respirateur. Je n'arrive pas à bouger. Mes mains, mes bras semblent peser des tonnes. J'entends le bip lancinant de la machine qui s'emballe et vois la porte s'ouvrir vivement. Une infirmière accourt vers moi puis m'adresse un sourire éblouissant quand elle réalise que je suis réveillé et conscient. Elle s'approche et me parle sur un ton rassurant.

– Du calme, tout va bien. On s'occupe de vous. Vous voilà enfin de retour parmi nous. J'en connais qui vont être heureux, ils attendaient ça avec impatience. Un beau gosse comme vous, ça aurait été dommage de continuer à dormir.

« Ils »? C'est qui « ils »? Mes parents? Je n'ai aucun souvenir de qui « ils » pourraient être. Dans les brumes cotonneuses de mon esprit, je ne me souviens que d'un visage. Du moins quelques détails seulement : des yeux émeraude, des cheveux blonds, des ailes d'ange.

Des ailes d'ange ? Serais-je mort et aurais-je été au paradis ?

Nan, ça, c'est impossible parce que je ne suis pas quelqu'un qui… Les pièces du puzzle se mettent en place petit à petit. Je sais qui je suis. Et je sais qui « ils » sont, et ce ne sont certainement pas mes parents. Ça, ça ne risque pas !

Et je sais aussi qui est cet ange. C'est *elle*.

La grande question, c'est : pourquoi je suis là ? Ça, je ne m'en souviens pas.

Un médecin entre à son tour dans la chambre.

– Tamsyn, vous pouvez l'extuber.

L'infirmière retire le tube de ma gorge avec douceur mais putain, ça fait quand même un mal de chien ! Puis elle me tend un gobelet pour me laisser boire quelques gorgées d'eau. Le médecin s'avance vers moi.

– Bonjour. Je suis le docteur Stones. Je vais vous examiner et vous poser quelques questions. Savez-vous qui vous êtes, où vous habitez et ce que vous faites dans la vie ?

Euh… comment dire… Elle me prend pour un abruti fini.? Comment ça se passe ?

Certes, je ne suis pas au mieux de ma forme mais tout de même ! Puisqu'elle me prend pour un con, allons-y franchement.

– Je m'appelle Clark Kent, je vis sur Krypton et je travaille au *Daily Planet*.

Ma voix est rocailleuse mais j'arrive à m'exprimer.

– Hum, hum…

« Hum, hum » ? Juste « hum, hum » ?

Aucune réaction, pas de sourcil haussé, pas de regard

de travers, pas de rictus ironique, rien. Rien de tout ça en dehors d'un masque imperturbable et d'un stylo qui court sur un bloc-notes. Dans le genre expressif, on reviendra !

– Avez-vous une épouse, fiancée ou petite amie ?

Alors là, j'ai un sérieux doute. Elle veut me filer un rencard ou quoi ?

– Oui, c'est Loïs Lane.

Ah, enfin, je vois une légère grimace.

– Savez-vous ce qu'il vous est arrivé et la raison de votre présence ici ?

– Bah, je pensais que c'était votre boulot de me dire ce qui ne va pas et pourquoi je suis là.

– Bien, je vois que vous n'avez perdu ni votre sens de l'humour, ni celui de la repartie. C'est plutôt bon signe. Reprenons depuis le début.

Et en souriant avec un ton aimable, ça donnerait quoi ?

Je pousse un soupir et capitule. J'espère partir d'ici le plus rapidement possible, alors si mon autorisation de sortie dépend de cette femme, évitons de trop la titiller. Je n'ai pas envie qu'elle me prenne pour un taré et qu'elle veuille garder mes fesses dans ce lit d'hôpital ad vitam aeternam.

– Je m'appelle Rees Evans, je vis à Brooklyn et je suis tatoueur.

Inutile de clarifier ma situation quant à une éventuelle petite amie.

– Voilà qui est mieux. Monsieur Evans, vous avez été admis chez nous il y a maintenant quatre semaines à la suite d'une overdose d'héroïne et vous avez fait deux arrêts cardiaques. Vous êtes resté dans le coma tout ce temps jusqu'à votre réveil aujourd'hui. Je vais vous examiner pour évaluer vos fonctions motrices, sensorielles et cognitives.

Quatre semaines ! Un mois où le temps s'est arrêté quand bien même la vie a continué à s'écouler sans moi !

Je la laisse faire son job. Plus vite elle aura fini et plus vite je pourrai partir d'ici. Oui, mais pour faire quoi ? Reprendre ma vie là où je l'ai laissée il y a quatre semaines ?

Génial, voilà qui fait rêver ! Quel pied !

– Bien, tout laisse à penser que vous n'aurez pas de séquelles. Voilà plutôt une bonne nouvelle.

– Parfait ! Je sors quand ?

– Monsieur Evans, ce n'est pas si simple. Vous avez fait une overdose en vous injectant une dose quasi mortelle. Indépendamment d'une forte addiction à un puissant opiacé, il nous faut aussi déterminer s'il y a eu volonté manifeste de mettre fin à vos jours.

– Non mais c'est une blague ! Vous plaisantez, là, j'espère ?

– Non, pas du tout monsieur Evans. Je ne me permettrais pas de plaisanter sur un tel sujet !

Oui, là, je veux bien la croire. Elle n'a pas l'air du genre à plaisanter sur quoi que ce soit, d'ailleurs.

– OK, pas de problème, je vous signe une décharge et je me casse.

– Vous ne m'avez pas bien comprise. Cela ne marche pas comme ça. Nous ne pouvons pas vous laisser sortir. Vous êtes dépendant à l'héroïne et vous avez peut-être une tendance suicidaire. Nous sommes dans l'obligation de vous garder ici pour vous évaluer.

Je réfléchis à ce qu'elle vient de me dire.

Ai-je voulu mourir ?

Même inconsciemment ?

Je ne l'ai pas souhaité à proprement parler mais, en

fait, je m'en foutais de mourir ou non. Je n'y accordais pas d'importance, ça ne m'effrayait pas. Pour autant, ce n'est certainement pas une raison pour me garder bouclé ici, non ?

– Combien de temps vais-je devoir rester ?

– Cela dépendra des progrès de votre thérapie.

– Ma thérapie ? Non mais vous me prenez pour un cinglé ou quoi ?

– Non, monsieur Evans, bien sûr que non. Nous aimerions vous faire intégrer un programme de désintoxication pour éliminer votre addiction. Celui-ci comprendra des séances avec un thérapeute pour vous aider au mieux et déterminer les meilleures conditions possibles d'un retour à une vie normale. L'évaluation prendra quelques jours et si aucune idée suicidaire n'est à signaler, le reste dépendra de votre bon vouloir. On parle en général d'une moyenne de trois mois, mais il n'y a pas de règle absolue.

Alors là, c'est la poisse !

***

Quand je me réveille à nouveau quelques heures plus tard, c'est pour constater que quelqu'un est affalé dans le fauteuil à côté de mon lit. Dex.

Qui d'autre que lui ?

Il est avachi, la tête à moitié de travers, la bouche ouverte et ronfle comme un sonneur. Il a des cernes sous les yeux. Il n'a pas meilleure mine que moi, finalement, ce qui me fait prendre conscience que ces quatre semaines écoulées n'ont pas dû être faciles pour lui. Il est temps d'alléger un peu l'atmosphère !

J'avise le verre d'eau sur la tablette à ma droite, m'en

empare avec un sourire espiègle et effectue un lancer parfait, droit sur sa tronche.

– Eh, réveille-toi, Jon Snow. Les marcheurs blancs arrivent et Daenerys Targaryen a besoin de toi.

Avec ses yeux sombres, ses cheveux noir corbeau et ondulés, il a effectivement tout de l'acteur ayant incarné le personnage de la série culte. Ce faisant, je l'ai toujours trouvé plus assorti avec Sacha, elle-même fidèle réplique d'Ygritte, que Dany avec qui elle est officiellement en couple.

– Oh, putain !

Surpris dans son sommeil, il bondit de son fauteuil comme un diable de sa boîte, l'air ahuri. Et surtout très mouillé. Son premier réflexe étant de me fusiller du regard, son visage s'adoucit quand il prend conscience qu'il s'agit de moi et des circonstances.

Ce qui ne l'empêche pas de me gratifier d'un :

– Salut, p'tit con !

Je n'ai pas le temps de lui répondre qu'il s'est déjà jeté sur moi pour me serrer dans ses bras à m'en étouffer.

– Mec, tu m'as fait une putain de peur ! Ne me refais plus jamais ça ! Je ne sais pas ce que je serais devenu si je t'avais perdu.

Je me sens coupable de lui avoir fait vivre ça, sachant par quoi il est déjà passé. Et je me sens aussi très gauche et emprunté, serré dans les bras d'un mec. Le monde où j'ai grandi ne m'a jamais habitué aux effusions et marques d'affection.

– Je suis désolé. Je ne voulais pas…

Ma gorge se serre. Je ne sais pas quoi dire de plus.

– Rees, pourquoi tu n'es pas venu me voir ? Pourquoi tu ne m'as pas parlé ni appelé à l'aide ?

Il n'y a qu'une seule réponse à toutes ces questions.

– Parce qu'il n'y avait rien que tu aurais pu faire !

Il pousse un profond soupir. Il semble indécis, comme s'il s'apprêtait à m'avouer quelque chose, mais finalement il se tait.

– Ils vont me garder un bon moment, tu sais ? Ils veulent m'envoyer en cure de désintox. Ils ne me laissent pas vraiment le choix.

– Oui, je sais. Et c'est une bonne chose, Rees. Il faut que tu te débarrasses de cette merde. Je sais que pour l'instant, t'en vois pas bien l'intérêt, mais fais-moi confiance. Tu me dois bien ça ! Je ne peux pas tout t'expliquer pour l'instant, mais crois-moi, tu as toutes les raisons de rester clean. Promets-moi que tu vas tout faire pour ça ? Et quand tu sortiras, tu verras à quel point ça en valait la peine.

Je suis dubitatif. Je ne vois pas bien en quoi tout ça en vaudrait vraiment la peine. Mais il a raison sur un point : je lui dois bien ça. Donc, si je ne le fais pas pour moi, je le ferai pour lui.

– J'ai remis un peu d'ordre dans ton appartement. J'ai fait un peu de ménage et de rangement. Pour les meubles, j'ai essayé de sauver ce que j'ai pu.

– Merci. Ne t'en fais pas, je remplacerai ce qui aura besoin de l'être.

– Euh… Rees ? Pour les murs, dans ta chambre ? Tu veux que je fasse repeindre ?

– NON !

– Tu es sûr ?

– Oui, je suis sûr. Je… je ne suis pas… je ne suis pas encore prêt… à la laisser partir. C'est complètement stupide, je le sais, mais… je ne peux pas. Pas encore.

– Personne ne te le demande. C'est de ton addiction à l'héroïne qu'il faut te débarrasser, pas de ton amour pour elle.

– Et pourquoi devrais-je l'entretenir ?

– Un jour, tu comprendras.

Voilà une réponse sacrément énigmatique de la part de quelqu'un qui ne sait que trop bien à quel point cet amour m'a perdu et fait sombrer.

Je n'ai malheureusement pas l'opportunité de creuser la question car la porte s'ouvre soudain sur, non pas un, mais sept visages souriants et soulagés. Ils sont tous là : Dany, Sacha, Alex, Sandy, Lisa, Logan et Domi.

Je ne peux pas m'empêcher de garder les yeux sur la porte, attendant qu'un huitième visage la franchisse. Un visage que je vois nuit et jour dans mes rêves et dans la moindre de mes pensées. Tous les matins à mon réveil et tous les soirs avant de m'endormir, en centaines d'exemplaires peints sur chaque centimètre carré des quatre murs de ma chambre. Son portrait, j'ai passé des heures et des heures à en tracer tous les contours tels qu'ils étaient gravés dans ma mémoire et dans mon cœur.

Mais la porte ne s'ouvre plus. Elle n'est pas là. Elle n'est pas venue.

Je sais qu'elle a quitté New York. Ils ne me l'ont jamais dit franchement, mais j'ai entendu les murmures. Son absence ne devrait donc pas me surprendre. Soit ils n'ont pas jugé bon de l'avertir de mon état, soit ils n'ont pas su où et comment la contacter, soit elle n'a pas voulu venir. Mon instinct me fait pencher pour la deuxième hypothèse. Elle a disparu des radars… Ce qui expliquerait les propos ambigus de Dex sur le fait de ne rien lâcher.

Ne rien lâcher, justement, tel a toujours été mon credo ! C'est dans mon ADN. Il est temps de revenir à ma véritable nature.

Ce n'est pas fini tant que la cloche n'a pas sonné. Le combat ne fait même que commencer.

Plus tard, quand tous s'apprêtent à partir et au milieu de tout un tas d'effusions, je demande à Domi s'il peut m'accorder quelques minutes. Une fois seul avec lui, je ne perds pas de temps.

– Domi, je voudrais m'excuser pour t'avoir frappé et pour tout ce dont je t'ai accusé. J'espère que tu ne m'en voudras pas.

– Ne t'inquiète pas, les apparences étaient trompeuses. J'aurais certainement fait la même chose à ta place. C'est oublié, on n'en parle plus.

– Oui, effectivement, c'était trompeur. Du coup, je me disais…

– Tu te disais ?

– Est-ce que tu pourrais me rendre un service ?

– Bien sûr.

Je savais que je pourrais compter sur lui.

54

Rees

Voilà maintenant un mois que j'ai intégré le programme de désintox et, autant être franc, je ne m'attendais pas à ce que les choses soient si dures pour moi.

Je suis là aujourd'hui de mon plein gré. Parce que je l'ai promis à Dex. J'ai conscience que je suis dépendant et que je ne m'en sortirai pas sans une aide extérieure. Le savoir est une chose, l'accepter en est une autre. Et il y a une inadéquation complète entre ce que veut l'esprit et ce que réclame le corps. On pourrait croire qu'accorder les deux est un exercice très compliqué quand on est addict. Certes, mais pas quand il s'agit de céder à son assuétude. L'esprit n'a subitement aucun mal à suivre la volonté du corps, à savoir obtenir sa dose. Et quand on n'a rien sous la main à s'injecter dans les veines, tout part en vrille. La médication à doses dégressives qu'on nous impose est loin de satisfaire ce que notre organisme nous supplie de lui donner. C'est pour ça que mes semaines depuis mon entrée au centre ne sont qu'une alternance de bons et mauvais jours. En réalité, disons plutôt une succession de très mauvais jours et d'autres un peu moins mauvais. Et parfois, de temps en temps, un jour parmi tous les autres où on a l'impression de connaître un léger mieux. Jusqu'au lendemain, où on replonge, et le combat reprend de plus belle. J'ai le sentiment de nager à contre-courant, sans jamais voir la rive se rapprocher. C'est épuisant. Un pas en avant et deux en arrière. Une boucle sans fin.

Pour la réussite du programme, les interactions avec l'extérieur sont interdites. Pas de sorties autorisées bien évidemment, mais pas de visites non plus. Ou alors sous restriction. Nous n'avons droit qu'à une visite, d'une demi-heure chaque quinzaine, de la seule et unique personne de confiance désignée et validée à notre arrivée. Dex, en ce qui me concerne. Je l'ai vu hier donc me voilà à nouveau avec ma solitude pour les deux prochaines semaines. Ce qui n'a pas grande importance car hier était un jour sans. Je suis resté sans prononcer le moindre mot durant le peu de temps qui nous était imparti. Il a fait la totalité de la conversation avant de repartir, les épaules basses et la mine sombre, découragé. Au bout d'un mois, il s'attendait certainement à une amélioration. Il n'en est rien !

Ici, les journées se suivent et se ressemblent. Rythmées par une alternance d'entretiens avec le psy et de thérapies de groupe. Et ainsi de suite, chaque jour, sans jamais aucune altération au programme.

Je déteste les temps de thérapie de groupe. Tous ces individus qui exhibent leur misérable vie ! Ils vomissent leur désespoir, leurs peines et leurs faiblesses sans aucune retenue. Tous sont là à faire semblant d'écouter hypocritement mais, pour finir, tous ne pensent qu'à une seule chose : leur prochaine dose ou leur prochaine rasade. Pendant qu'ils hochent la tête en feignant l'intérêt, je rêve de leur hurler : « ON N'EN A RIEN À FOUTRE. » Ils ont des problèmes ? Eh bien, j'ai un scoop pour eux : il y a huit milliards d'individus sur cette foutue planète qui ont des problèmes et la plupart ne s'en plaignent pas, ils font face ! C'est à cette seule pensée que je me raccroche. Faire face, comme je l'ai toujours fait en vingt-cinq ans de vie et quelles que soient les embûches que le destin m'imposera. Je n'ai donc jamais pris une seule fois la parole, malgré toutes les tentatives du psy. Je reste muré dans mon silence. M'épancher n'est pas ce qui va m'aider à m'en sortir. Ce n'est pas ça qui me débarrassera du poison distillé dans mes veines. Mais me focaliser entièrement sur le nouvel objectif que je me suis fixé à ma sortie d'ici, oui. Car il implique que je sois complètement clean. C'est non négociable. C'est une condition que je m'impose à moi-même. C'est le prix à payer pour recouvrer ma dignité et un semblant de valeur à offrir. Un chemin pour atteindre ma rédemption.

Mille fois j'ai souhaité faire mes valises. Dans ces moments-là, il m'a suffi de penser à la feuille de papier pliée bien à l'abri dans une poche latérale de mon sac de voyage. Je l'y ai mise le jour de mon entrée au centre, sans l'avoir jamais lue, après m'être fait la promesse de ne la regarder que le jour de ma sortie, entièrement sevré et prêt pour mon prochain but.

Il est temps d'aller de l'avant et d'agir au lieu de me morfondre dans ma débâcle.

55

Dex

Elizabeth « Lizzie » Evans
Domiciliée au : 38 W, Taylor Street à Savannah,
État de Géorgie
Employée au : Mrs Wilkes Dining Room
au 107 W, Jones street

Merci Domi ! T'es un crack !

Elizabeth, comme sa mère. Evans, le nom de famille de Rees. Parfois, les choses les plus évidentes sont celles qui attirent le moins l'attention. Jamais nous n'aurions envisagé quelque chose d'aussi simple que ça. Et la petite maligne a fait d'une pierre deux coups en s'arrangeant pour que son enfant porte ainsi le nom de son père.

Installé dans l'avion qui me mènera de New York à Savannah, toutes les coordonnées utiles en poche, ma ceinture bouclée, j'attends patiemment le décollage. Mon esprit dérive.

Nous l'avons trouvée.

Aujourd'hui, je m'apprête à lui rendre une petite visite, visite que j'ai mise en suspens depuis deux mois en attendant de voir comment évoluait l'état de Rees et comment manœuvrer.

Reste à savoir ce que je vais lui dire.

Rees est loin d'être tiré d'affaire et je ne peux pas

avouer à Marlowe où il se trouve ni les raisons pour lesquelles ce n'est pas lui qu'elle aura devant elle. Lui parler de l'overdose, du coma et du centre de désintox, ça la ferait paniquer. Certes, elle rentrerait certainement à New York ni une ni deux, mais pas pour les bonnes raisons. Tout comme avouer à Rees qu'elle attend un enfant de lui serait une mauvaise idée. Il quitterait immédiatement le centre pour prendre le premier avion. Mais là encore, pas pour les bonnes raisons. L'un comme l'autre n'a besoin d'aucun prétexte pour se retrouver, si ce n'est celui de follement s'aimer. C'est donc à cette condition seulement que les choses devront se faire : quand ils y seront prêts.

Un retour maintenant à New York pour Marlowe serait beaucoup trop prématuré. Rees n'est ni disponible ni apte à assumer pour l'instant. Et quitter le centre à ce stade serait une énorme erreur pour lui. En atteste ma dernière visite.

J'avais silencieusement promis à Rees de retrouver Marlowe et de tout faire pour la lui ramener. La première promesse étant chose faite, je vais désormais m'atteler à l'étape suivante. Mais si tout va bien, c'est lui qui la ramènera.

En attendant, je vais prendre soin d'elle et de son enfant pour lui, tout comme je prends soin de Rees pour elle. Le temps pour lui de se remettre sur pied et de reprendre la place qui lui revient de droit.

« Si tout va bien. » La semaine dernière, lors de ma visite bimensuelle au centre, j'avais plutôt bon espoir. Rees était de bonne humeur, calme et serein. Il avait le sourire et avait recommencé à remplir des carnets entiers de dessins avec toujours autant de talent. Il n'était d'ailleurs plus sous médicament. Jusqu'à avant-hier, où le centre m'a appelé pour me demander de venir en urgence. Rees venait de péter un câble, saccageant entièrement sa chambre, déchirant tous ses dessins, et rien ni personne n'arrivait à le calmer. Il m'a fallu des efforts considérables et toute la persévérance possible pour arriver à l'apaiser enfin et surtout, pour le convaincre de ne pas faire ses valises et de claquer la porte. Je n'ai aucune idée de ce qui a bien pu se passer. Il n'a rien voulu dire et depuis, il s'est de nouveau muré dans son silence.

Retour à la case départ ?

Je ne saurais le dire.

Tout ce que je sais, c'est que je doute désormais de la finalité de mon voyage à Savannah.

Et si Rees n'était jamais prêt ? S'il ne se relevait pas de toute cette merde ? S'il ne redevenait jamais lui-même ?

Peu importe. Quoi qu'il arrive, je serai là pour Marlowe et ce bébé. Je serai tonton Dex pour le restant de mes jours. Sacha aussi sera là. Elle et moi, nous veillerons à ce que tous les deux ne manquent de rien et ne soient plus jamais seuls, que Rees leur revienne ou pas.

Sacha !

Encore un nouveau grain de sable dans mes engrenages jusque-là bien huilés. Depuis trois mois, elle a été un soutien sans faille à mes côtés. Elle m'a remonté le moral quand il était au plus bas, elle a pris le relais dans les recherches avec Domingo quand j'étais épuisé d'être sur tous les fronts à la fois. Elle m'a aidé à garder le sourire en m'accordant le sien. Et je l'apprécie de plus en plus. Beaucoup trop, sachant qu'elle est la copine de mon pote Dany. Or, on ne trahit pas ses potes. Je vais devoir étouffer cette attirance dans l'œuf rapidement, avant de déclencher une catastrophe.

Aucun de nous n'a besoin de ça en ce moment. Il va falloir que je prenne mes distances, tout en lui en cachant les raisons. Et comme elle habite désormais au loft, la tâche va être bien difficile si je l'ai tous les jours sous les yeux et à portée de mes mains. Ou de ma bouche.

L'avion amorce son atterrissage, ramenant mes pensées au présent.

Savannah, me voilà !

56

Marlowe

L'heure du coup de feu est passée, le calme revient peu à peu dans la salle du restaurant. Je n'étais pas de service aujourd'hui mais Nancy étant malade, il a fallu la remplacer. Un coup de pouce pour mes finances puisque je vais devoir m'arrêter de travailler après mon accouchement. N'ayant pas les talents de Domi, ma nouvelle identité n'a donc rien d'« officiel ». Je n'ai pas d'assurance médicale m'octroyant des droits à un congé maternité payé. Donc, durant les un ou deux mois d'arrêt après la naissance de ma petite merveille, je vais devoir piocher dans mes maigres économies.

À sept mois de grossesse, je ne suis plus aussi agile qu'avant entre les tables. La plupart des clients s'en sont allés. Je vais pouvoir lever un peu le pied après avoir servi celui qui s'est discrètement installé à une table du fond, le nez déjà plongé dans le menu. Mais quand j'arrive à sa hauteur, mon sourire retombe comme un soufflé quand je reconnais ledit client.

Dex.

Son sourire à lui, en revanche, ne s'efface pas. Il prend même un air attendri quand ses yeux se posent sur mon ventre rebondi, qui ne laisse planer aucun doute. Attendri mais pas surpris.

– Bonjour, Marlowe. Ou devrais-je dire Lizzie ?

– Bonjour, Dex. Que fais-tu là ?

– Je rends visite à une amie. Elle est partie sans dire au revoir.

– Elle avait ses raisons.

– Peut-être.

– Loin de moi l'idée que tu puisses être là parce que Rees t'envoie, donc je renouvelle ma question : que fais-tu là ?

– C'est vrai, il ne m'a pas envoyé et il ne sait d'ailleurs pas que je suis là. Ni que toi, tu l'es, d'ailleurs. Mais si je suis là, c'est parc…

– Est-ce qu'il est au courant ? Pour le bébé ? Tu ne semblais pas étonné. Alors est-ce qu'il est au courant lui aussi ?

– Non, il n'est pas au courant. Sacha a trouvé ton test de grossesse dans la poubelle et Domi s'est servi de l'info pour te retrouver. C'est comme ça qu'on l'a su, juste nous trois.

Je pousse un soupir de soulagement, et l'étau qui m'étreignait le cœur depuis que j'ai vu Dex assis sur cette banquette se desserre un peu.

– Parfait ! Alors que ça reste comme ça. Contente de t'avoir revu et bon retour à New York.

– Marlowe, tu ne comprends pas…

– C'est toi qui ne comprends pas. J'ai quitté New York car je ne veux plus jamais avoir affaire à lui. Je suis passée à autre chose. Nouvelle page, nouveau livre.

– Pourtant, tu l'aimes toujours, non ? Et tu portes son enfant. Un enfant qui te liera à lui éternellement.

– Je l'aimerai toujours, mais la question n'est pas là. Alors, si tu es venu pour me faire revenir à New York, la réponse est non. Et si c'est pour des excuses pour l'attitude déplorable de ton pote, alors tu peux repartir aussi.

Elles arrivent trop tard et surtout elles ne m'intéressent pas dans la mesure où ce ne sont pas les siennes et qu'il n'en penserait pas un mot. À bon entendeur…

– Je ne suis pas venu pour des excuses, même si tu les mérites. Je suis venu pour des explications et pour te dire qu'il t'aime comme un dingue et qu'il n'a juste pas su te le dire. Il… il n'a jamais appris à faire ça. En tout cas, jamais avec une femme. T'es la première et la seule, et il a grave merdé quand il s'est senti trahi après un méchant quiproquo avec Domi.

– Domi ? Mais qu'est-ce que Domi a à voir là-dedans ?

– Rees s'est pointé chez toi et Domingo a ouvert la porte à moitié à poil. Je te laisse deviner la suite. Le problème après ça est que Rees n'a pas su gérer. En fait, il ne gère plus rien et déconne à plein tube depuis ce jour-là, et tout est parti en cacahuète. Et encore, le mot est faible. Il t'a complètement dans la peau, t'as même pas idée à quel point.

– OK, donc si j'ai bien suivi, il est fou amoureux de moi, il a mal interprété une situation et a joué au con au lieu de me parler comme tout individu normal l'aurait fait ?

– Oui, c'est à peu près ça.

– Bien, parfait ! Alors pourquoi ce n'est pas lui que j'ai devant moi aujourd'hui ? S'il connaît la vérité sur Domi maintenant, pourquoi n'est-il pas là à me dire tout ça ? Pourquoi c'est toi, et pas lui, qui es venu me chercher ? Et surtout, pourquoi le faire dans son dos sans qu'il le sache ?

– Je te l'ai dit, depuis votre rupture, Rees traverse une très mauvaise passe. Il a des choses à régler avant de pouvoir venir. Et il le fera, dès qu'il sera en mesure de le faire, j'en suis certain. D'ici là, on veut juste s'assurer que tout va bien pour toi et le bébé. On espère aussi que, quand il viendra à toi, tu ne fermeras pas ta porte. J'aimerais que ce jour-là, tu lui donnes une chance. Vous la méritez tous les deux.

– Dex, qu'est-ce que tu ne me dis pas ? Qu'est-ce qui se passe avec Rees ? Où est-ce qu'il est ?

– C'est compliqué pour lui en ce moment. Il a des choses à régler dans sa vie, répète Dex. S'il te plaît, si tu l'aimes, ne m'interroge pas plus. Je te demande juste de me faire confiance et de me laisser être là pour toi en attendant qu'il puisse le faire.

Je pousse un soupir. Je ne sais pas quoi penser. Et si Dex se trompe, si Rees ne ressent rien de tout ça pour moi ? Je ne peux pas me permettre d'espérer quelque chose si rien n'est vrai. Mon cœur ne se remettrait pas une nouvelle fois. Et puis, Dex a dit que Rees n'était pas au courant pour le bébé. Et s'il n'en veut pas quand il le découvrira ?

– Je ne suis pas sûre de pouvoir te faire une telle promesse, Dex.

– S'il te plaît, Marlowe. Un jour, il te racontera son histoire, tout comme tu lui raconteras la tienne. Et tu comprendras qui il est. Vous vous comprendrez.

Je le regarde avec suspicion, prise soudain d'un gros doute.

– Que sais-tu de mon histoire ?

Son regard devient fuyant.

– N'en veux pas à Domi. Tout comme Rees ne devra pas m'en vouloir. Nous l'avons fait pour vous. Dans votre intérêt, à tous les deux. « À tous les trois » serait plus juste.

– Et s'il ne veut pas de ce bébé ? Tu as pensé à ça avant de venir déballer ton speech et plaider sa cause ?

– Il le voudra. Ce bébé est le fruit d'une évidence. Il l'aimera, autant que toi, et bien plus que sa propre vie, crois-moi.

Mon cœur se gonfle d'espoir. À la lumière de tout ce que Dex vient de me dire sur les sentiments que Rees aurait pour moi, se pourrait-il qu'il veuille effectivement de ce bébé ? Qu'il soit heureux de ce que nous avons conçu, lui et moi ?

– En tout cas, tu aurais fait un excellent avocat. Tu as manqué ta vocation. Rees a de la chance de t'avoir pour ami.

– Ouais, mais je suis aussi le tien. Quoi qu'il se passe, quel que soit le moment, je serai toujours là pour toi. Tu n'auras qu'à m'appeler et j'arriverai en courant. Et je serai le meilleur tonton de tous les temps.

Je pouffe de rire. Je reconnais bien Dex. Sous ses airs de gros dur que rien n'atteint, il a un cœur énorme et une sensibilité que peu d'hommes autour de moi ont. Même s'il la montre très rarement et à peu d'élus.

– D'accord. Si un jour il vient, je l'écouterai. Quant à lui donner une chance, ça dépendra de ce qu'il aura à dire.

– Et ?

– Et quoi ?

– T'as oublié de promettre de me laisser m'occuper de toi et de mon neveu ou de ma nièce. Au fait, c'est un garçon ou une fille ?

– Pour connaître le sexe, tu vas devoir attendre encore deux mois. D'ici là, Dex, je souhaiterais que tout reste entre toi et moi. J'aime Domi comme un frère et Sacha comme une sœur. Je sais que je leur ai fait de la peine en quittant New York, mais j'ai besoin de rester éloignée de mon ancienne vie pour l'instant et de me concentrer sur cet enfant.

– D'accord, je comprends. Je les ferai patienter. Et combien de passagers, au juste, dans ce petit ventre joliment rebondi ?

– Quoi ?

– Un seul bébé ou des jumeaux ?

– Un seul, pourquoi cette question ?

– Comme ça, simple curiosité. Mais j'ai quand même une dernière chose à te demander. Si c'est un petit garçon et que Rees n'est pas là au moment où il naîtra, est-ce que tu pourrais l'appeler Kaï ?

– Kaï ? Pourquoi ce prénom ?

Je soupçonne que la réponse se trouve dans le passé de Rees. En rapport avec son enfance, probablement avant l'orphelinat. Tout cet aspect de sa vie avant la prison et sa rencontre avec Dex dont il ne parle jamais. Qui est Kaï ?

– Parce que c'est ce que Rees t'aurait demandé. Un jour, il te parlera de Kaï.

57

Rees

Les jours se suivent et se ressemblent. En apparence. Je suis enfermé là depuis maintenant deux mois, à croiser les mêmes visages inexpressifs et désœuvrés tous les jours. Sauf un. Celui d'une petite brune fraîchement débarquée hier. Taille moyenne, assez mince, les yeux vert mousse, un petit nez en trompette et des cheveux noirs coupés au carré qui encadrent un joli visage plutôt fin. Mignonne.

Très mignonne.

Mais ce qui a surtout accroché mon regard, ce sont tous les tatouages qu'elle arbore sur ses avant-bras, son épaule droite et derrière son oreille gauche. Certainement qu'il doit y en avoir ailleurs, sur d'autres parties de son corps, si j'ai bien cerné la logique du personnage. Sa logique, sa passion et surtout son métier.

Perdu dans les méandres de mes pensées pendant le temps de thérapie de groupe d'hier, fidèle à moi-même, je n'écoutais pas. Mais mon oreille a toutefois intercepté un mot. Un mot à la douce mélodie pour moi. « Tatoueuse. » Pour une fois, je me suis donc intéressé au triste récit de l'un des membres et à sa petite vie insignifiante. Insignifiante, certes, mais faisant d'elle la seule personne dans cet établissement d'accros repentis – ou non ! – avec qui je pourrais ressentir quelques affinités. En tout cas assez de points communs pour un semblant d'envie de me sociabiliser un peu.

Une petite graine d'idée a germé hier pendant son monologue. Idée qui a fait son chemin depuis, raison pour laquelle je suis là aujourd'hui, affalé sur une chaise inconfortable de la salle de repos, à la fixer depuis presque vingt minutes. Je sais qu'elle a senti mon regard. Je le vois aux œillades en coin qu'elle me jette de temps en temps. De plus en plus fréquemment. Quand elle se décide enfin à relever la tête de son carnet de dessins pour me regarder franchement, je lui fais mon sourire le plus éblouissant et le plus charmant qui soit. Et comme elle m'en adresse un aussi en retour, je me lève et la rejoins à sa table.

– Salut ! Moi, c'est Rees.

– Julia, mais appelle-moi comme ça te fera plaisir, beau gosse.

OK, voilà qui va être bien plus facile que ce que je pensais.

***

Encore une demi-heure et je pourrai me faufiler en douce hors de ma chambre pour rejoindre discrètement celle de Julia, située tout au fond du couloir de droite. Une petite balade nocturne que j'ai effectuée tous les soirs de la semaine écoulée. Je ne peux pas rester longtemps à chaque fois à cause des rondes régulières des surveillants, mais c'est suffisant pour ce que nous avons à faire. C'est toujours moi qui vais chez elle car sa chambre est bien plus éloignée du bureau des infirmiers que la mienne. Il y a donc moins de risque qu'ils nous entendent et nous surprennent. Normalement, je suis censé sortir du centre dans trois semaines, ça nous laisse donc encore un peu de temps devant nous.

Il est enfin l'heure. J'enfile un tee-shirt noir et un pantalon de survêt, même si je sais que je vais devoir les ôter plus tard, gonfle mes oreillers au cas où, pour faire croire que je suis endormi, éteins la lampe et gagne la porte. Je l'ouvre tout doucement pour ne pas la faire grincer et me glisse comme une ombre dans le couloir que je longe sans bruit jusqu'à destination. Là, sans m'annoncer puisque je suis attendu, je pénètre dans la chambre de Julia.

J'en ressors moins d'une heure plus tard, juste à temps pour regagner la mienne avant le prochain tour de garde. Et voilà, ni vu ni connu. Tout comme les autres soirs.

Une fois allongé dans mon lit, je souris. Enfin, j'ai le sentiment de reprendre la main sur ma vie. Je ne me sens plus à la dérive, j'ai un nouvel objectif et dans trois semaines, à ma sortie d'ici, je m'y consacrerai entièrement. J'ai à nouveau confiance en l'avenir et je vais tout mettre en œuvre pour obtenir ce que je veux. Ça prendra le temps qu'il faudra, mais j'y arriverai. Rien ni personne ne pourra m'arrêter.

58

Marlowe

Oh, mon Dieu !

Statufiée en plein milieu de la salle du *diner*, une assiette dans chaque main, je sens la panique me gagner. Tous les yeux sont rivés sur moi en cette heure de rush. Ce qui ne m'aide vraiment pas à garder mon calme.

Mon Dieu ! Non, non, non… Pas maintenant. Pitié, pas maintenant !

Mais j'ai beau fermer les yeux et supplier Dieu et tous ses anges dans toutes les langues que je connais – d'accord, le tour est vite fait – et avec toutes les prières possibles, la réalité est là. En atteste la flaque à mes pieds et mon legging complètement trempé. Je viens de perdre les eaux au beau milieu du restaurant, en plein service et devant une quarantaine de clients. Il est bien trop tôt ! Un mois trop tôt, pour être précise. Je ne suis pas prête. Ça ne va pas être possible, ça ne peut pas arriver maintenant. Il me faut du temps, encore un an ou deux.

Non, cinq ! Cinq, ce serait bien ! Ou même dix, tiens, pourquoi pas !

Mais qu'est-ce que je raconte ? J'ai perdu la boule, je dis n'importe quoi !

Je n'arrive pas à réfléchir de façon cohérente, ni même à bouger. Mon bébé arrive et je ne suis même pas capable de faire le moindre geste. Mais comment ai-je pu avoir la bêtise de croire que j'allais pouvoir assurer et être à la hauteur ? Comment serais-je capable de prendre soin de ce petit être innocent si je ne suis même pas en mesure de mettre un pied devant l'autre et de réagir !?

J'aperçois Rose dans mon champ de vision et je pousse un soupir de soulagement.

Rose ! Bien sûr ! Ma sauveuse !

Elle va savoir quoi faire, forcément.

– Ma chérie, pas de panique. Tout va bien se passer. J'ai appelé une ambulance, ils vont te conduire à l'hôpital et dans quelques heures, tu auras ta petite merveille bien au chaud dans tes bras.

Une douleur fulgurante me coupe le souffle, m'empêchant de répondre.

Allez, ma grande, t'en as vu d'autres. Des millions de femmes accouchent partout dans le monde tous les jours. Tu peux le faire ! Tu VAS le faire !

Répète en boucle après moi : « T'es une guerrière » et pense à tout le bonheur qui t'attend à l'arrivée.

Regonflée à bloc, j'attends l'ambulance de pied ferme.

***

Dix minutes. C'est le temps entre chaque contraction. Je suis arrivée à l'hôpital il y a maintenant deux heures et je patiente en salle de travail en serrant les dents.

Seule.

Comme il était prévu.

À mon arrivée, l'infirmière qui m'a prise en charge m'a demandé qui je souhaitais prévenir.

Personne.

Réponse claire et concise. Tout est dit en un seul mot. J'ai fait l'impasse sur son air compatissant.

J'ai bien pensé à Dex mais à quoi bon ? Que pourrait-il faire de plus à plusieurs milliers de kilomètres de là ? Et Rose est pour l'instant bloquée au resto. La seule personne que j'aimerais voir et avec qui j'aurais voulu partager ce moment n'est pas là. Il s'est écoulé un mois depuis la visite de Dex à Savannah et Rees n'est pas venu. Il ne viendra probablement jamais, contrairement à ce que son meilleur ami semblait penser. Dex a eu tort et a vu des choses là où il n'y en avait pas. C'est aussi simple que ça.

Il m'appelle régulièrement depuis, jouant son rôle de tonton à la perfection. Mais plus les appels se multiplient, plus je le sens sur la réserve au sujet de Rees. Je sens comme un malaise, je sais qu'il me cache des choses à son sujet. Nous avons même fini par ne plus parler de lui. Il plane entre nous tel un fantôme.

Cinq minutes. Et presque trois heures.

L'infirmière fait une apparition pour un examen rapide, un doux sourire rassurant sur les lèvres.

– Le travail progresse bien. Tout se présente pour le mieux.

Et repart aussi discrètement qu'elle est venue.

***

Trois minutes. Quatre heures.

J'ai envie de pleurer. Je ne le ferai pas. Je dois me montrer forte pour mon enfant.

Retour de mon infirmière préférée. Je sens qu'elle va bientôt devenir ma nouvelle meilleure amie.

– J'ai une bonne nouvelle, votre ami vient d'arriver. Le temps d'enfiler une blouse et il sera là à vos côtés.

Hein ?

– Euh… je crois qu'il y a erreur, vous devez confondre avec une autre patiente.

– Ah bon ? Dexton McNamara – c'est le nom qu'il nous a donné – nous a dit qu'il était votre ami et que vous seriez d'accord pour qu'il vous rejoigne en salle de travail pour vous accompagner.

Dex ! Il avait promis d'être là pour moi quand j'en aurai besoin. Et il est là. Je ne sais pas comment il a su mais il est venu. Il a tenu sa promesse. Mon cœur est soudain tellement plus léger.

– Oui, bien sûr. Vous pouvez le faire entrer.

59

Dex

Quand Rose m'a appelé pour me dire que Marlowe venait de perdre les eaux, je n'ai pas réfléchi une seule seconde. Je lui avais dit que je serais là pour elle et son bébé, et c'est bien ce que j'ai l'intention de faire.

J'avais laissé mon numéro de téléphone en douce à Rose en prévision de ce jour-là. Mais j'espérais que Rees serait en mesure d'assumer son rôle d'ici là. Bon, c'était sans compter sur l'empressement de ce bébé puisqu'il a, semble-t-il, décidé de faire son apparition un mois plus tôt que prévu. Voilà bien la digne progéniture de son père, héritant déjà de sa propension à ne pas faire les choses comme tout le monde et surtout à ne pas respecter la moindre règle.

Pas encore né et déjà l'esprit de rébellion !

Mon Dieu, faites que ce soit une fille et qu'elle hérite tout de sa mère, sinon nous voilà pas sortis de l'auberge !

Sur le papier, la synchro aurait dû être parfaite puisqu'il était prévu que Rees sorte de désintox environ deux semaines avant la date de naissance initialement prévue. Entièrement clean depuis trois mois, Rees aurait été en toute logique plus que prêt à reprendre sa place pour vivre enfin la merveilleuse vie à laquelle ils ont droit tous les deux.

L'univers a de nouveau joué le trublion en prenant de l'avance sur le timing.

Habituellement, je m'adapte. Mais j'avoue que depuis deux semaines, je suis totalement paumé. Largué complet. Mes dernières visites à Rees – plus fréquentes compte tenu d'un allègement des mesures d'isolement avant sa sortie – m'ont laissé un goût amer dans la gorge. Au point de ne plus être sûr de l'issue de tout ça. Au point que j'ai cessé de préparer le terrain auprès de Marlowe et de lui donner un espoir que je n'ai plus moi-même. Je n'ose même plus lui parler de lui.

La raison ? Elle tient en un prénom : Julia ! Cette nana a l'air sympa, mais je ne peux pas m'empêcher de la détester. Désormais, elle colle aux basques de Rees en permanence. Un vrai petit couple d'inséparables ! Le même métier, la même passion, un bon coup de crayon, autant de points communs qu'ils se sont découverts et qui leur procurent une entente quasi parfaite. À chacune de mes visites, je le retrouve avec elle. Il me l'a d'ailleurs présentée. Il a le sourire, ils plaisantent tous les deux et sont toujours fourrés ensemble. Et comble du comble, elle a même lâché une info laissant entendre qu'ils ont aussi des activités nocturnes régulières nécessitant d'être déshabillés.

Gaffe ou précision volontaire, histoire de clarifier les choses ?

Je ne saurais le dire.

Et Marlowe dans tout ça ?

Bah voilà la question à un million de dollars !

Deux mois que Rees n'a plus prononcé une seule fois son nom. À croire qu'il a fini par ne plus l'aimer, par l'oublier…

Merde, j'en sais fichtre rien !

Il ne me dit plus rien. Il ne parle plus d'elle. Il semble avoir tourné la page. Et ça me bouffe complètement car avec le discours que j'avais fait à Marlowe, je ne vais pas arriver à la regarder en face quand je la reverrai. Elle risque fort d'en souffrir encore et ce sera de ma faute.

Je sors de mes pensées moroses quand mon taxi s'arrête devant les urgences du Memorial Health de Savannah.

60

Rees

J'attrape le dernier tee-shirt rangé sur l'étagère du placard et le dépose dans mon sac de voyage. Aujourd'hui, je quitte le centre. Je me sens à la fois heureux et fébrile. Impatient de sortir d'ici mais aussi un peu effrayé de la suite. Je viens de passer trois mois dans ce centre à me désintoxiquer, à me recentrer sur l'essentiel et à me regonfler à bloc pour ce dans quoi je compte me lancer. Et là, je doute, et ça me fait soudainement peur.

Et si je n'y arrivais pas ? Et si rien ne se passait comme je l'espère, qu'adviendra-t-il ? Que ferai-je de ma vie ? Que deviendrai-je ?

Est-ce que j'arriverai alors à ne pas replonger ?

Ma vie dépend entièrement de ce que je m'apprête à faire. De là où mes pas vont me mener.

La main tremblante, je sors de mon sac la feuille qui n'en a pas bougé depuis trois mois. Je la déplie et prends connaissance de son contenu pour la première fois. Ce que j'y lis me donne un regain d'espoir. J'attrape mon téléphone qui m'a été rendu ce matin, l'allume et commence à taper les messages et passer les appels dont j'ai besoin.

Je suis prêt !

J'ai déjà dit au revoir aux rares personnes ici que j'appréciais. Et aussi à Julia. Même si elle et moi avons convenu de rester en contact et de nous revoir une fois qu'elle aura, elle aussi, quitté le centre.

Dex franchit alors la porte de ma chambre.

– Hello, mon pote. Alors, prêt à te faire la belle ?

Voilà le moment délicat que je redoutais. Celui où je dois lui révéler que je ne pars pas avec lui. Celui où je lui annonce que je m'en vais, que je quitte New York. Pour un temps indéterminé. L'instant où il va probablement m'en vouloir et me détester. Je soupire et il sent tout de suite qu'il y a comme un malaise.

– Rees, qu'est-ce qui se passe ?

– Je suis désolé, mon pote, mais je ne rentrerai pas avec toi. Je ne retourne pas chez moi. Pas encore. Je dois quitter New York quelque temps.

Dex accuse le coup, comme je l'avais imaginé. Le visage décomposé, il s'assoit lentement sur le bord du lit.

– C'est à cause de Julia, c'est ça ?

– Julia ? Qu'est-ce qu'elle a à voir là-dedans ?

– À toi de me le dire ? Tu tiens à elle ? Vous avez des projets ?

– Euh… bah oui… On peut dire que je l'apprécie et on a effectivement fait quelques projets pour plus tard… Mais je ne vois pas le rapport.

– Tu ne vois pas le rapport ? Tu la baises, alors y a forcément un rapport avec la putain de bombe sortie de nulle part que tu viens de me larguer sur la gueule, non ?

– Quoi ? Mais d'où tu sors que je la baise, toi ?

– Oh, à d'autres, Rees ! Tu crois que je ne vous ai pas vus, tous les deux, à chacune de mes visites depuis qu'elle est là ? Tu crois que je n'ai pas capté votre manège et que je n'ai pas pigé toutes ses allusions à vos petites retrouvailles nocturnes ?

– Et pour toi, c'était pour aller la baiser ? C'est vraiment ça que tu penses en sachant ce qui m'a conduit ici ?

– Et qu'est-ce que ça pourrait être d'autre ? Tu ne me dis presque plus rien !

– Dex, je vais être très clair. Je ne baise pas Julia. Mon intérêt et nos projets ne sont que professionnels. Je ne la baise ni elle ni aucune autre gonzesse depuis huit mois, même si c'est ce que je vous ai fait croire à tous. Il n'y en a eu aucune depuis Marlowe. Même bourré, même défoncé, je n'en ai jamais voulu une seule autre qu'elle.

Huit putains de mois de perdus : deux à faire de la merde en exhibant des nanas dont je n'avais que faire et que je ne touchais même pas, deux autres noyés dans des paradis artificiels, un mois de coma et trois mois de désintox.

Ça, c'est un sacré bilan ! Félicitations, Rees, belle performance ! Ça mérite même une médaille, ducon !

– Waouh ! Huit mois, la vache ! Mais tu ne parles plus du tout de Marlowe, alors je pensais que tu en avais fini avec elle et que tu l'avais oubliée…

– L'oublier ? Ça, je ne pourrai jamais ! Autant me demander d'oublier de respirer. Je suis peut-être rentré en désintox pour toi, Dex, mais c'est pour elle que je me suis battu. Elle était mon seul objectif, l'unique raison de m'en sortir et de rester clean.

– OK, mais Julia, du coup ? Tu m'expliques ? Parce que là, je pige que dalle !

Le plus simple pour qu'il comprenne est certainement de me désaper. Quand il me voit ouvrir les boutons de mon jean et commencer à tirer sur mon tee-shirt pour l'enlever et baisser mon froc, il panique.

– Euh… ouais… Mec, tu sais que je t'adore et que je te dis tout le temps que t'es mon frère et tout ça, tout ça. Mais si t'as encore fait percer des trucs chelous sur ta queue, je ne suis pas sûr d'avoir envie de voir ça de près, tu vois ?

Je me marre. On retrouve enfin notre complicité. Celle d'un frère avec un autre.

– Déstresse ! Je ne vais pas te montrer ma queue. Julia est tatoueuse. Je lui ai demandé quelques modifications et ajouts à partir de dessins que j'avais faits.

Les ronces tatouées par Gus pour symboliser mon lien éternel avec Kaï de la base de mon pied, du sol où il repose, et remontant le long de mon corps pour échouer vers mon cœur, où il sera toujours, sont désormais parsemées progressivement de petites feuilles de lierre. Mon pectoral gauche où l'espace était vierge de toute encre arbore maintenant des mains fines enserrant la représentation d'un cœur humain. Les mains de Marlowe tenant mon cœur. Et pour que personne ne puisse jamais en douter, son prénom est gravé en son centre.

J'ai toujours trouvé stupide quand des clients venaient au salon pour se faire tatouer le prénom de leur mec ou de leur gonzesse. Je n'ai jamais autant compris qu'aujourd'hui. Quand on a trouvé la bonne personne, l'unique, il n'y a plus ni hésitation ni doute. Je n'en ai eu aucun quand j'ai demandé à Julia de marquer ces sept petites lettres. Pour moi, et quoi qu'il arrive à compter de ce jour, il n'y aura jamais d'autre prénom que celui-là.

Un léger sourire flotte sur les lèvres de Dex au fur et à mesure qu'il observe les nouveaux motifs.

– Alors, tu vas faire quoi maintenant ?

– Je prends l'avion pour Savannah dans deux heures.

– Savannah ? Vraiment ?

Je lui tends la feuille de papier, déchirée d'un côté.

D'abord, l'écriture fine de Marlowe :

P.-S. Fais mes adieux à tous pour moi. Et à lui, dis-lui que je l'aurai aimé plus qu'il ne sera jamais possible d'aimer.

Dessous, celle, plus carrée, de Domi :

Elizabeth « Lizzie » EVANS
38 W Taylor Street à Savannah,
État de Géorgie

Domi m'a donné cette adresse à ma sortie d'hôpital quand je lui ai demandé de retrouver Marlowe. Il m'a alors expliqué que Sacha, Dex et lui ne m'avaient pas attendu, qu'ils l'avaient cherchée pour moi durant toute la durée de mon coma et qu'il venait enfin de découvrir sa nouvelle identité.

– Evans. Elle a choisi mon nom. Ça et son P.-S., ça doit vouloir dire quelque chose, non ? Il FAUT que ça veuille dire quelque chose, Dex, j'en ai besoin. J'ai besoin d'y croire, tu comprends ?

– Oui, mon frère, ça veut dire énormément de choses.

Et là, je pige.

– Tu l'as vue, n'est-ce pas ?

– Oui. Je suis allé la voir. J'ai veillé sur elle, ne t'en fais pas !

Je comprends à demi-mot tout ce qu'il a fait pour moi. Mon cœur bat à mille à l'heure, soudain plein d'espoir, d'encore plus d'amour et de rêves.

– Et ?

– Et elle t'attend, p'tit con ! Alors dépêche-toi de te casser de là et de les ramener illico presto !

Je fronce les sourcils.

– « Les » ?

– Euh… bah… je voulais dire… Euh… elle et son joli p’tit cul.

– OK, mec. Alors mettons tout de suite les choses au point. Frère ou pas, si je te vois mater une seule fois le joli p’tit cul de ma nana, je te défonce la gueule.

Et je ne plaisante qu’à moitié, voire pas du tout.

61

Rees

Et si, avec le temps, elle ne m'aimait plus ?

Si avec tout ce que je lui ai dit et fait, elle me détestait ? Et si elle m'avait oublié ?

J'ai peut-être trop tardé à venir !

Pire, si elle avait un nouveau mec dans sa vie ?

Un autre que moi qui caresse sa peau douce, qui embrasse ses lèvres pleines et qui s'enfonce et se perd en elle comme j'ai tellement aimé le faire. Comme je rêve de pouvoir à nouveau le faire.

Un autre qui lui murmure à l'oreille tous les mots d'amour que je n'ai pas su lui dire. Toutes les promesses que je n'ai pas su lui faire.

Un autre qui la mériterait plus que moi et la rendrait plus heureuse.

Je suis malade rien qu'à cette idée. La peur me prend aux tripes comme jamais. Je doute, je ne suis plus sûr de rien.

Que vais-je faire ?

Réponse évidente : absolument tout ! Tout ce qu'il faudra ! Ramper, supplier, me damner s'il le faut, plus que je ne le suis déjà. Tout pour la reconquérir, lui montrer jour après jour à quel point je l'aime et qu'il en sera toujours ainsi. Toujours et à jamais. Elle tient mon cœur entre ses mains. Mon corps lui appartient déjà et je m'apprête à lui livrer définitivement mon âme de plein gré. Et si rival il y a, je suis prêt à lutter jusqu'à la mort, même à la déloyale s'il le faut, pour l'expulser hors de sa vie et de son cœur, et qu'il n'y reste plus que moi.

Debout devant sa porte, le doigt au-dessus de la sonnette, silencieusement, j'adresse une prière à Dieu pour la première fois de ma vie. Moi, l'apprenti de Satan, je l'implore.

Seigneur, si vous devez ne serait-ce qu'une seule fois accorder votre clémence à l'un de vos pires sujets, que ce soit maintenant. C'est l'unique faveur que je solliciterai. S'il vous plaît, accordez-moi cette seule indulgence et je vous promets de tout faire pour la rendre heureuse.

La porte s'ouvre.

Je veux sentir mon souffle se couper juste à la regarder.

C'est là ma toute première pensée en la voyant sur le seuil.

62

Marlowe

Je suis crevée. Je n'ai pas dormi plus de trois heures d'affilée depuis la naissance. Le lot de toute maman célibataire, je présume.

J'adore mon bébé. Je l'ai aimé à la seconde où mon regard a croisé le bleu turquoise de ses yeux et où j'ai senti ce lien indéfectible qui ne se déliera qu'à ma mort. Mais là, tout de suite, je suis au bord de la crise de nerfs. La faute à cette petite terreur qui hurle à pleins poumons depuis plus de deux heures.

Je n'en peux plus, j'ai envie de hurler encore plus fort. Ou alors de pleurer. C'est au choix, pourvu que les hurlements cessent enfin. Je dois être une piètre mère, ce ne peut être que ça.

Ou alors cet enfant me déteste !

C'est possible, ça, qu'un enfant déteste sa mère dès la naissance ?

Je l'ai changé, je lui ai donné son biberon, je lui ai chanté une berceuse tout en arpentant de long en large mes quarante mètres carrés. Rien n'y fait.

Et soudain, plus rien. Le grand silence. Là, je panique ! La peur qu'il ne respire plus me vrille le ventre.

Non, c'est bon, tout va bien !

Je sens son petit souffle léger contre ma peau. Ses

joues sont toutes roses, il dort enfin. Paisiblement. Mon cœur de maman gonflé d'amour se serre à la vue des petites larmes qui perlent encore à ses yeux.

Je le couve du regard tout en le déposant prudemment dans son berceau pour ne pas le réveiller. Je repense au commentaire de Dex le jour de sa naissance : « Waouh ! Une chose est sûre, pas besoin de test de paternité pour savoir qui est son père ! »

Oui, Kaï Evans est indéniablement le portrait craché de Rees.

Même s'il est fort probable qu'il ne connaisse jamais son fils.

Je range deux ou trois bricoles pendant que j'ai un peu de répit et m'apprête moi aussi à rejoindre mon lit pour récupérer un peu quand la sonnette retentit.

Putain de merde !

Deux heures que je m'acharne à tenter de l'endormir, et voilà que quand j'y arrive enfin, un connard va me le réveiller avec son coup de sonnette. Je referme vite la porte de la chambre, priant pour que Kaï ne se réveille pas. J'aurais dû mettre un écriteau sur la porte genre « Chut, bébé dort ». Au moins, j'aurais pu avoir la paix. Ça doit encore être un vendeur de je ne sais quoi puisque Rose et Dex, les seuls à me rendre visite, savent qu'il ne faut surtout pas sonner.

En colère, j'ouvre brusquement ma porte avec l'intention d'aboyer sur le malotru, quand mes mots restent bloqués dans ma gorge à la vue du « connard » en question. Le plus beau connard que j'aie jamais vu, même s'il a des cernes sous les yeux et qu'il paraît avoir perdu un peu de poids.

Tel un poisson hors de l'eau, ma bouche s'ouvre, puis se ferme avant de s'ouvrir encore sans que je puisse prononcer un seul son. Rees ne fait pas mieux, puisqu'il reste là, muet et les bras ballants, à me fixer en clignant des yeux comme s'il était surpris de me voir là, alors que c'est lui qui me rend visite.

Mon cerveau se remet en marche. Il est venu.

63

Rees

Mon Dieu, mes souvenirs ne lui rendaient pas justice. Elle est encore plus belle que dans mes pensées, même les plus lucides.

Comment ai-je pu merder au point de la perdre ?

Je suis là pour tout tenter afin de la récupérer, et la voir si belle et étourdissante devant moi me fait prendre conscience de l'enjeu. Tout va se jouer maintenant. Ma vie entière va dépendre des mots que je vais lui dire et je suis là, comme un con, sur le pas de sa porte, à ne pas pouvoir prononcer le moindre son tant je suis ébranlé. D'ici quelques minutes, je saurai si je vais chavirer de bonheur ou de douleur. Soit je m'envole, soit je sombre. Soit je vis, soit je meurs. C'est aussi simple que ça.

– Salut, Rees.

Elle est la première à reprendre ses esprits. Le léger sourire sur ses jolies lèvres me va droit au cœur, réveillant mes sens et ma conscience.

– Salut, bébé.

Je ne sais pas si je peux encore ou déjà m'octroyer le droit de l'appeler bébé mais je m'en fous, je le prends, car elle est à moi et à personne d'autre.

– Je peux entrer ?

Sans répondre, elle se décale sur le côté, me donnant ainsi son autorisation. Son appartement n'est pas grand, tout juste fonctionnel. Une pièce principale avec un coin cuisine et une porte menant probablement à une chambre ou une salle de bains. Mais je ne suis pas là pour admirer les lieux. Sans perdre une seule minute, j'ouvre les vannes. Ça passe ou ça casse.

– Bébé, je suis désolé. J'ai été qu'un gros con. Je n'ai rien compris, rien fait comme il aurait fallu. Je t'ai dit des choses horribles que je n'ai jamais pensées et je t'ai fait croire des trucs débiles que je n'ai jamais faits. J'avais terriblement mal à l'idée qu'il puisse y avoir d'autres mecs que moi. Je croyais que toi et Domingo étiez ensemble… Je ne t'ai pas fait confiance alors que j'aurais dû. J'aurais dû te parler, j'aurais dû te dire que je t'aimais, comme un dingue. Si j'avais été un mec normal, j'aurais fait tout ça, mais je ne le suis pas. Je n'ai pas appris à l'être, ni à dire les choses que je ressens, ni même à ressentir des choses d'ailleurs. Ce n'est pas une excuse, j'en ai bien conscience, mais j'aimerais que tu me laisses une seconde chance. Une chance de me racheter, de te dire et de te prouver tout ce que je ressens pour toi. Je veux être avec toi. Et je n'ai jamais été avec une autre nana après toi. Je sais que c'est ce que je t'ai fait croire, mais j'en ai baisé aucune, je te jure. S'il te plaît, bébé, dis-moi que tu me crois et que tu vas me laisser une chance. Dis-moi que tu veux encore bien de moi, même si je suis qu'un sale con. Je suis prêt à passer ma vie entière à me racheter.

– T'as raison, t'es qu'un sale con !

Je ferme les yeux. J'entends le bruit que fait mon cœur quand il s'écrase à mes pieds.

C'est mort ! J'ai joué, j'ai perdu. Game over !

– Malgré tout, je t'aime et j'ai beau avoir essayé de toutes mes forces, je ne suis pas arrivée à me défaire de mes sentiments pour toi.

Je rouvre subitement les yeux, pas sûr d'avoir bien compris. L'étincelle dans ses jolis iris émeraude me redonne de l'espoir. Non, la partie n'est pas finie. Elle me donne un *bonus round*. Mais quand j'avance d'un pas pour la prendre dans mes bras et l'embrasser enfin comme j'en rêve depuis huit mois, elle me stoppe d'une main sur le torse. Son regard s'est voilé.

– J'ai quelqu'un d'autre dans ma vie.

Non ! Non, non, non !

Voilà ce que je redoutais plus que tout. Ça ne peut pas être possible, pas alors qu'on approchait si près du but ! Je refuse !

Elle m'a dit qu'elle m'aimait encore, ça veut donc dire qu'elle n'en a rien à foutre de l'autre, non ?

Il va dégager et puis c'est tout. Je vais m'en assurer.

– Viens, je vais vous présenter.

Elle me prend la main et m'entraîne vers la porte de la chambre.

What ?

Ce mec est là, certainement encore étalé dans son plumard, et elle s'apprête à me le présenter, comme si de rien n'était ?

Elle croit quoi ? Que je vais gentiment lui serrer la main ? Et après on tire à la courte paille pour savoir lequel des deux aura la chance de gagner le gros lot ? À moins qu'on joue à celui qui a la plus grosse ?

Je suis sur le point d'exploser, prêt à me ruer sur ce connard pour le virer d'ici et reprendre ce qui est à moi dès qu'elle aura ouvert la porte.

Sauf que, chose faite, je reste comme un con devant ce que j'ai sous les yeux. Certes, un lit aux draps défaits, mais pas d'abruti vautré dedans. À la place, un berceau.

Mon cœur cogne fort dans ma poitrine, pas certain de

ce qu'il faut en déduire et de ce que je vais trouver si je m'approche. Sans même que je leur en donne l'ordre, mes pieds me mènent juste à côté. Une minuscule petite chose y est calmement endormie.

– Je te présente Kaï. Kaï Evans, ton fils.

La foudre s'abat sur moi. L'impact est si violent que je reste les bras ballants et la mâchoire décrochée. J'ai l'impression que mon cœur a cessé de battre, que mes poumons ont cessé de respirer et que mes neurones, grillés net par l'onde de choc, ont cessé eux aussi de fonctionner. Mes jambes ne me portent plus. Je m'assois sur le lit, les yeux rivés sur ce berceau et cette miniature de moi. Et de lui, jusqu'à son prénom.

64

Marlowe

Un peu à l'écart, j'observe Rees. Il n'a pas bougé ni décroché un seul mot depuis près de vingt minutes. Il est figé. Ses yeux ne se sont pas détournés une seule fois de son fils depuis mon annonce. On dirait qu'il a été transformé en statue de sel, l'esprit catapulté dans une autre dimension. Aucune expression sur son visage, aucune lueur dans ses yeux. J'ignore tout de ce qu'il peut penser ou ressentir. Il est à dix mille lieues de moi, inaccessible.

Mes mains se tordent d'angoisse et je me mords la lèvre avec appréhension, en guettant une réaction de sa part. Je m'attendais à tout, à ce qu'il hurle, à ce qu'il pleure de rage ou de bonheur, à ce qu'il claque la porte et parte ou encore à ce qu'il se jette dans mes bras, dans le meilleur des scénarios. Mais je ne m'attendais certainement pas à cette catalepsie totale.

Je n'ose pas faire un seul geste. Alors je reste là, dans un coin de la pièce, attendant qu'il recouvre ses esprits. Et qu'il me dise enfin quelque chose.

Cinq minutes de plus et toujours rien.

Je m'apprête à prendre la parole pour mettre un terme à ce supplice quand son visage et son corps se raniment enfin. L'air rejoint ses poumons, les couleurs reviennent sur son beau visage et une lueur regagne le turquoise de ses yeux. Lentement, il se lève, s'approche de moi et ses yeux dans les miens, ses lèvres à quelques millimètres des miennes, il me souffle dans un murmure des plus doux :

– Je t'aime. Si tu savais seulement à quel point je t'aime. Toi et ce bébé êtes les plus belles choses que la vie ne m'ait jamais offertes. Les seules qui comptent. Je serai là pour lui, chaque jour de sa vie. Et je serai là pour toi, chaque jour de la nôtre. Toujours et à jamais.

Ses mots se perdent dans le plus beau et le plus intense des baisers qu'il m'ait jamais donné. Un baiser chargé de promesses, gorgé d'amour et au goût d'un toujours et d'un follement qui se conjugueront désormais à deux. Quand nous reprenons enfin notre souffle, la mine grave et sérieuse, il me dit :

– Mais d'abord, je vais te dire qui était Kaï. Et je vais te dire qui je suis. Sans rien te cacher, jusque dans les moindres détails, même les plus abjects.

– D'accord. Et moi, je te parlerai d'Alicia. Je ne te cacherai rien non plus, même le plus sordide.

Par ces mots, d'un accord tacite, nous nous engageons à tout accepter de l'autre, sans restriction. La face la plus sombre comme la plus brillante. Il sera le halo dans mes ténèbres et je serai le pardon dans son purgatoire. Lui, l'ange noir du chaos déchu, et moi, son ange blanc de la rédemption. Je comprends alors le sens caché qu'il avait mis dans mon tatouage, dessiné que pour moi bien avant le début de notre histoire. Comme une prémonition, une évidence.

65

Rees

Blotti contre elle dans l'obscurité de la nuit, j'ai le sentiment de respirer pleinement pour la première fois. La main qui broyait mon cœur s'est entièrement desserrée. Je souris tout en inspirant ce parfum qui m'a tant manqué. Ma peau contre la sienne, j'ai du mal à contenir mes ardeurs en sentant les creux et les vallées de son corps sous mes mains. Ses jolies fesses rebondies contre mon sexe me font durcir comme jamais et j'ai envie de m'abîmer en elle pour retrouver les sensations perdues durant ces longs mois sans elle. Je serre les dents car je ne peux pas. Pas avant quelques semaines, que son médecin lui donne le feu vert après son accouchement.

Ce qui me ramène à cette petite part de nous qui dort juste à côté.

En venant ici, je ne m'attendais pas à ça, mais c'est le plus beau cadeau qu'elle pouvait me faire. Je n'avais jamais eu conscience jusqu'à présent que tous ces bonheurs de la vie étaient finalement ce dont mon cœur avait besoin. Et je pense en souriant à mon pote Dex et à toutes ses phrases énigmatiques.

Le petit salaud, il savait ! Et il a assuré, comme un chef. Je lui dois tellement, parce qu'il a été là pour Marlowe quand moi, je ne pouvais pas. La main sur son ventre soyeux, je prends la mesure de tous ces instants que je me suis moi-même volés. Sa grossesse, voir son ventre doucement s'arrondir et sentir mon fils bouger sous mes mains. Assister à sa naissance, le voir prendre son premier souffle de vie et entendre son premier cri. J'ai loupé tous ces bonheurs-là, et c'est ma faute.

Je caresse le très léger renflement pour l'instant encore visible, vestige qui me rappelle avec tendresse et émotion qu'elle a porté mon enfant. Il était là, blotti en elle. Et moi, je n'ai rien vu de tout ça. Pendant que je me débattais dans mes conneries, elle façonnait la plus belle des créatures et donnait vie à un trésor. Notre trésor ! Car je suis là, maintenant, et rien ni personne ne pourra jamais m'en déloger. Ce p'tit gars sera là chaque jour pour m'aider à honorer la mémoire de mon frère, en me rappelant ma promesse de ne jamais l'oublier.

Je sens des petits pieds qui s'agitent dans le berceau tout à côté et de légères plaintes commencent à se faire entendre. Je me décolle doucement de Marlowe en faisant bien attention de ne pas la réveiller. J'ai comme l'impression qu'elle n'a pas dormi beaucoup ces dernières semaines.

Je me penche au-dessus du berceau et souris à Kaï.

– Eh ! Salut, bonhomme.

Je le prends doucement dans mes bras, comme Marlowe me l'a montré tout à l'heure, et me glisse silencieusement dans l'autre pièce. Je prends un biberon dans le frigo, le mets à chauffer, comme je l'ai vue faire.

– OK, p'tit gars, je ne suis pas aussi joli que ta maman, mais elle a besoin de dormir un peu et tous les deux il faut qu'on fasse connaissance. Alors on va dire que c'est le tour de papa et si tu pouvais être coopératif pour ma grande première, ça serait super cool.

« Papa ». Ça fait drôle de dire ça mais ça me plaît. Kaï tète goulûment son biberon. Il est tellement beau. Mon cœur est déjà tout gonflé d'amour pour lui. Quand il a terminé, il ne se rendort pas tout de suite. Il me fixe de ses yeux aussi bleus que les miens.

Alors je lui parle tout doucement. Je lui parle de sa merveilleuse maman, de son oncle Kaï et de son oncle Dex. Je lui parle de tout ce que je compte faire avec lui.

J'ai enfin réussi quelque chose de bien dans ma vie et je ne compte pas gâcher ce bonheur.

66

Marlowe

Je me réveille en sursaut. La nuit est déjà bien avancée, mais je frémis car ce silence n'est pas normal. Kaï aurait dû se réveiller depuis longtemps. La place à mes côtés est vide.

Où est Rees ? Et s'il était parti ?

La peur me gagne. Je regarde dans le berceau, de plus en plus inquiète. Vide aussi ! Là, je panique ! Je me lève en catastrophe et gagne l'autre pièce, où je m'arrête net devant l'attendrissant tableau que j'ai sous les yeux. Rees est allongé sur le sofa, torse nu, son fils recroquevillé tout contre sa peau sublimement encrée, telle une petite grenouille. Ses deux larges mains le retiennent comme pour le protéger. Le petit air repu de Kaï et le biberon vide sur la table basse m'indiquent que papa a géré comme un pro.

Je m'approche doucement pour le prendre et aller le remettre dans son lit quand la voix de Rees m'interrompt en chuchotant :

– Non, laisse-le. Il est bien, là, comme ça.

– J'ai peur qu'il prenne de mauvaises habitudes si tu le laisses faire.

– Juste un petit peu alors. Pas longtemps, encore un petit moment. Rejoins-nous.

Je me glisse sur le sofa, à ses côtés. Serrée contre

lui, je pose ma main sur son cœur et sur ce nouveau tatouage qui parle de lui-même.

– Tu vas devoir reprendre le prénom de Marlowe, tu sais.

– Ah ? Tu crois ?

– D'abord, parce qu'il est gravé sur ma peau et qu'il ne pourra jamais y en avoir un autre que celui-là, et ensuite parce qu'il est beau et unique, comme toi, et qu'il te va bien. Et pourquoi Lizzie d'ailleurs ?

– Lizzie était le prénom de ma mère, mais Marlowe était celui de ma grand-mère maternelle. Mon père la détestait. Elle était rebelle, farouche et impétueuse. Elle ne mâchait pas ses mots et disait toujours ce qu'elle avait sur le cœur. Je l'adorais pour ça. Sa franchise était une bouffée d'oxygène dans mon monde d'hypocrites. Ça agaçait mon père et il la maudissait. Quand j'ai dû changer d'identité, j'ai eu envie d'être cette femme-là après ce que j'avais vécu. J'ai puisé une sorte de force et de courage dans ce prénom. C'est peut-être bête, mais il m'a aidée à me reconstruire.

– Non, ça ne l'est pas ! Et je confirme, il te va comme un gant car tu es vraiment cette femme que tu as voulu devenir. Tu es même tellement plus encore.

– Alors c'est vendu, Marlowe Andrews va faire son come-back.

– Bah… pour tout dire… pour le nom de famille, par contre, je ne suis pas sûr.

– Ah bon ? Pourquoi ?

– Evans, c'était bien. Tu devrais garder celui-là. Marlowe Evans, ça sonne bien je trouve.

Je retiens mon souffle, pas du tout sûre de ce qu'il faut comprendre. Non, j'ai dû me tromper, ça ne peut pas être ce que je pense. Il fait juste référence à mon identité d'emprunt récente.

– J'ai une fausse identité et, sans le talent de Domi, elle n'a pas vraiment de valeur légale. Et puis, si je veux reprendre le prénom de Marlowe avec Evans, je vais devoir encore refaire de nouveaux papiers. Pour qu'ils soient officiels. Ça sera coûteux et Domi va une nouvelle fois devoir faire un tour de magie.

– Je ne pensais pas à de nouveaux faux papiers, en fait. Les tout premiers allaient très bien et il y a une solution très officielle pour que tu puisses transformer Andrews en Evans sans aucune difficulté.

OK, donc j'avais effectivement bien compris la première fois. Mon cœur loupe un battement. J'avais fini par croire que jamais aucun homme ne pourrait un jour avoir envie de me faire une telle demande.

– Rees Evans, seriez-vous en train de suggérer ce à quoi je pense ?

– Non, je ne suggère rien, je demande.

– S'agit-il d'une demande officielle ?

– Oui, c'en est une. Je n'ai pas la bague qui va avec, mais je compte bien y remédier rapidement.

– Je t'aime, Rees. Toujours et à jamais.

– S'agit-il d'un oui officiel ?

– Oui, c'en est un et je crois qu'il est temps de rentrer à New York.

– Oui, je crois aussi. Je vous ramène à la maison, toi et ton joli p'tit cul.

Il pouffe de rire, comme s'il repensait à une plaisanterie qu'il est le seul à comprendre.

– Euh… tu m'expliques ?

– Juste une référence à Dex et à une de ses célèbres pirouettes linguistiques. J'aurais dû me douter qu'il me l'avait encore fait à l'envers ce jour-là… C'est un p'tit con mais j'aime ce gars.

– Et il t'aime aussi. C'est le meilleur ami qu'on puisse rêver d'avoir.

– Non. Ce n'est pas un ami, c'est mon frère, et je lui dois beaucoup.

***

New York
Deux mois plus tard

– Bébé, est-ce que tu me fais confiance ?

La question a été posée dans un murmure prudent.

– Oui. Oui, j'ai confiance en toi. Bien sûr !

– Je veux dire, vraiment confiance ? Totalement et inconditionnellement ?

Je ne comprends pas exactement où Rees veut en venir. Ces deux derniers mois magiques auraient déjà dû le lui confirmer.

– À quoi penses-tu ?

– Je veux que tu puisses t'abandonner complètement à moi. Sans appréhension, sans jamais aucun doute. Sans jamais aucune peur. Je veux que tu aies toujours la certitude que je te protégerai chaque jour de ma vie de tout ce qui pourrait te faire du mal. Plus personne ne pourra jamais te blesser. Surtout pas moi.

– Je n'en ai aucun doute, Rees.

– Parfait. Alors laisse-moi te montrer la différence entre s'abandonner et se soumettre. Laisse-moi remplacer tous les mauvais souvenirs par d'autres parfaits, rien qu'à nous.

Je comprends alors ce qu'il essaye de me dire. Il repense certainement à toutes les fois où je ne me suis pas sentie à l'aise en ayant l'impression d'être entravée, immobilisée.

Sans échappatoire. Maintenant qu'il connaît mon histoire, il en comprend les raisons : toutes ces fois dans mon passé où j'ai été contrainte, dominée et avilie sans pouvoir être même libre de me débattre.

– D'accord.

– Alors ferme les yeux et laisse-toi guider…

Sans la moindre hésitation, je fais ce qu'il me dit. Je n'ai pas peur. Il bouge à mes côtés, se place au-dessus de moi, ses genoux enserrant mes hanches.

– Donne-moi tes mains.

Il glisse des liens doux comme de la soie autour de mes poignets qu'il relève et qu'il attache de chaque côté de la tête de lit, avec délicatesse. Il se laisse ensuite glisser le long de mon corps, faisant courir des frissons d'anticipation sur ma peau qui s'échauffe. Il procède de même avec mes chevilles.

Je lui fais confiance. Je ne risque rien, je le sais.

Ses mains me caressent avec douceur, puis sa langue, partout sur mon corps. Je gémis.

– Rees, c'est tellement bon.

Sa bouche remonte jusqu'à la mienne pour déposer le plus doux et le plus léger des baisers. Comme un battement d'ailes de papillon. Il remonte encore, en appui sur ses avant-bras, son torse à hauteur de mon visage. Je sens sa queue, longue, épaisse et dure contre mon ventre. Il me souffle dans un chuchotement rauque chargé de désir :

– Pose ton oreille sur mon cœur. Tu entends comme il bat vite ?

Ses hanches entrent en mouvement et sa queue frotte impudiquement ma peau.

– Tu sens comme son rythme s'emballe ? À quel point il dépend de toi ? Comme il bat pour toi, et uniquement pour toi ? Tu as le pouvoir, bébé ! Tu as peut-être des liens, mais c'est toi qui as le pouvoir. Tu l'as toujours eu.

Je sens son sexe grandir et durcir encore.

– Tu sens l'effet que tu me fais ? C'est toi qui me contrôles. Tu maîtrises mon corps, mon cœur jusqu'à mon âme. Même attachée, c'est toi qui me domines. Je dépends entièrement de toi. Tu peux me briser d'un seul mot, broyer mon cœur d'un simple geste. Tu n'es pas soumise, tu es ma femme, mon égale. Celle qui rythme ma vie. Tu es mon monde, bébé.

Non, je ne suis pas soumise, je suis aimée. Toute la différence est là.

– Et tu es aussi le mien, Rees.

67

Marlowe
Trois ans plus tard

– Bébé, on est rentrés !

J'entends la porte d'entrée claquer et les petits pieds de Kaï courir à travers la maison, son père sur les talons.

Et quand je les vois tous les deux sur le seuil de mon bureau, leurs baskets et survêtements dégoulinants de boue sur le parquet, j'écarquille les yeux d'horreur. Comprenant leur bourde, père et fils adoptent une mine contrite mais un sourire complice.

– Oups ! Désolé, chérie, on s'est un peu lâchés !

– Moui, je vois ça !

– On va se faire pardonner. Moi, en tout cas, j'en ai bien l'intention.

Son clin d'œil et sa moue en coin sont sans équivoque. Dieu, que j'aime cet homme !

Ils sont tellement mignons tous les deux que je ne peux pas leur en vouloir plus longtemps. Kaï est la miniature de Rees. Le visage poupin du fils face à la beauté farouche du père, mais si similaires. Les mêmes traits, les mêmes cheveux sombres et soyeux, le même turquoise et la même étincelle dans leurs yeux. Il ne fait aucun doute que Kaï adulte sera aussi divin que son père. À la différence qu'il aura grandi dans l'amour, quand Rees n'a connu que l'abandon et les coups.

J'avais besoin d'avancer dans mon travail, ayant pris un peu de retard sur mon planning – la faute à un insatiable mari et amant qui m'a longuement retenue dans l'intimité de notre chambre à coucher plutôt que dans l'exercice de ma profession. Rees a donc emmené notre mini nous au parc le plus proche pour lui enseigner les vertus du sport et le goût du football. « Transfert intergénérationnel », a-t-il appelé cela. Et j'imagine déjà à l'avance le jour où il s'appliquera à lui enseigner l'usage du dermographe. Car, bien évidemment, comme tout bon sosie qui se respecte, Kaï, bien qu'il n'ait que 3 ans, développe déjà de fortes aptitudes artistiques.

À notre retour de Savannah, après la naissance de Kaï, nous nous sommes d'abord installés dans l'appartement de Rees, transformant son bureau en chambre d'enfant. Mais il y a un an, nous avons eu envie de changement, d'espace et d'un endroit que l'on pourrait arranger à notre image. Rees n'ayant également pas très envie que son fils côtoie ce que les rues de Brooklyn montrent de plus effroyable – dixit celui qui n'a que trop exploré cet enfer –, nous avons donc jeté notre dévolu sur une jolie maisonnette à New Rochelle, dans la banlieue new-yorkaise, en bord de mer. Et c'est ici que Rees a également ouvert un second salon de tatouage. Toujours propriétaire de celui d'Ocean Hill, il en a cependant laissé la gérance à Julia avec qui il avait gardé contact. Et comme Dex et lui sont inséparables, celui-ci s'est installé pas très loin avec sa petite famille : Sacha, ma meilleure amie, et leur petite fille de 18 mois, Arya.

Comment en sont-ils arrivés là ? Tout simplement grâce à Dany qui a claqué la porte du jour au lendemain pour s'envoler à l'autre bout du monde avec Sandy, pour une longue série de reportages photo, soi-disant la chance de leur vie, en abandonnant Sacha derrière lui sans états d'âme. Mais il lui a finalement rendu service car Dex en a profité pour jouer son va-tout et… tadam… une belle histoire est née.

Seule ombre funèbre au tableau de l'amitié, la mort d'Alex, qui nous a tous bouleversés. Il nous a quittés il y a maintenant deux ans en exerçant son métier de pompier lors d'une intervention qui a tourné au tragique, puisque cinq autres pompiers ont aussi trouvé la mort ce jour-là. Pour surmonter notre tristesse, nous nous sommes encore plus rapprochés les uns des autres. Et c'est en restant soudés qu'on honore sa mémoire tous les jours.

Logan et Domi ont déménagé à Los Angeles, où ils continuent de filer le parfait amour. On s'appelle en visio, on garde le contact même si ce n'est pas aussi souvent qu'on pourrait le souhaiter.

Lisa… eh bien, c'est toujours Lisa… Elle papillonne de pistil en pistil.

Et moi, me direz-vous, dans tout ça ?

Moi, je suis heureuse, et c'est un travail qui s'exerce à plein temps.

Au fil du temps, j'ai pris pour habitude d'inventer des tas d'histoires fantastiques que je raconte à Kaï le soir avant qu'il s'endorme. Un jour que Rees nous contemplait, attendri, appuyé contre le chambranle de la porte, il m'a soufflé une idée :

– Pourquoi ne pas écrire des livres pour enfants ?

Et voilà comment tout a commencé. Grâce au soutien indéfectible de l'amour de ma vie, me voilà aujourd'hui devant l'écran de mon ordinateur pendant que mes hommes se roulent joyeusement dans la gadoue.

68

Rees
Le soir même

L'info est sur toutes les chaînes de télé et les stations de radio. Une enquête de grande envergure sur des irrégularités relevées dans la campagne électorale du gouverneur McKinley vient de mettre au jour un immense réseau de corruption. Jadis, je ne savais pas qui était cet homme, n'ayant jamais trouvé d'intérêt à la politique. Aujourd'hui, je ne sais que trop bien qui il est. L'un des bourreaux de ma femme, son propre père, son propre sang.

Et il vient de tomber. Ses acolytes, Jason et son père, Darren Ward, sont tombés avec lui. Corruption d'agents publics, abus de biens sociaux, détournement de fonds, blanchiment d'argent et financement illégal de campagne électorale. La liste est longue et les charges sont lourdes. Ils ont pris vingt ans pour ce cumul de crimes.

C'est une foutue bonne nouvelle que ces salauds ne s'en tirent pas à si bon compte. Mais ce qui m'inquiète, en revanche, c'est le silence et l'absence totale de réaction de Marlowe, assise sur le canapé, les yeux rivés sur l'écran.

Bon, ça suffit, on en a assez vu !

J'éteins la télé mais son regard ne bouge pas pour autant. Je m'accroupis face à elle, me glisse entre ses jambes, pose mes mains de part et d'autre de son visage et plonge mon regard dans le sien.

– Bébé, parle-moi !

Elle soupire :

– Je vais bien.

Mauvaise réponse !

– Non, bébé. Tu ne peux pas aller bien. Dis-moi ce que tu ressens. Je suis là pour toi, t'es ma femme et on est une équipe. Pour le meilleur et pour le pire, tu te souviens ?

– Je me sens… heureuse.

– Heureuse ? Mais encore ?

– Ouais, c'est ça, heureuse. La peine maximale pour viol est de quinze ans de réclusion et ils viennent de prendre vingt ans. C'est plus que ce que j'aurais pu espérer si j'avais parlé et témoigné à l'époque. Pour être honnête, à ce moment-là, ça ne m'avait pas traversé l'esprit. Quand je me suis réveillée à l'hôpital après ma tentative de suicide, je n'avais qu'une idée en tête : fuir le plus loin possible, tout laisser derrière moi, changer de vie et oublier. C'est ce que j'ai fait. Je mentirais si je disais que je ne me suis jamais interrogée, plus tard, sur ce qui se serait passé si j'étais restée et si j'avais parlé. J'avais essayé une fois, au début, et on m'a bien fait comprendre que la vidéo existante ne parlerait pas en ma faveur et que j'avais peu de chance d'avoir gain de cause. Surtout avec le juge Ward et les moyens dont il disposait pour me discréditer. Mon salut n'était pas dans cette voie-là. J'ai alors fait ce qu'il fallait pour m'en sortir.

Elle me sourit et je me sens rassuré. Oui, elle va bien.

– Oui, bébé, tu t'en es admirablement bien sortie.

– C'est Alicia, la victime de ces hommes. Désormais, ils sont à leur place en prison et elle n'en demande pas plus. Moi, je suis Marlowe. Je suis ta femme, la mère de ton fils et tout le reste n'a plus la moindre importance.

Je suis tellement fier d'elle et du chemin qu'elle a parcouru.

– Bébé, je t'aime tellement, tu sais !

– Moi aussi, je t'aime, Rees. Éperdument. Et rien ni personne ne viendra plus jamais ternir mon bonheur.

***

Plus tard, allongé en travers de notre lit, un sourire alangui sur les lèvres, j'écoute ma femme me raconter les dernières facéties de notre adorable petit monstre. Nos jambes entremêlées, la tête posée contre son cœur qui bat, je sens le toucher léger de ses doigts qui caressent tendrement mes cheveux.

Alors, c'est donc ça le bonheur ? Cette petite flamme qui a pris vie un jour, sans prévenir, au plus profond de mes entrailles et qui a grandi, grandi encore, jusqu'à tout embraser. Mes ténèbres ne sont plus. Chaque jour passé dans la vie de Marlowe est une nouvelle porte qui s'ouvre pour faire entrer la lumière. J'ai fait la paix avec moi-même et avec mon passé. Grâce à elle.

Mais ces derniers temps, j'ai envie d'encore plus. Je fais courir mes doigts sur la peau soyeuse de ses cuisses, je remonte lentement jusqu'à son ventre et je souris quand ils effleurent son phénix, la seule œuvre tatouée sur son joli corps qui ne soit pas la mienne. Car, au fil du temps, avec un mari tatoueur et doué de surcroît, elle en a bien entendu réclamé d'autres. Et elle a su être très persuasive, même si j'étais déjà plus qu'impatient de laisser mon empreinte. Les plus flatteuses pour moi étant certainement mon prénom qu'elle a souhaité faire tatouer sur sa nuque ou notre « Toujours et à jamais » sur son flanc droit, à la même place que le mien, tatoué sous la phrase que j'avais faite à la mort de mon frère.

J'écarte mes doigts en éventail sous son nombril et laisse mes mots appeler le dernier vœu qui me laissera pleinement comblé.

– Bébé ?

– Hum ?

– J'aimerais bien qu'on ait un autre enfant.

En attendant sa réponse, je me mords la lèvre tant j'appréhende qu'elle me dise non. J'en ai tellement envie, mais, bien sûr, je respecterai toujours son choix.

Silence. Elle ne me répond pas. Merde !

Elle bouge légèrement et alors que je pense qu'elle va se lever et me laisser planté là, comme un con, ma demande dans le vide, elle me surprend en roulant au-dessus de moi. Elle plante ses yeux dans les miens. Son vert émeraude face à mon bleu turquoise.

– C'est vrai ? T'es sûr ?

– Oui. Je n'ai jamais été aussi sûr de moi de toute ma vie, en dehors du jour où je t'ai dit pour la première fois que je t'aimais et où je t'ai demandé de m'épouser.

Je ne sais toujours pas ce qu'elle en pense alors j'argumente, espérant la convaincre :

– Kaï a déjà 3 ans, on gagne bien notre vie et on a la place dans la maison. C'est le bon moment, je crois. Et j'en ai vraiment envie. J'ai manqué tellement de choses avec Kaï. Je veux voir ton ventre s'arrondir, sentir notre enfant bouger, lui parler et être là avec toi quand on entendra battre son cœur et qu'on le verra à l'échographie pour la première fois. La première et toutes les suivantes. Je veux apprendre à faire la respiration du petit chien avec toi et surtout être là le jour où tu le mettras au monde. Et après ce nouveau bonheur, je ne demanderai plus jamais rien. J'aurai tout ce dont j'aurais pu rêver et pour un gars comme moi, c'était pas gagné.

Une larme perle au bord de ses cils et un sourire magnifique naît sur ses lèvres.

– Je t'aime, Rees Evans.

– Et je t'aime aussi, Marlowe Evans.

– Alors qu'attends-tu pour me faire ce bébé ?!

Mon cœur explose de joie.

– Oh, mais j'ai bien l'intention de m'y atteler dès maintenant et de m'appliquer très consciencieusement.

– En voyant le magnifique résultat obtenu quand tu fais les choses par hasard, qu'est-ce que ça doit être quand tu t'appliques !

***

Shaylee et Noa sont nées dix mois plus tard. Des petites jumelles parfaitement identiques qui, en dehors des yeux turquoise de leur papa, ressemblent trait pour trait à la plus belle des mamans.

Elles portent toutes les deux des prénoms de fée car, après tout, notre belle histoire a commencé quand une petite fée Clochette pleine de malice a transformé la poudre de perlimpinpin en baguette magique.

REMERCIEMENTS

Je pourrais remercier l'homme qui partage ma vie, mes trois fils adorés que j'aime fort ou encore ma très chère petite maman pour leur soutien sans faille et leurs encouragements pour ce tout premier roman.
La vérité est que l'écriture de ce livre fut mon jardin secret.
Pourquoi ? Je ne saurais le dire. Surtout quand on connaît ma nature prolixe.
Mais un jour, j'ai aimé l'idée de partager cette histoire avec d'autres qui j'espère pourraient l'apprécier et le « pourquoi pas ? » qui m'a fait oser.
Poussée par les exigences d'un professeur de français, j'ai découvert le goût de la lecture à l'adolescence en plongeant d'abord dans nos classiques de la littérature française. Et de celui qui fut pour moi le plus grand de tous, Zola.
Alors si je devais remercier quelqu'un en tout premier, ce serait toi, Émile, et peut-être aussi un peu vous, Melle Berthelot.
D'années en années, mon amour du livre n'a jamais faibli, au point d'en devenir vital à mon équilibre. J'ai délaissé les classiques pour un autre univers. Celui sombre et fascinant du thriller et du polar. Les maîtres du roman noir devinrent alors mes nouvelles idoles. Ce furent longtemps mes livres de chevet et ils ne sont jamais bien très loin. Jusqu'à la Romance, le New Adult, la Dark

Romance, ou toute autre déclinaison linguistiques du genre à votre convenance. J'ai finalement plongé si profondément dedans que je n'en suis plus jamais ressortie.
J'ignore à quel moment au cours de toutes ces années l'histoire de Marlowe et Rees est vraiment née. Je sais juste qu'elle s'est imposée dans mon esprit fragment par fragment, jusqu'au puzzle complet. Elle était devenue l'histoire que j'avais envie de lire, alors je l'ai écrite. J'ai éprouvé un besoin profond de la coucher sur le papier pour la rendre un peu plus réelle.
Je remercie malgré tout mon homme, bien qu'il a ignoré longtemps ce à quoi il a contribué et comment.
Il n'a jamais partagé mon amour de la lecture, mais il l'a toujours accepté et respecté. Surtout, il a en compris mon besoin fondamental. Vingt-trois années où il m'a laissée vivre ma passion comme je l'ai laissé vivre la sienne. Un « donnant-donnant » qui est à la base de notre équilibre et de notre complémentarité. Il me laisse m'immerger entièrement dans un univers qui n'appartient qu'à moi. Un monde où il n'est pas.
Ce roman a vu le jour grâce à cette acceptation.
Alors merci pour toutes ces innombrables heures où il m'a permis de rester dans ma bulle. Écrire a été un merveilleux défi, à la hauteur des stimuli dont mon esprit est sans cesse avide.
Je finirais par remercier les Éditions Addictives et toute l'équipe pour m'avoir offert la chance de partager cette belle aventure avec vous, amis lecteurs. Et tout particulièrement Sophie, pour avoir cru en moi, et bien sûr Emilie, pour tous ces précieux conseils et le travail remarquable qu'elle a réalisé.

Autrice : Tyra Skady
Edisource – Éditions Addictives
100, rue Petit, 75019 Paris
Imprimé par FINIDR – Lipova cp. 1965 – 73701 Cesky Tesin,
République tchèque
Dépôt légal : septembre 2023 – Achevé d'imprimer : juillet 2023
ISBN : 978-2-37126-593-6
Réf. contrat : ZOWE_001